악기들의 도서관

악기들의 도서관

김중혁 소설

문학동네

차례

10년 전, 한 편의 다큐멘터리를 보지 않았더라면 나는 지금쯤 위대한 피아니스트가 되었을지도 모른다. 그때 나는 발가락으로 건반을 두드려도 사람들이 환호성을 지를 것이라는 환상에 사로잡힐 만큼 촉망받는 피아니스트였다. 가끔은 건반이 88개뿐이라는 사실이 아쉬울 정도였다. 나는 손가락 10개만을 들고 여러 도시들을 돌아다니며 건반을 두드렸고, 피아노 줄에서 불이 날지도 모른다는 생각을 하면서 미친 듯이 음악을 연주했다.

나는 피아노도 가리지 않았다. 피아노 연주자들은 대체로 자신들이 애용하는 모델이 있게 마련이지만 나는 어떤 피아노이건 내 식으로 길들일 수 있다는 자신감으로 가득했다. 울림이 적고 건조한 소리를 내는 피아노라면 거기에 맞는 곡을 선택하면 되고,

메아리가 길고 부드러운 소리를 내는 모델에는 또 거기에 어울리는 연주를 하면 된다는 자신감이었다. 그런 자신감이 전혀 근거 없는 것은 아니었지만 솔직히 지금 생각하면 얼굴이 화끈거릴 정도로 당돌한 오만이었다.

여러 도시들을 오가면서 연주를 해야 했기 때문에 나는 여행을 떠날 때면 언제나 DVD플레이어가 장착된 노트북을 들고 다녔다. 거장 피아니스트들의 연주실황 DVD를 보면서 새로운 공연 아이디어를 짜내거나, 음악영화를 보면서 예술가들의 삶을 몸에 익혔다. 어느 도시에 있든 어느 시간이든 나는 언제나 피아노만을 생각했다.

철학자 니체의 글을 읽다가 무릎을 치며 감탄한 적이 있었다. 그는 이렇게 말했다. '음악이 없다면 인생은 하나의 오류이다.' 나는 그 문장에다 밑줄을 긋고 이렇게 덧붙였다. '피아노가 없다면 내 인생은 오류에 불과하다.' 하지만 과연 니체의 그 말을 완전히 이해했었는지는 의문이다. 이해했다기보다는 그런 식의 잠언이 필요했기 때문에 밑줄을 그어두었던 것이 아닌가 싶다. 시간이 지나고 나이가 들수록 나는 저 말의 무서움을 깨달아가고 있는 중이다. 그리고 이런 생각도 든다. 음악이 있다고 해서 오류뿐인 인생을 바로잡을 수 있는 것일까.

그 다큐멘터리를 본 것도 어디론가 연주여행을 하고 있을 때였다. 나는 이탈리아의 유명한 영화감독인 살바토레 마란자노의 〈인더스트리얼〉이라는 영화를 보고 있었다. 공연실황도 아니고 음악영화도 아니었는데 어째서 그 영화를 보게 됐는지는 기억이 나질 않는다. 어떤 내용의 영화였는지, 주인공은 누구였는지도 기억이 나질 않는다. 마피아가 잠깐 등장했던 것 같기도 하지만 마피아를 소재로 한 영화는 수백 편도 넘으니 내 기억이 잘못된 것일 수도 있다. 기억에 남는 건 영화 전편에 흐르던 피아노 선율뿐이었다. 나는 그 피아노 소리가 너무나 마음에 들어 DVD에 수록된 부가영상을 훑어보았다. 누가 음악을 담당했는지 궁금했다. 부가영상을 모아둔 두번째 디스크에서 나는 뜻밖의 다큐멘터리 한 편을 보게 됐다. '비토 제네베제의 삶과 피아노'라는 제목의 다큐멘터리였는데, 거기서 나는 비토 제네베제를 처음 보게 됐다.

비토 제네베제가 연주하는 장면을 보는 순간, 나는 커다란 망치로 온몸을 두들겨맞은 것처럼 머리가 어지러웠다. 그가 건반을 두드릴 때마다 내가 피아노 줄이라도 된 것처럼 살갗이 흔들렸다. 그의 피아노 줄과 나의 핏줄이 연결돼 있을지도 모른다는 생각이 들었다. 지금까지도 나는 놀랍도록 비체계적인 그의 운지법과 애무하듯 건반을 쓰다듬는 그의 손가락을 생생하게 기억하고 있다. 그리고 파수꾼이라도 되는 양 피아노에 바싹 다가앉은, 그의 웅크린 몸도 눈앞에 그릴 수 있다. 그의 몸과 손가락은 음악

그 자체였다. 거기에 피아노가 없다 하더라도 그의 손가락이 움직이는 곳에서 음악이 흘러나올 것 같았다.

다큐멘터리의 제목은 '비토 제네베제의 삶과 피아노'였지만 내용의 핵심은 그게 아니었다. 그는 수많은 영화음악을 만들면서 단 한 번도 언론에 자신의 얼굴을 공개한 적이 없었다. 그리고 주위에서 무수히 많은 사람들이 피아노 독주회를 제의했지만 역시 한 번도 승낙하지 않았다. 어린 시절 피아니스트를 꿈꾸었던 그가 왜 독주회를 거절했을까? 다큐멘터리의 포커스는 거기에 맞춰져 있었다.

당연히 그는 얼굴을 드러내지 않고 피아노를 연주했다. 카메라는 교묘하게 그의 얼굴을 프레임 바깥으로 밀어냈다. 절대 얼굴은 보여주지 않습니다, 이해하시겠죠? 라는 협상이 있은 후에 찍은 화면인 것 같았다. 연주가 끝난 후에 그가 이야기를 시작했다. 물론 얼굴은 보이지 않았다.

"저는 지난 20년 동안 단 한 번도 콘서트홀에 가지 않았습니다. 무수히 많은 초대를 받았지만 단 한 번도 가지 않았습니다."

그가 이야기를 시작하는 순간, 나는 노트북을 가까이 끌어당겼던 것 같다. 도대체 무슨 이야기를 하려는지 궁금했다.

"음악은 생성되는 것이 아니라 소멸되는 것입니다. 어디에나 음악이 있습니다. 그 음악들이 어디서 시작되고 어디로 사라지는

지는 알 수 없지만 말입니다. 지금 이곳 어딘가에도 음악이 있습니다. 그러므로 피아니스트는 음을 만들어내서는 안 됩니다. 이 세상에 있는 음을 자신의 몸으로 소멸시키는 것이 피아니스트의 역할입니다. 그래서 저는 멀고 아스라한 소리들이 좋습니다. 콘서트홀에 가지 않는 이유는, 모든 소리들이 너무 가깝게 들리고 음악을 만들어내려는 피아니스트들이 너무 많기 때문입니다."

그 말을 들었을 때 나는 동의할 수 없었다. 무엇보다 '음악은 생성되는 것이 아니라 소멸되는 것이다'라는 명제에 고개를 끄덕일 수 없었다. 영화음악이나 만드는 주제에 이상한 개똥철학을 가지고 있군, 하고 생각했다. 피아노 연주는 굉장할지 모르지만 아직 음악에 대해선 뭘 좀 몰라, 라고 생각했다. 어쩌면 그의 얼굴이 보이지 않았기 때문에 더욱 반감을 가졌는지도 모르겠다. 그것은 인간의 목소리가 아니라 신의 목소리처럼 들렸다. 그는 입을 움직여서 말하는 게 아니라 목젖을 울려서 소리를 전달하고 있었다. 나는 그런 압도적인 느낌이 싫었다.

목적지에 도착하는 바람에 다큐멘터리를 끝까지 보지는 못했던 것 같다. 나는 또 발가락으로 연주해도 환호성을 지를지도 모를 관객들 앞에서 피아노를 연주하면서 시간을 보냈고, 비토 제네베제라는 이름은 까맣게 잊어버렸다. 누구나 그렇겠지만 다른 사람의 이야기보다는 자신의 이야기가 더 흥미롭게 마련이다. 나는 내 연주회에 대한 신문기사를 읽었고, 연주회를 후원해준 기업의 만찬에 참석했다. 모두들 내 연주가 좋다고 했고, 나도 나쁘지 않은 공연이었다고 대답했다. 잡지와 인터뷰를 할 때 잠깐 비토 제네베제의 생각을 하긴 했다. '피아노를 칠 때 무슨 생각을 하십니까?'라는 질문을 받았을 때였다.

"소통입니다. 공연을 하다보면 관객과 직접 호흡하고 있다는 느낌이 들 때가 있어요. 그럴 땐 정말 내가 살아 있다는 생각이 듭니다. 관객들과 함께 피아노를 치고 있는 것은 아닐까, 싶은 생각이 들 때가 있습니다. 그게 진정한 음악이죠."

지금 생각해보면 그건 내 신념이라기보다 비토 제네베제를 향한 비난 같은 것이 아니었나 싶다. 그럴 가능성은 100만 분의 1도 되지 않겠지만 비토 제네베제가 내 인터뷰를 읽어주었으면 하는 바람도 있었다.

그로부터 1년이 지난 후, 우연히 비토 제네베제라는 이름을 다시 만나게 됐다. 피아노 제작회사인 파르티타의 모델을 하고 있을 때였다. 피아노 앞에서 연주하는 모습을 몇 번 찍은 게 모델 활동의 전부였지만, 수고에 비해 모델료는 꽤 많았기 때문에 언제나 좋은 관계를 유지하고 있던 회사였다. 파르티타에서는 모델료와 함께 자신들이 특별 제작한 피아노 중 한 대를 나에게 선물하겠다면서 나를 본사가 있는 이탈리아로 초대했다.

도착하자마자 피아노를 찾는 작업에 돌입했다. 가장 좋아하는 소리를 찾아내기 위해서 나는 수십 대의 피아노를 연주했다. 그동안 특별히 마음에 들었던 피아노가 없었기 때문에 더욱 찾기가 힘들었다. 뭐랄까 내게는 기준이 될 만한 소리가 없었던 것이다. 사흘째 되던 날, 나는 마음에 드는 피아노 한 대를 발견했다. 굉장히 예민하지만 한편으로는 무뚝뚝한 피아노였다. 손끝이 건반에 닿는 순간 곧바로 반응을 보이지만, 흘러나오는 소리는 부드럽지 않고 빈틈없이 단단했다. 그 피아노를 선택한 데는 내가 피곤했던 탓도 있을 것이다. 사흘째가 되자 아무 피아노면 어때, 하는 마음이 들기 시작했던 것이다. 내가 피아노를 선택하자 파르티타 사의 사장은 정답을 미리 알고 있었다는 듯이 소리를 질렀다. 사장은 땅딸막한데다 목소리가 유난히 큰 사람이었다.

"어허, 이 피아노, 인기가 좋네?"

"인기가 좋다뇨?"

"아, 잘 모르시겠지만 비토라는 사람과 똑같은 피아노를 골랐어요."

처음에는 비토라는 이름을 듣고도 알아차리질 못했다. 나는 머리 속의 피아니스트를 한참이나 검색해본 후에야 비토 제네베제라는 이름을 떠올렸다.

"혹시 영화음악을 하는 사람 아닙니까?"

"비토 씨를 아세요? 그렇게 널리 알려진 사람은 아닌데……"

나는 1년 전의 기억을 떠올리면서 그에 대한 이야기를 했다. 피아노 연주는 놀라웠지만 피아노에 대한 얘기는 좀 횡설수설인 것 같더라, 뭐 그런 이야기였을 것이다.

"그 다큐멘터리에 등장하는 피아노가 저희 회사에서 선물한 겁니다. 자랑은 아니지만 비토 씨가 저희 회사 피아노를 마음에 들어하셨죠."

"어떻게 생긴 사람인가요?"

"하하, 멀지 않은 곳에 살고 있으니까 궁금하면 직접 만나보세요. 저하고는 각별한 사이죠. 아주 고약한 늙은이예요. 마음에 드실 겁니다."

그를 만나고 싶은 생각은 전혀 없었다. 어떻게 생긴 사람인지가 궁금했던 것뿐이다. 1년 전에 본 DVD를 떠올리자, 그의 몸통과 손가락만 선명하게 떠올랐다. 얼굴을 보지 못했으니 당연히 그런 모습밖에는 떠올릴 수가 없다. 그건 기괴한 형상이었다. 머리는 달려 있지 않고 몸통과 손가락으로만 피아노를 연주하는 괴물의 모습이었다.

"여기까지 오셨으니 한번 만나보세요. 덕분에 저도 오랜만에 얼굴이나 봐야겠군요. 직접 만나지 않으면 얼굴을 볼 기회도 없으니 말이죠."

다음날 오후, 호텔에서 짐을 싸고 있을 때 파르티타의 사장에게서 전화가 왔다. 비토 씨와 저녁약속을 잡아뒀다는 것이다. 나는 망설였다. 다음날 장거리여행을 해야 한다는 부담감도 있었지만 비토 씨를 만나는 게 잘하는 일인지 알 수 없었다. 그가 들려주는 음악 이야기를 싫어할 게 뻔한데 어떻게 기분좋은 대화를 기대할 수 있겠는가. 만약 그의 연주회라면 나는 긴말 없이 따라나섰을 것이다. 하지만 직접 만나는 것은 아무래도 불편했다. 파르티타의 사장은 내가 망설이는 것을 이해하지 못했다. 망설였지만 결국 가기로 했다. 이유는 역시 그의 연주 때문이었다. 그때까지 (그리고 지금까지도) 비토의 연주만큼 내 마음을 움직였던 피아노 소리는 들어보지 못했다. 그 정도의 피아노 연주를 하는 사람과 만나기 위해서라면, 아무리 힘든 자리라도 견뎌볼 만한 가치가 있을 것이라는 생각이 들었다.

약속장소는 그 지역에서 가장 유명하다는 식당이었다. 고급 레스토랑은 아니었고, 지방음식을 전문으로 하는 식당이었다. 약속시간 10분 전에 갔는데, 사장은 이미 도착해 있었다. 이틀 전에는 예약을 해야 하지만, 그래도 제가 이 지방에서 꽤 유명한 인물이라서요, 라고 사장이 말했다. 약속시간이 가까워지자 나는 긴장을 하고 있었다. 공연시간 1분을 남기고도 긴장을 하지 않는 나로서는 이례적인 일이었다. 나는 식전주로 주문한 화이트 와인을 계속 들이켜면서, 끊임없이 자랑을 해대는 사장의 말을 귓등으로 듣고 있었다. 30분이 지나도 그는 도착하지 않았다. 사장은 휴대전화기로 전화를 걸었다.

"전화를 받지 않는 걸 보니, 길이라도 막히는 모양입니다. 먼저 식사를 시작할까요?"

그로부터 30분 동안 다섯 가지의 음식을 먹었지만 그는 오지 않았다. 내가 어떤 음식을 먹었는지, 어떤 얘기를 하고 어떤 얘기를 들었는지는 기억나지 않는다. 오히려 그 시간 내 마음의 풍경이 떠오른다. 나는 식사를 먼저 하는 게 결례일지도 모른다는 생각을 하면서도 한편으로는 그가 끝까지 나타나지 않기를 바라기도 했다. 그는 결국 나타나지 않았다. 약속시간에서 두 시간이 지났을 때는 사장도 포기를 한 눈치였다.

"하여튼 이상한 사람이에요. 어제는 손뼉까지 치면서 좋아하더니…… 뭐랬는지 아세요? 오, 그렇게 유명한 친구가 나를 만나고 싶어한단 말이지? 영광이지, 영광. 사인이라도 좀 받아둬야겠군. 어쩌면 약속을 까맣게 잊고 어느 술집에 틀어박혀 있을지도 모르지."

"다음에 또 만날 기회가 있겠죠. 그런데 비토 씨와 내가 똑같은 피아노를 골랐다는 건 무슨 얘깁니까?"

사장은 이상한 질문이라는 듯 내 눈을 물끄러미 쳐다보았다.

"그야 똑같은 모델을 골랐단 얘기죠."

"똑같은 모델이라도 소리가 똑같을 수는 없잖아요. 똑같은 사람이, 똑같은 제작법으로 만들어도 소리가 달라지는 게 피아노 아닙니까."

"하하, 거 참. 우리 회사의 팸플릿을 제대로 읽지 않으셨군요. 제가 팸플릿 보내드렸죠? 파르티타의 피아노는 다른 회사와 근본적으로 다릅니다."

뜻하지 않게 사장의 연설을 듣게 됐다. 나는 식후주로 나온 그 랍파와 치즈케이크를 먹으면서 묵묵히 사장의 이야기를 들었다. 피아노를 만들기 위해서는 목재를 건조시킨 후 피아노의 골격을 조립하고, 우드부싱과 튜닝핀을 조립한 다음 튜닝핀에 피아노 줄을 감고, 현의 음높이를 맞추게 된다, 고 사장이 말했지만 이것은 100분의 1 정도로 요약을 한 것이고 사장의 얘기는 훨씬 길었다. 그리고, 를 시작으로 다시 사장의 얘기가 이어졌다. 1차 조율을 끝낸 피아노는 방음장치가 설치된 자동타건실에 옮겨져 기계로 건반을 수십만 번 두드리는 시험을 하게 된다, 고 했다. 이 부분부터는 나도 조금 흥미로웠다. 가장 마지막에 이뤄지는 작업은 피아노의 음색조정과 미세조율입니다. 여기에 바로, 파르티타 사만의 비법이 있어요, 라고 얘기했을 때는 그 소리가 어찌나 컸던지 주위 사람들이 모두 우리 좌석을 쳐다볼 정도였다.

"우리는 정밀컴퓨터를 이용하기 때문에 수백만 가지의 음색을 표현할 수 있어요. 유명한 피아니스트들이 즐겨 쓰던 피아노가 있죠? 컴퓨터를 이용하면 그 소리와 똑같은 피아노도 제작이 가능하다는 얘깁니다."

"그럼 제가 고른 피아노는?"

"50년쯤 전에 발매된 무명 피아니스트의 앨범이 한 장 있어요. 우연히 그 앨범을 듣고 소리가 참 독특하다 싶어서, 그 소리로 피아노를 만들어봤죠. 거의 팔리진 않았어요. 사람들은 대체로 유명한 피아니스트들이 사용하던 피아노 소리를 선호하니까요. 바보 같은 놈들. 그런다고 지들이 그렇게 피아노를 칠 수 있는 것도 아니면서 말이지. 아무튼 그 피아노를 선택한 것은 비토 씨에 이어 당신이 두번째입니다."

"피아노의 차이는 음색뿐이 아니지 않습니까. 건반을 두드릴 때의 느낌, 그리고 해머가 작동하는 방식, 이런 것도 중요하죠."

"아, 정말 왜 그러세요? 팸플릿을 보셨어야죠. 거기에 다 적혀 있는데…… 저희는 비디오 분석작업을 통해서 건반의 질감이나 건반이 눌러질 때의 세기도 표현할 수 있어요. 물론 완벽하지는 못하죠. 하지만 점점 발전하고 있다는 사실만 명심해두십시오. 언젠가는 파르티타가 세계 최고의 피아노 회사가 될 테니까요."

그후의 이야기는 기억 속에서 지워졌다. 비토 씨는 끝내 오지 않았고, 나는 술을 너무 많이 마셨다. 호텔로 돌아오면서 무슨 생각을 했는지도 잘 기억나지 않는다. 팸플릿을 열심히 읽자, 뭐 그런 생각을 하지 않았을까.

다음날 나는 술이 덜 깬 상태에서 비행기를 탔고, 덕분에 이틀 후에 열렸던 연주회는 엉망이 돼버렸다. 세 번쯤인가 실수를 했고, 평소보다 피아노가 엄청나게 넓어 보였다. 초등학교 첫 등교 때 망망대해와 같은 운동장을 대했을 때와 비슷한 느낌이었다. 돌멩이를 맞지 않고 연주회를 끝낸 게 다행이었다. 집으로 돌아온 다음날 파르티타 사의 피아노가 배달돼왔다. 택배기사는 피아노와 함께 서류봉투도 한 장 건네주었다.

서류봉투 안에는 사장이 직접 서명한 '자랑은 아니지만, 파르티타의 피아노는 배송도 빠릅니다'라는 메모와 함께 시디 두 장, 그리고 자동으로 피아노를 조율할 수 있는 자동조율기가 들어 있었다. 시디는 당연히, 비토 제네베제가 만든 영화음악이었다. 〈안개 속에는 길이 없다〉와 〈인더스트리얼〉이라는 작품이었다. 〈인더스트리얼〉은 이미 들어봤기 때문에 〈안개 속에는 길이 없다〉를 시디플레이어에 넣었다. 음악은 지루했다. 안개 속에는 길이 없다, 는 그 느낌을 음악에 담으려고 했던 것인지 피아노의 음률은 산만했고, 구성은 지나치게 반복적이었으며 피아노는 다른 악기들과 조화를 이루지 못했다. 정확한 시간은 기억나지 않지만 아마 10분도 버티지 못하고 잠이 들었던 것 같다. 전화벨이 울려서 잠이 깼을 때도 그 음악이 흘러나오고 있었기 때문에 나는 도대체 얼마나 많은 시간이 흘렀는지 알 수 없었다. 정말 안개 속에 갇힌 듯한 기분이었다. 나는 오디오의 볼륨을 줄이지도 못하고 수화기를 집어들었다. 여보세요, 를 몇 번이나 외쳤지만 건너편에서는 아무 말도 없었다. 그러다 수화기 속에서 기침소리와 함께 목소리가 터져나왔다.

"아, 저는 비토 제네베제라는 사람입니다."

나는 그 목소리를 듣고도 아무런 대답을 하지 못했다. 꿈인지 아닌지 확인할 시간이 필요했다.

"제 음악을 듣고 계셨군요."

그제야 나는 아, 비토 씨, 하고 대답을 했다. 오디오에서 흘러나오는 소리가 조금씩 커졌다. 곡은 마침 클라이맥스로 향하는 중이었다.

"전화기로 들으니 제 음악도 나쁘지 않군요."

그는 아무 말도 하지 않았다. 자신의 음악을 듣고 있는 눈치였다. 나는 그가 음악을 듣고 있는 시간을 틈타 꿈에서 현실로 돌아왔다. 두 손으로 안개를 걷어내면서 천천히 내 방 안으로 돌아왔다. 음악이 끝날 때까지는 5분, 아니면 10분 정도가 걸렸던 것 같다. 나는 그 순간이 아주 길었다고 생각했지만 나중에 확인해보니 겨우 5분에서 10분 정도의 시간이었다. 나는 그때 음악을 듣지 않고 음악을 듣고 있는 비토 씨를 전화기로 바라보고 있었다. 음악이 끝나자 비토 씨가 다시 이야기를 시작했다.

"며칠 전엔 제가 실례를 했습니다. 급한 일이 생기는 바람에 연락도 드리지 못하고…… 아, 정말 만나고 싶었는데 말이죠."

거짓말은 아닌 것 같았다. 소리에 예민한 사람들은 상대방 목소리의 떨림만으로도 진실을 감지해낼 수 있다. 진심으로 연주하는 피아노 소리와 상대방을 현혹시키려는 피아노 소리를 구별하는 것과 비슷한 방법이다. 비토 씨는 자신이 왜 약속장소에 나가지 못했는지를 얘기했지만 별로 중요한 이야기라고 생각하지 않았기 때문에 나는 듣는 즉시 잊어버리고 말았다.

"저도 사실 비토 씨를 만나보고 싶었습니다. 〈인더스트리얼〉을 보면서 비토 씨 팬이 됐거든요. 피아노가 아니라 마치 하프시코드처럼 연주를 하시더군요."

"아, 영광입니다. 영화를 보면서 제 음악을 감지해내기가 쉽지 않았을 텐데요. 제 음악은 주로 영화에 묻히는 편이잖습니까. 하하."

"정말 멋진 음을 만들어내셨습니다. 피아니스트라면 그 정도는 한 번에 듣고 찾아낼 줄 알아야죠."

정말 멋진 음을 만들어냈다, 라는 얘기가 입 밖으로 나오는 순간 나는 아차 싶은 생각이 들었다. 무의식 속에는 아직까지 그에 대한 반발 같은 것이 남아 있구나 싶었다. 하지만 그는 별다른 대꾸를 하지 않았다. 단순한 칭찬이라고 생각했던 모양이다. 한 시간 동안 비토 씨와 나는 영화음악 이야기와 내 피아노 연주에 대한 이야기를 나눴다. 이야기 중에는 내 피아노 연주에 대한 비토 씨의 칭찬이 가장 많았다. 그는 내가 연주한 거의 모든 음반—그가 구하지 못한 음반은 내가 살고 있는 지역에서만 한정 발매된 것이었다—을 가지고 있었다. 파르티타의 사장은 그를 두고 고약한 늙은이라고 했지만 내 첫인상은 전혀 달랐다. 그는 나긋나긋했고 내 이야기를 잘 들어주었으며 때에 따라서는 정확한 충고도 잊지 않았다. 한 시간 만에 그와 나는 친구가 되었다.

"그런데 정말 궁금한 게 있습니다."

나는 계속 입 언저리를 맴돌던 질문을 내밀었다.

"정말 20년 동안 단 한 번도 콘서트홀에 가지 않았습니까? 단 한 번도요?"

"하하, 그게 뭐 대단한 일이라고 그러세요. 평생 한 번도 가지 않은 사람도 있지 않겠어요? 아니, 셀 수 없이 많겠죠."

"그 사람들이야 음악에 대해 알지 못하는 사람들이고, 비토 씨는 작곡도 하고 피아노도 연주하지 않습니까. 전혀 다른 경우죠."

"글쎄요, 얼마나 다른 경우인지는 모르겠군요. 아무튼 앞으로도 갈 생각은 별로 없습니다."

"제 연주회에 비토 씨를 초대한다면요? 친구로서."

"인간의 일을 확신할 수는 없지만, 아마 가지 않겠죠."

"다음달에 비토 씨가 살고 있는 지역 근처에서 연주회를 열 생각입니다. 정식으로 초대하겠습니다. 만나뵙고 싶습니다."

"하하, 난처한데요. 그러면 연주회 때 휴대전화기를 좀 켜두세요. 휴대전화기로 듣게요. 연주회가 끝나면 술이나 한잔합시다."

어째서 그토록 집요하게 물고 늘어졌을까 싶다. 아마도 그가 잘못된 생각을 하고 있고, 내 생각이 옳다, 라는 것을 증명해 보이고 싶었던 모양이다. 몇 번을 생각해봐도 어린애 같은 행동이었다. 그는 유연하게 피아노로 화제를 옮겼다. 그와 나는 이 세상에서 Partita CD319 피아노를 소유하고 있는 유일한 두 사람이었으니까 그럴 만했다. 그는 피아노를 연주해봤냐고 물었고, 나는 아직 그럴 시간이 없었다고 대답했다.

"그럼 지금 연주를 좀 부탁해도 될까요? 실례인가요?"

"아직 피아노 포장도 제대로 뜯지 않은 상태라서요. 그리고 피아노의 거장 앞에서 연주를 하려면 저도 새로운 피아노로 연습을 좀 해야 하지 않겠습니까."

"하하, 그것도 그렇군요. 너무 무리한 부탁을 했나봅니다. 그럼 연주는 다음 기회에……"

나는 비토 씨에게 휴대전화 번호를 알려주었고, 비토 씨는 내게 주소를 알려주었다. 비토 씨가 구하지 못한 음반을 보내주고 싶으며, 아무 때나 전화를 걸어도 된다는 얘기를 마지막으로 전화를 끊었다. 나는 피아노의 포장을 걷고 자동조율기로 소리를 조절했다. 장거리여행을 마친 녀석치고는 컨디션이 좋아 보였다. 나는 눈을 감고 건반 하나를 눌렀다. 소리도 물론 좋았지만 건반의 촉감—이라고 해도 될지 모르겠지만—이 특별했다. 건반의 재료로는 대부분 아크릴을 이용하지만 몇몇 특별한 건반은 상아로 만들기도 한다. 하지만 그 피아노 건반의 재질은 어느 쪽도 아니었다. 비단인 듯 부드러웠지만 철골처럼 단단했다. 나는 CD319에 푹 빠져서 두 시간 넘게 피아노를 연주했다. 오랜만에 피아노를 즐기고 있다는 생각이 들었다. 다음 연주회 때는 꼭 이 녀석을 데리고 해야겠군, 하는 생각이 들 정도였다.

비토 씨가 사는 지역에서 열기로 한 공연은 무기한 연기됐다. 공연을 지원해줄 기업과 매니저 사이에 뭔가 일이 벌어졌던 것이다. 어떤 사정인지는 자세히 알 수 없었지만 아마도 돈에 얽힌 문제가 아니었나 싶다. 비토 씨를 만날 수 없게 됐다는 사실이 아쉬웠지만 나의 연주를 원하는 도시는 너무나 많았기 때문에 아쉬워할 겨를도 없이 나는 또다른 연주회를 준비했다. 하지만 비토 씨와 나는 이틀에 한 번꼴로 전화를 주고받을 만큼 가까운 친구가 돼 있었다. 그사이 내가 보낸 시디를 들어본 비토 씨는 자신의 영화음악 시디를 무려 다섯 장이나 보내주었다. '앨범 몇 장은 어차피 내 예전 음악을 표절한 거니까 듣지 않아도 돼'라면서 보내주지 않았지만 나는 인터넷 쇼핑몰에서 그의 음반을 모두 샀다. 그리고 그의 음악이 수록된 모든 영화를 보았고, 인터넷 검색을 통해 그의 사진도 몇 장 찾아냈다. 대부분 그의 젊은 시절 사진이었다. 정식으로 찍은 사진은 한 장도 없었고 측근의 누군가가 찍은 듯한 초점도 맞지 않는 스냅사진들이었다. 그 사진을 아무리 봐도 내가 알고 있는 비토 씨란 생각은 들지 않았다.

"이젠 준비가 좀 됐나요?"

전화통화를 하던 어느 날 그가 물었다. 피아노 연주를 말하는 것이다.

"글쎄요. 비토 씨 앞에서 직접 연주하는 것도 아니고 이렇게 전화로 연주를 하려니 부담스러운데요. 연주회에 한번 오시는 게 어때요? 제일 좋은 자리를 비워둘게요."

"아니에요. 내게 제일 좋은 자리는 바로 여깁니다. 난 가끔 친구들에게 전화를 해서 내 연주를 들려주기도 한답니다. 정말 친한 친구들만 누릴 수 있는 특권이죠. 나도 그런 특권을 누릴 수 있을까요?"

"그게 특권이라고 생각한다면야 뭐, 어렵지 않죠."

나는 피아노를 연주했다. 그날의 공연은 훌륭한 편이 아니었다. 아니, 평균 이하라고 해야 할 것이다. 하지만 전화기 연주회는 참으로 이상한 경험이었다. 우선, 전화기를 어디에 내려놓아야 할지 알 수가 없었다. 피아노와 너무 가까우면 소리가 뭉개질 것이고 너무 멀면 소리를 전달하기 힘들 테니까 말이다. 그런 고민을 얘기하자 비토 씨는 이렇게 말했다. 어디라도 괜찮아요. 그냥 소리가 들리기만 한다면, 어디라도 괜찮아요.

나는 작은 원탁을 피아노 근처까지 끌어다놓고 그 위에다 전화기를 올렸다. 잘 들리는지가 궁금했다. 나는 피아노 건반을 몇 번 두들긴 다음 원탁에 있는 수화기를 들고 물었다. 잘 들리세요? 잘 들려요, 걱정 말고 연주해요. 도대체 어떤 소리일까, 궁금했다. 나는 다시 피아노로 돌아와 연주를 시작했다. 도대체 피아노에 몰두할 수가 없었다. 이 부분이 들려야 하는데, 이 악절이 제대로 전달될까, 이런 생각을 하면서 건반을 두드렸으니 제대로 된 연주를 했을 리 없다. 나는 연주를 마치고 곧바로 수화기를 집어들었다. 그는 박수를 치고 있었다.

"아, 정말 엉망이었어요. 죄송해요. 집중을 할 수가 없네요."

"괜찮아요. 나쁘지 않은 연주였으니까."

그는 나를 위로했지만 기분이 좋아지지 않았다. 그의 말대로 나쁘지 않은 연주였을지 모르지만 평소의 내 연주를 생각한다면 관객에게 환불을 해주고, 선물까지 쥐여서 보내줘야 할 만큼 형편없는 연주였다. 그의 피아노 연주가 듣고 싶었다. 하지만 그날은 그의 연주를 들을 수가 없었다. 누군가 그를 찾아왔고 전화를 끊어야만 했다. 그날 이후로 며칠 동안은 우울했다. 연주회를 망친 것처럼 언짢았다. 아니 그 이상이었다. 20년 동안 한 번도 콘서트홀에 가지 않은 사람을 앉혀놓고 그렇게 멍청한 연주회를 했으니 기분이 좋을 리 없었다. 비토 씨의 연주는 일주일쯤 후에 들을 수 있었다. 깊이 잠들어 있을 때 그에게서 전화가 왔다. 수화기를 들자마자 그의 다급한 목소리가 들렸다.

"연주를 시작하려고 하는데, 들을 수 있겠어요?"

나는 잠결에 그렇다고 대답했다. 친한 친구만이 누릴 수 있는 특권이라고 생각하니 기분이 좋았다. 멀리서, 정말 먼 곳에서 피아노 소리가 들려오기 시작했다. 도대체 집이 얼마나 넓은 것일까, 그런 생각이 들었다. 들릴 듯 말 듯한 소리를 잡아내기 위해 애쓰다보니 어느새 잠은 달아났고, 나는 귀를 전화기에 바싹 붙이고 그의 연주를 듣고 있었다. 그의 악보 곳곳에 '아주 멀리서 들려오는 소리인 것처럼'이라는 지시어가 붙어 있는 것 같았다. 작고 가냘픈 소리들이 전화기를 통해 내게로 넘어왔다. 그것은 음악이라기보다 단절된 소리들의 연속이었다. 피아노의 한 음 한 음은 음악의 일부가 아니라 독립적인 개체로 자신을 드러내고 있었다. 예전에 그런 애니메이션을 본 적이 있다. 피아니스트가 피아노 건반을 두드릴 때마다 음표 하나가 생겨나면서 허공으로 날아간다. 허공에 모인 음표들은 오선지 위에서 제자리를 찾았고 곧 음표들은 음악으로 바뀌었다. 그의 연주를 들으면서 그 장면을 떠올렸다. 눈을 감았더니 정말 음표들이 보이는 듯했다.

30분 정도의 연주가 끝났을 때 나는 진심으로 박수를 쳤다. 침대에서 벌떡 일어나 수화기를 목과 어깨 사이에 끼고 박수를 쳤다. 내가 누운 채 박수를 치는지 기립박수를 치는지 그는 알지 못하겠지만 나는 박수에 존경의 마음을 담았다.

"어땠어요? 내 첫번째 공연이?"

"브라보!"

"앵콜은 사양입니다. 하하. 오늘은 컨디션이 썩 좋질 못해서 말이죠. 유명한 피아니스트 앞에서 연주를 하려니 좀 떨리는군요."

"그런 말씀 마세요. 절 놀리려고 그러시는 거죠?"

"놀리다뇨, 무슨…… 이젠 피아노가 조금씩 힘들어져요. 이 녀석을 건사하기엔 내가 좀 늙었나봅니다."

"오늘 비토 씨의 피아노 소리를 듣고 있으니 직접 뵙고 싶다는 생각이 간절합니다. 제가 가면 피아노 연주를 해주시겠죠?"

"피아노 연주보다 더 재미있는 일이 많을 텐데요, 뭘. 나도 만나보고 싶군요."

"비토 씨의 피아노 연주보다 더 재미있는 일은 없을 것 같은데요?"

"이쪽에 오면 같이 바다나 보러 갑시다. 그 녀석도 연주를 잘하니까, 하하."

그때부터인 것 같다. 비토 씨의 전화기 연주를 듣고 난 다음부터 나는 피아노를 조금 다르게 생각하게 됐다. 어째서 소리가 모이면 음악이 되는 것일까, 소리란 저절로 생겨나는 것일까 아니면 창조하는 것일까, 왜 어떤 것은 소리이고 어떤 것은 음악일까, 그런 생각들을 하게 됐다. 그리고 DVD에서 그가 얘기했던 말들을 곰곰이 생각해보게 됐다. 하지만 나 혼자서 대답을 찾아내기엔 너무나 큰 질문들이었다.

비토 씨에게 그런 질문을 한 적이 있다. 그가 죽기 며칠 전이었다. 어째서 제 피아노 연주를 좋아하십니까? 그는 조금 놀란 듯했다. 쉽게 입을 열지 못했다. 그때는 이미 몸상태가 극도로 나빠졌을 때였다. 물론 나는 그의 상태를 전혀 몰랐기 때문에 그런 명청한 질문도 척척 할 수 있었을 것이다. 그는 숨을 몰아쉬면서 — 그때 나는 그의 죽음을 눈치챘어야 했다. 인간은 어쩔 수 없이 다른 사람의 이야기보다 자신의 이야기에 더 관심을 가질 수밖에 없는 모양이다 — 말했다.

"투명하다는 느낌 때문일 거예요. 뭔가 해석하지도 않고 분석하지도 않고…… 그저 악보에 있는 음표 하나하나를 충실하게 재현한다는 느낌. 그건 좋은 재능입니다."

"저도 분석을 하는 편인데요."

"알죠. 압니다. 하지만 투명해요. 전 말입니다, 예술가란 그래야 한다고 생각해요. 자신의 몸을 통째로 예술에게 빌려줘야 한다고 생각합니다."

"빌려준다는 건 마음에 들지 않는데요."

"허, 마음에 들지 않을 땐 빌려주지 않으면 그만이죠. 난 당신의 피아노 소리를 들으면 자동피아노 같다는 생각이 듭니다."

나는 비토 씨의 전화기 연주회를 단 한 번밖에 듣질 못했다. 게다가 그를 만난 적은 한 번도 없다. 그를 만나지 못한 것은 나의 게으름 때문이었지만, 어쩐지 만나지 못할 운명이었다는 생각이 든다. 그리고 만나지 못한 편이 그와 나의 관계에 더 어울린다는 생각도 든다. 신문의 한 귀퉁이에서 그의 죽음을 읽었을 때 누군가 내 가슴을 망치로 두드리는 것 같은 느낌이 들었다. 죽기 며칠 전에 전화통화를 했을 때도 그는 농담을 했었다.

파르티타의 사장이 전화를 걸어왔을 때 어째서 비토 씨가 몸이 좋지 않다는 사실을 알려주지 않았냐며 화를 냈다. 사실, 화를 낼 일은 아니었다. 파르티타의 사장은 그를 만난 지 3개월이 넘었다고 했다. 비토 씨와 더 가까운—아무리 전화선을 통해서라고 해도—곳에 살고 있던 사람은 오히려 나였다. 사장은 장례식 일정을 전화로 알려줬지만 나는 가지 않았다. 나는 집에서 혼자 비토 씨를 추모했다. 그가 음악을 맡았던 영화 몇 편을 보았고 〈인더스트리얼〉에 포함된 다큐멘터리도 다시 보았다.

자동피아노라는 것이 좋은 의미인지 나쁜 의미인지 나는 아직도 잘 모르겠다. 그는 분명 좋은 뜻으로 말한 것이겠지만 내 머리속에 떠오르는 건 피아노 건반이 자동으로 움직이는, 귀신영화의 한 장면 같은 화면뿐이다. 자신의 몸을 통째로 예술에게 빌려준다는 것도 아직 이해하질 못했다. 하지만 그가 콘서트홀에 가지 않은 이유는 알 것 같기도 하다.

그가 죽고 난 후 내가 살고 있는 곳에서도 자그마한 추모음악제가 열렸다. 영화인들과 음악인들이 함께 만든 무대였다. 공연은 그의 영화음악 히트곡을 오케스트라와 피아노가 협연하는 방식으로 진행됐다. 비토 씨와 내가 친하게 지냈다는 사실을 아는 사람은 한 명도 없었기 때문에 당연히 나는 초청을 받지 못했다. 나는 일반 관객으로 그 연주회를 지켜봤다. 아이로니컬한 공연이었다. 서른 살 이후로 콘서트홀에 한 번도 가지 않은 작곡가를 추모하는 공연이라니……

나는 공연에 집중할 수가 없었다. 모두 너무나 잘 아는 곡이었고 좋은 곡이었지만 아무런 감동도 없었다. 형편없는 연주도 아니었다. 나는 공연 내내 그 이유가 궁금했다. 공연이 끝나고 집으로 돌아오는 길에, 나는 전화기로 들려주던 그의 연주가 못 견디게 듣고 싶었다. 그 작고 단단한 소리들로 이뤄진, 풀벌레 소리 같고, 파도 소리 같던 그의 연주가 듣고 싶었다. 다시는 그의 연주를 들을 수 없다는 생각을 하니 울화가 치밀었다. 나는 집에 돌아와 건반을 두드렸다. 똑같은 피아노였지만, 최신식 정밀 컴퓨터로 모든 것을 똑같게 만든 피아노였지만, 나는 그의 연주를 흉내조차 낼 수 없었다. 나는 전화기에 헤드폰을 연결한 다음 내 연주를 전화로 들어보기도 했다. 하지만 그건 음악이 아니었다. 그저 건반이 작동된 후 해머가 피아노 줄을 건드렸을 때 울려나오는 음향에 불과했다.

추모공연을 보고 난 며칠 후에 나는 또다른 공연을 보러 가게 됐다. 오래 전부터 잘 알던 피아니스트의 연주회에 초대받았다. 거기서 나는 비토 씨의 말을 이해했다. 추모음악제에서와 마찬가지로 나는 음악에 집중할 수가 없었다. 음악이 귀에 들어오질 않았다. 음악 대신 피아니스트의 기교와 표정이 보였다. 피아니스트는 온갖 표정과 몸동작으로 음악을 표현하고 있었다. 나 역시 그런 모습으로 피아노를 연주했을 것이다.

음악은 단순히 소리로 이뤄지는 것이 아니었다. 콘서트홀에서의 음악은 피아니스트의 동작, 손끝의 움직임, 발놀림, 표정, 관객들의 헛기침 소리, 박수 소리가 피아노 소리와 어우러지면서 생겨나는 것이었다. 비토 씨는 음악에 다른 요소들이 끼어드는 게 못마땅했던 것이다. 그의 말처럼 모든 소리들이 너무 가까웠고, 살아 있었다. 피아니스트는 그 순간 새로운 음악을 발명하는 것처럼 보였다.

나는 여전히 피아노를 연주하고 있다. 예전만큼은 아니지만 가끔 연주회도 열고 몇 년에 한 번씩 음반을 내기도 한다. 하지만 정말 피아노를 연주하고 있는 것인지는 잘 모르겠다. 만약 10년 전에 한 편의 다큐멘터리를 보지 않았고, 그래서 비토 씨를 만나지 않았더라면 나는 위대한 피아니스트가 되었을까? 그것도 잘 모르겠다. 비토 씨의 표현을 빌려서, 자동피아노처럼 계속 연주를 했다면 지금보다 더 좋은 피아니스트가 되었을까? 나는 그런 식의 질문이 내 안에서 생겨날 때마다 비토 씨의 말을 떠올린다. 음악은 생성되는 것이 아니라 소멸되는 것입니다. 그 말은 나를 괴롭히지만 때론 편안함을 주기도 한다. 피아노의 건반을 누를 때마다 세상의 어떤 음악이 나를 관통한 다음 연기처럼 사라져버린다는 생각을 하면 마음이 편안해진다. 사라진 음악은 모두 어디로 가는 것일까? 그냥 사라져버리는 것일까? 나는 그 음악들이 비토 씨에게 갔으면 좋겠다는 생각이 든다.

아직도 첫번째 문장을 쓰지 못했다. 주의사항에서부터 막혔다. 흔해빠진 물건이라면 주의사항 쓰는 건 일도 아니다. 예전에 썼던 주의사항을 그대로 베껴쓰면 된다. 말만 조금 바꾸고 문장의 배치를 달리하면 그만이다. '위험할 수 있습니다'를 '위험합니다'로 바꾸고 '분해했을 때 심한 충격을 받을 수 있습니다'를 '분해하지 마세요'로 바꾸면 된다. 하지만 처음 보는 기능을 지닌 제품이라면 아무리 연구원의 설명을 들어도 막막할 수밖에 없다. 어떤 걸 가장 먼저 경고해야 할 것인지를 생각해봐야 한다. 아무리 하찮은 매뉴얼이라 할지라도 체계와 순서가 있어야 하는 법이다.

태어나서 처음 보았던 매뉴얼을 아직도 기억하고 있다. 몇 달

동안 용돈을 모아서 산 디지털카메라의 매뉴얼이었다. 택배로 도착한 물건의 포장을 뜯었을 때 나를 압도한 것은 디지털카메라가 아니라 300페이지에 달하는 매뉴얼이었다. 나는 카메라의 포장을 뜯어볼 생각도 하지 못하고 밤새 매뉴얼을 읽었다. 매뉴얼을 읽지 않고 카메라를 건드리면 곧바로 고장을 낼지도 모른다는 생각이 들었다. 주의사항, 구성품 안내, 촬영 준비, 기본적인 기능들, 고급 기능들, 좋은 사진을 찍는 요령, 부록, 제품사양을 꼼꼼하게 읽고 또 읽었다. 감동적인 매뉴얼이었다. 디지털카메라의 매뉴얼은 머리 속 편평한 곳에다 커다란 밑그림을 그린 다음 문자와 그림과 도표로 오밀조밀한 지식의 건축물을 조각했다. 내 머리 속에다 디지털카메라가 주인인 어떤 마을을 지어놓은 듯한 느낌이었다. 나는 그 건축법이 신기했다. 매뉴얼을 다 읽고 나자 디지털카메라가 어떤 것인지 알 것 같았다.

그때부터 나는 매뉴얼을 모으기 시작했다. 내가 가지고 있지 않은 물건이라 하더라도 매뉴얼만 보면 그 제품을 사용한 듯한 느낌이 들었다. 인터넷을 이용해서 PDF 형태의 무료 매뉴얼을 다운받았고 전자제품 대리점의 판매원을 꼬드겨 각종 매뉴얼을 얻었다.

지금까지 수백 개의 매뉴얼을 읽었지만 세상의 모든 매뉴얼은 두 가지로 나눌 수 있다. 좋은 매뉴얼과 나쁜 매뉴얼. 좋은 매뉴얼은 머리 속에다 거대한 밑그림을 그려주지만 나쁜 매뉴얼은 여러 가지 정보를 아무렇게나, 모래성처럼 쌓는다. 좋은 매뉴얼은 조리 있게 사용자를 설득하지만 나쁜 매뉴얼은 자기 주장이 너무 강한 나머지 사용자를 배려하지 않는다. 나쁜 매뉴얼을 만드는 사람은, 당연히 나쁜 사람일 것이라고 나는 생각해왔다.

"아직 시작도 못 하셨네요?"

디자인실의 박팀장이 내 모니터를 보면서 말했다. 비웃는 듯한 말투가 거슬렸지만, 우리는 좋은 매뉴얼을 만드는 팀이기 때문에, 박팀장 역시 나쁜 사람일 리가 없으므로, 신경질을 낼 수는 없었다.

"그러게 누가 자기 맘대로 계약하래?"

"내 참, 일 없다면서 계약 따오라고 할 땐 언제고 이제 와서 딴소리예요? 그럼 계약 파기하시든지요."

"그렇게는 못 하지. 사무실 임대료도 밀렸는데……"

"월급까지 밀리기 전에 얼른 끝내세요. 제품 일러스트는 대충 끝나가니까……"

"누가 사장인지 모르겠네. 네가 사장이었으면 아마 내 손을 키보드에다 묶어뒀을 거야. 그렇지?"

"기대도 크시네. 벌써 해고시켰을 거예요. 월급은 많이 받는데 하는 일도 없고, 투정이나 부리고 말이죠."

"알았어. 내일까지 끝낼게. 귀찮게 하지 말고 저리 꺼져."

박팀장은 커피를 홀짝이면서 자신의 책상으로 돌아갔다. 나는 다시 모니터로 눈을 돌렸지만 거기엔 황량한 모래사막이 펼쳐져 있었다. 모래사막 위에서 검은색 커서만 깜빡거리고 있었다. 깜빡거리는 커서는 모래사막에 파묻힌 무언가가 내게 보내는 구조신호 같았다. 이봐, 거기나 여기나 숨막히긴 마찬가지니까 그냥 조용히 묻혀버리라고, 구조신호 같은 걸 보내봐야 도와줄 사람도 없으니까 말야. 나 역시 모래사막 저쪽의 누군가에게 구조신호를 보내고 싶은 심정이었다.

"제품 일러스트 파일 좀 보내줘. 그거라도 보고 있어야겠다."

나는 박팀장을 향해 소리를 질렀다. 목소리가 너무 컸던지 직원 세 명의 얼굴이 모두 나를 향했다. 제품 발표 일정에 맞춰 매뉴얼을 만들다보면 신경이 날카로워지게 마련이지만 이번엔 내가 생각해도 정도가 심한 편이다. 직원들의 얼굴에는 언제 터질지 모르는 시한폭탄을 대하는 듯한 조심스러움이 스며 있었다.

"제품을 직접 만져보고 쓰시죠. 일러스트는 아직 미완성인데요."

"손에 쥐가 날 정도로 만져봤는데 아무것도 안 떠올라. 미완성이라도 보내봐."

목소리의 크기로 봐서는 한 100평쯤 되는 사무실에서의 대화

같지만 우리 사무실의 크기는 20평이 될까 말까 한 규모다. 사장인 나를 포함해 직원은 네 명, 네 명 중에는 팀장이 한 명, 수습사원이 한 명, 그러니까 평사원은 한 명뿐인, 그렇게 따져보니, 참으로 언밸런스한 조직이다. 더욱 언밸런스한 것은 네 명이 모두 남자라는 것이다. 나는 박팀장이 보내준 파일을 열었다.

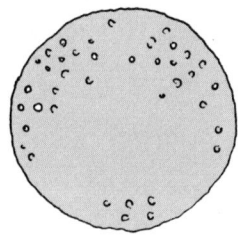

"이게 뭐야. 우리가 둥근 치즈 매뉴얼을 만들고 있었나? 아니면 골프공 매뉴얼이었나?"

박팀장이 내 책상으로 걸어왔다. 모니터를 들여다보더니 웃었다.

"잘못 보냈네요. 이건 처음에 했던 스케친데."

"이렇게 일을 하니까 자꾸만 사무실 임대료가 밀리는 거야. 파일 잘못 보낸 시간에다가, 네가 여기까지 걸어오는 시간에다가,

다시 책상으로 걸어가는 시간에다가, 다시 파일을 보내는 시간에다, 내가 다시 파일을 열어보는 시간까지 합하면……"

"사장님은 수학을 못하니까 그걸 합하는 시간이 제가 까먹은 시간보다 더 많을걸요."

"무슨 회사가 이래. 사장 면박이나 주고."

"좋은 회사죠."

직원 두 명이 창문 쪽으로 얼굴을 돌린 채 웃고 있었다. 나도 웃음이 났지만 간신히 참았다. 내가 예민해 있을 때면 박팀장이 늘 나를 웃긴다. 박팀장이 예민해 있을 때면 내가 박팀장을 웃겨준다. 일종의 품앗이 같은 것이었다.

박팀장이 파일을 다시 보냈지만 나는 새로운 파일을 열어보지 않았다. 박팀장이 잘못 보낸 그림을 계속 들여다보고 있었다. 그 그림은 모니터 한가운데서 조용히 나를 응시하고 있었다. 모든 행성들이 사라지고 '골프공 별'이라 이름 붙여진 행성 하나만이 살아남은 우주를 바라보고 있는 느낌이었다. 쓸쓸해 보였다. 어디선가 골프채가 날아와서는 '골프공 별'을 우주 바깥으로 날려버릴 것 같은 긴장감이, 그림 속에서 감돌고 있었다. 마지막 남은 행성인 '골프공 별'이 사라진 우주는 허공으로 가득 찰 것이고, 어디선가 하나님의 거룩한 목소리가 들려올 것이다. 나이스, 샷.

"박팀장, 이 제품 이름이 뭐라 그랬지?"

"지구촌 플레이어요."

"거지 같은 이름이네."

"홍보실장이 오면 직접 얘기하시죠. 30분 후쯤엔 사무실에 와 있을 테니까요."

"뭐? 누구 마음대로 약속을 잡은 거야?"

"걱정 마세요. 일러스트를 보러 오는 거니까. 매뉴얼 텍스트는 아직 시작도 못 했다는 소식을 들으면 좀 슬퍼하겠지만, 그래도 제품 이름이 거지 같다는 얘기를 사장님이 직접 해주시면 시간을 좀 벌 수 있을지도 모르죠. 제품 이름 다시 짓는 데 한 달은 걸리지 않겠어요? 아니면 우리하고 일을 못 하겠다고 다른 회사로 갈지도 모르고, 그러면 사장님이 거지 같은 사무실 임대료만 어떻게 해결하시면 되니까, 모든 게 간단하네요."

"지금부터 모두 조용히 해. 나 쓰기 시작했으니까."

사무실은 이전부터 조용했다. 박팀장과 나 빼고는 모두들 열심히 일을 하고 있었다. 나는 헤드폰을 쓰고 일을 시작했다. 마감시간이 30분밖에 남지 않았다고 생각하자 뭐라도 쓸 수 있을 것 같았다. 왼쪽에 기술개발 자료를 쌓아놓았고, 모니터에는 박팀장이 새로 보내준 일러스트 파일을 펼쳐놓았고, 오른쪽에는 '지구촌 플레이어'라는 거지 같은 이름을 달고 태어날 제품을 놓아두었다. 모든 준비가 끝났다. 나는 첫 문장을 쓰기 시작했다.

지구촌 플레이어를 사용할 때의 주의사항은, 지구를 사용할 때의 주의사항과 똑같습니다. 이 제품을 지구라고 생각해주십시오. 첫째, 분해하지 마십시오. 둘째, 고온의 장소에 보관하지 마십시오. 셋째, 높은 곳에서 떨어뜨리지 마십시오. 여러분이 지구를 만들어낸 하나님이라고 생각해보십시오. 지구를 함부로 집어던지지는 못할 것입니다. 가장 주의해야 할 점은, 지구를 어린아이들 손 닿는 곳에 놓아두지 말라는 것입니다. 분명 지구를 파멸시키고 말 것입니다.

나는 아프리카 어느 원주민이 사냥을 할 때 불렀을 것 같은 노래를 들으면서 한 문장 한 문장을 써내려갔다. 첫 문장을 써놓자 나머지 문장들이 조금씩 모습을 드러냈다. 매뉴얼을 쓸 때마다 느끼는 것이지만, 내가 글을 쓰는 것이 아니라 어딘가에 숨어 있던 문장들이 눈치를 보면서 슬그머니 나타나는 것 같다. 매뉴얼을 쓴다는 것은 창작하는 것이 아니라 발굴하는 것은 아닐까, 라는 생각이 들 정도다. 나는 문장 위에 덮인 먼지를 조심스럽게 툭툭 털어내기만 하면 된다. 고고학자가 된 기분이다.

20분 만에 주의사항을 모두 끝냈다. 박팀장에게 앞부분을 읽어주었더니 '나쁘지 않은데요'라고 했다. 박팀장의 대화사전을 참고하자면, 나쁘지 않다는 것은 좋다는 뜻이다. 박팀장의 칭찬에 힘을 얻은 나는 '구성품 안내'와 '기본적인 기능들'을 순식간에 끝냈다. '구성품 안내'와 '기본적인 기능들'은 기술개발 자료를 참고하면 금방 끝나는 일들이다. 표현을 쉽게 바꾸고 외래어를 우리말로 번역해주면 그만이다.

'고급 기능' 항목을 쓰기 시작했을 때 사무실 문이 열렸고, 검은색 투피스를 입은 여자가 들어왔다. 그때 나는 그리스의 어떤 가수가 열창하는 슬픈 발라드를 듣고 있었는데, 검은 옷의 그녀를 보는 순간 음악이 장례식장 분위기로 바뀌는 것 같은 느낌이 들었다. 그녀는 키가 컸고, 몸집도 두툼했기 때문에 더욱 비장한 느낌이 들었다. 나는 헤드폰을 벗었다. 헤드폰을 벗자 그녀의 목소리가 들렸다. 몸집과는 어울리지 않는 날카로운 목소리였다. 그녀는 나를 거들떠보지도 않고 박팀장과 얘기를 하고 있었다. 모른 척하고 싶었지만 박팀장이 나를 소개했다. 그녀는 내게 명함을 건넸다.

"말씀은 많이 들었습니다. 사장님이 직접 저희 매뉴얼을 써주신다면서요? 잘 부탁드리겠습니다."

"덕분에 음악감상을 열심히 하게 돼서 좋습니다. 재미있는 제품이라서 저도 재미있게 매뉴얼을 쓰고 있습니다."

"그럼 기대하고 있을게요."

그녀는 고개를 까딱하더니 박팀장의 자리로 갔다. 가까이서 보니 장례식에 어울릴 만한 외모는 아니었다. 예쁜 얼굴은 아니었지만 표정이 밝은 여자였다. 열쇠구멍도 잘 보이지 않는 컴컴한 곳에 있을 때에도 활짝 웃기만 하면 간단하게 문을 열 수 있을 것 같았다.

나는 다시 헤드폰을 끼고 일을 시작했지만, 박팀장과 그녀가 나누는 이야기가 궁금해서 볼륨을 줄여놓았다. 특별한 이야기는 없었다. 이것보다는 이게 더 마음에 드네요, 그렇죠, 제 생각엔 좀더 부드러운 느낌의 일러스트였으면 좋겠어요, 푸른색을 많이 쓰면 어떨까요, 아뇨, 전체적으론 마음에 들어요, 색감만 좀더 밝았으면 좋겠는데요……, 이런 이야기들을 주고받고 있었다. 일을 하면서 잠깐 그녀의 모습을 훔쳐보기도 했다. 그녀는 자주 웃었다. 그게 사무적인 웃음인지, 아니면 박팀장에게 마음을 빼앗겨서인지는 알 수 없지만 30초에 한 번 정도는 이를 드러내고 웃었다. 그녀가 돌아갈 때까지 나는 새로운 문장을 단 한 줄도 발굴해내지 못했다.

꼬박 이틀을 매달린 끝에 매뉴얼을 모두 완성했다. 박팀장과 나는 제품의 매뉴얼을 완성할 때마다 점수를 매기곤 하는데 '지구촌 플레이어'는 10점 만점에 8점이었다. 8점이면 훌륭한 점수다. 10점을 받은 매뉴얼이 딱 한 개 있었고, 대체로 7점이 많다.

우리가 매뉴얼에 점수를 매기는 걸 알면 화를 낼 의뢰사도 많을 것이다. '6점밖에 못 받았으면 매뉴얼 작업을 처음부터 다시 해야 하는 거 아닌가요?'라고 우리를 들볶을 담당자도 있을 것이다. 그런데 그게 그렇지가 않다. 처음부터 작업을 다시 한다고 해서 좋아질 수 있다면 우리도 기꺼이 그럴 것이다. 하지만 모든 매뉴얼에는 운명 같은 게 있는 법이다. 독창적인 제품, 훌륭한 일러스트, 세련된 글이 완벽한 조화를 이뤘을 때 좋은 매뉴얼이 탄생한다. 제품이 별로라면 매뉴얼도 별로다. 쓰레기를 넣으면 쓰레기가 나올 수밖에 없다.

우리는 완성된 매뉴얼을 전송해주고 회사 근처에 있는 와인바로 갔다. 몇 가지 일이 겹치는 바람에 한 달 전에 입사한 수습사원의 환영식을 아직도 해주지 못했다.

"수습아, 뭐 마실래?"

나는 와인리스트를 건넸다. 수습은 와인리스트를 뚫어지게 바라보았다. 한 장 한 장 넘겨보더니 결국엔 다시 내게 건넸다.

"아무거나 마시겠습니다. 사장님이 주문하시죠."

"너 때문에 회식하는 건데 네가 골라야지."

"와인을 잘 몰라서……"

"모를 게 뭐 있어. 잘 들어봐. 매뉴얼을 잘 쓰려면 제일 먼저 분류를 잘해야 돼. 어떤 기능과 어떤 기능을 함께 보여줄 것인가,

어떤 주의사항들을 함께 묶을 것인가, 이런 게 기본이야. 그리고 한눈에 좋은 매뉴얼과 나쁜 매뉴얼을 구분할 수 있어야지. 이 와인리스트가 어떤 기준으로 분류된 거 같아?"

"나라별로 되어 있던데요?"

"두 가지지. 첫째, 나라별로 분류돼 있지. 프랑스, 이탈리아, 호주 등등. 둘째, 품종으로 분류돼 있지. 레드 와인, 화이트 와인, 스파클링 와인 등등. 하지만 이런 분류에 집착할 필요는 없어. 새로운 분류도 가능하거든."

"예를 들면 어떤……"

수습은 두 손을 무릎 위에 가지런히 모은 채 열심히 내 애기를 들었다. 박팀장이 대화에 끼어들었다.

"사장님의 분류는 간단해. 와인은 세 종류야. 10만원이 넘는 와인, 5만원에서 10만원 사이의 와인, 5만원 미만의 와인. 어떤 걸 고를래? 수습. 참고로 말하면, 사장님은 5만원 미만의 와인을 특별히 좋아하시지. 와인 값 아껴서 밀린 사무실 임대료 내셔야 되거든."

"박팀장 자꾸 그럴래? 오늘은 아니라니까. 거지 같은 지구촌 플레이어 끝냈잖아. 그 돈만 받으면 임대료는 바로 해결돼. 좋아, 오늘은 특별히 10만원 근처 와인 마셔보자."

그날 저녁 회식비로만 60만원을 지출했지만 기분이 나쁘지는 않았다. 남자 네 명이 와인바에 앉아서 수다를 떠는 것도 재미있는 일이었다. 디자인팀의 '퀵마우스'—마우스를 움직이는 속도만큼은 자신이 세계 최고라고 믿고 있는 우리 회사의 유일한 평사원이다—는 술에 취해서 연신 수습을 껴안았고, 박팀장은 내 험담을 하면서 30분 동안 혼자 떠들었고, 나는 조용히 졸았다. 와인의 뭉근한 취기가 얼굴로 올라오자 참을 수 없이 졸렸다. 하지만 졸면서도 기분이 좋았다. 수습이 들어오면서부터 제대로 된 팀이 완성된 것 같았다. 세 명보다는 네 명이 좀더 팀다운 느낌이다. 박팀장과 퀵마우스와 수습은 술을 더 마시기 위해 어디론가 갔고, 나는 집으로 돌아와 침대 위로 쓰러졌다.

다음날 박팀장에게 전화가 걸려왔을 때 나는 잠과 현실 사이에 걸쳐진 줄을 탄 채 비틀거리고 있었다. 10점 만점의 잠에서 깨어난 직후였다.

"일어났어요?"

"아니, 지금 자면서 전화 받는 거야. 잠에서 깨면 전혀 기억 못할 테니까 나쁜 소식이면 지금 얘기하고, 좋은 얘기면 이따가 다시 전화해."

"고신희씨한테서 전화 왔어요. 사장님을 찾던데요."

"고신희? 내가 아는 사람이던가?"

"거지 같은 지구촌 플레이어 담당자요. 전화 좀 해달래요."

"나쁜 일인가보군."

나는 노트북을 켜서 지구촌 플레이어의 매뉴얼 파일을 열었다. 중요한 기능을 빼먹었거나 구성품 안내가 잘못됐다고 해서 담당자가 사장을 찾는 일은 없다. 어디에선가 결정적인 실수를 했거나 중요한 부분이 누락된 것인지도 모른다. 매뉴얼을 훑어보았지만 결정적인 실수 같은 건 보이지 않았다. 고신희씨에게 전화를 걸었을 때 나는 뜻밖의 이야기를 들었다.

"오늘 아침에 매뉴얼을 다 읽었어요."

"네, 그러시군요. 아침에 읽기 좋은 글은 아니죠."

"감동적이었어요."

"네? 제가 제대로 들은 건지 모르겠네요."

"한 시간 만에 다 읽었는데, 너무 감동적이었어요."

"파일을 잘못 받으신 건 아니죠? 제가 보낸 글은 주의사항과 구성품 안내가 포함된 매뉴얼인데요. 시나 소설 같은 게 아니고……"

"제가 꿈꾸던, 그런 매뉴얼이었어요. 오후에 잠깐 시간을 내주실 수 있을까요? 만나뵙고 드릴 말씀이 있는데요."

전화를 끊고 나서 나는 다시 매뉴얼을 살펴보았다. 도대체 어느 부분에 감동적인 부분이 있는지는 발견할 수 없었다. 매뉴얼을 읽고 감동을 받았다는 사람은, 나를 제외하면 처음이었다. 내 얼굴에 침을 뱉는 꼴이 되고 말겠지만 매뉴얼을 읽고 감동을 받는 종류의 사람을 정상적이라고 생각할 수는 없다. 감동이라는 것은 지극히 개인적인 차원의 감정이지만 세상에는 상식적인 감동이라는 게 있는 법이니까 말이다.

그녀는 나보다 먼저 커피숍에 도착해 있었다. 오렌지색 재킷과 속에 받쳐입은 하얀색 블라우스가 날씨와 잘 어울렸다. 화끈한 공연을 준비하고 있는 여름에 앞서 분위기를 돋우기 위해 등장한 오프닝밴드 같은 봄날씨였다. 그녀는 소파에 기대앉아서 인쇄한 지구촌 플레이어 매뉴얼을 읽고 있었다.

"모두들 지구촌 플레이어 매뉴얼에 만족하고 있어요. 이 정도로 멋진 게 나올 줄 예상 못 했거든요."

"제품이 멋져서 그런 거예요. 저야 번역자일 뿐이니까요."

"지나친 겸손은 자만의 친구랍니다."

"지나친 자만이 겸손의 친구는 아니라서 반대쪽을 선택한 겁니다."

"자만하셔도 될 만큼 좋은 매뉴얼이었어요."

"도대체 어떤 부분이 감동적이었습니까?"

"우선 지구촌 플레이어의 모든 기능을 지구의 사용법처럼 만든 게 재미있었어요."

"그거야 그 제품을 만든 사람이 생각해낸 거죠. MP3플레이어를 지구 모양으로 만들면 어떨까, 라는 생각을 했기 때문에 그런 디자인이 나온 것일 테고 전 그 디자인을 기능적으로 해석했을 뿐입니다."

"저 같으면 지구와 연결시켜서 매뉴얼을 만들 생각은 못 했을 거예요. 매뉴얼의 세계에는 오랫동안 지켜져온 형식 같은 게 있잖아요. 그걸 깨버린다는 건 쉬운 일이 아니에요."

"사람들이 그 형식을 왜 깨지 않는다고 생각하세요? 매뉴얼의 존재 이유는 기능의 전달입니다. 제가 만든 매뉴얼이 재미있긴 하지만 기능 전달의 측면에서는 절반밖에 성공하지 못한 것 같아요."

"지금 자신이 만든 매뉴얼의 점수를 깎아내리시는 거예요?"

"말하자면 그렇다는 얘기죠. 다양한 직업이 필요하듯 세상에는 다양한 매뉴얼이 필요하니까요. 모든 매뉴얼에는 저마다의 운명 같은 게 있다고 생각합니다."

"말씀하신 것처럼 제품을 설명해주는 용도로는 조금 부족할지도 모르겠어요. 하지만 저흰 독창적인 매뉴얼을 원한 거였기 때문에 사장님 회사에다 일을 맡긴 거예요."

대화를 나눌수록 상황이 이상하게 변하고 있었다. 그녀는 칭찬하고 나는 칭찬을 거절하는, 기이한 대화였다. 의뢰사측에서 제작물을 이렇게 칭찬하는 건 흔한 일이 아니다. 뭔가 목적이 있는 건 아닐까, 싶은 의심이 들었다. 그녀는 손가락으로 커피잔을 문지르면서 계속 말했다.

"매뉴얼을 읽고 나서 좋은 아이디어가 떠올랐어요. 그래서 뵙자고 한 거고요."

"궁금하네요."

"매뉴얼을 다루는 잡지를 만들어볼 생각이에요. 매달 출시되는 다양한 제품들의 매뉴얼을 선별해서 보여주는 거죠. 매뉴얼이 넘쳐나는 세상이니까 누군가 그걸 정리해주면 좋지 않을까요? 물론 저희 회사 제품의 간접적인 홍보도 가능할 것 같구요. 어때요? 재미있을 것 같지 않아요?"

"저 같은 사람이야 재미있어하겠지만 대중적인 성공을 기대하긴 힘들 거 같은데요?"

"잡지 발간에 대해서 저희 사장님과 잠깐 얘기를 하고 왔는데 흔쾌히 승낙을 해주셨어요. 사장님은 이 잡지로 돈을 벌 생각은 없으세요. 회사의 이미지를 위한 거죠."

"저한테 이 얘길 하시는 이유가 뭡니까?"

"편집장을 맡아주셨으면 해요."

그녀는 내 쪽으로 몸을 살짝 굽히면서 속삭이듯 말했다. 그녀에게서 어떤 향기가 나는 것 같았다. 그게 샴푸의 향인지, 아니면 화장품의 향인지, 혹은 몸에서 나는 향인지는 알 수 없었지만 어떤 향이 내게 전달됐다. 순간적으로 사람의 판단을 흐리게 하는 성분이 포함된 것은 아닐까 싶을 정도로 아찔한 향기였다. 몸을 소파에 기댔다. 하지만 향기는 내 코를 쫓아왔다.

나는 영업과 판매를 제외한, 잡지의 제작 전반을 우리 회사에서 맡는다는 조건으로 편집장 자리를 승낙했다. 사원이 네 명뿐인 회사에서 감당하기엔 규모가 너무 큰 일이었지만 회사의 사정을 생각했을 때 거부할 수 없는 일이었다. 1년치 잡지 제작비를 지원받기로 했는데, 그 금액이라면 밀린 사무실 임대료를 모두 내버리고 더 큰 사무실로 옮겨갈 수도 있었다. 우리는 잡지 창간을 위해 강행군을 했다. 직원을 더 뽑으면 일이 수월하겠지만 최대한의 수익을 내기 위해서는 직원들을 혹사시킬 수밖에 없었다.

창간호 특집의 제목은 '지구의 삶을 바꿔준 세기의 매뉴얼들'이었는데, 우리는 특집에 가장 많은 시간을 할애했다. 역사상 가장 중요한 전자제품들의 매뉴얼을 모으기 위해 전국의 헌책방과 도서관을 뒤졌으며 '창고에서 썩고 있는 당신의 매뉴얼을 저희에게 파세요'라는 내용의 신문광고를 내기도 했다. 쉽지 않은 작업이었지만 매뉴얼들을 모으다보니 뭔가 역사적인 일을 하고 있다는 사명감이 들기도 했다. 우리는 한 달 만에 5천 종 정도의 매뉴얼을 모을 수 있었다. 그중에는 듣도 보도 못한 희귀한 제품의 매뉴얼도 많았다. 쓰레기나 다름없는 매뉴얼도 물론 많았다.

내 평생 잡지를 준비하던 그때만큼 행복한 시간은 없었다. 사무실은 고물상보다 더 지저분해졌고 책먼지 때문에 끊임없이 재채기를 해댔지만 매뉴얼을 하나씩 읽어나갈 때마다 내 머리가 확장되는 듯한 느낌이 들었다. 매뉴얼을 분류하는 일은 나와 수습이 도맡았다. 좋은 매뉴얼은 왼쪽 책꽂이에 꽂고 나쁜 매뉴얼은 오른쪽 휴지통으로 보냈다. 좋은 매뉴얼과 나쁜 매뉴얼을 구분할 수 없다며 10분에 한 번씩 자문을 구하던 수습도 5일 정도가 지나자 스스로 판단을 내렸다.

두 달이 지났을 때 『MAN — U』—매뉴얼이라는 말을 재미있게 풀어쓴 잡지의 제호는 퀵마우스와 수습의 아이디어였다—를 창간할 수 있었다. 당연한 일이지만 잡지에 대한 반응은 미미했다. 전자제품을 전문으로 다루는 신문에서 나를 인터뷰한 것과 잡지 몇 군데에서 기사를 실어준 것 말고는 반응이라고 할 만한 것이 없었다. 고신희씨는 조금 실망하는 듯한 눈치를 보이기도 했지만 여섯 달 정도는 지나야 잡지의 성패를 알 수 있다는 내 말에 수긍했다. 그나마 다행인 것은 지구촌 플레이어가 MP3플레이어 시장에서 성공을 거둔 것이다. 매뉴얼 때문에 많이 팔린 것이라고 할 수는 없지만 그래도 지구촌 플레이어의 성공이 『MAN — U』에는 좋은 일임이 분명했다.

잡지는 조금씩 독자층을 늘려갔다. 다섯 달이 지났을 때는 판매량도 많이 늘었고, 자신이 소장하고 있던 매뉴얼을 스캔받아서 보내주는 독자도 많아졌다. 업계에서도 인정을 받아서, 새로운 제품을 출시하기 전에 매뉴얼을 보내주는 회사도 많아졌다. 잡지 일이 너무 많은 탓에 더이상 새로운 매뉴얼 작업을 할 수 없게 된 것이 아쉽긴 했지만 잡지를 만드는 일은 재미있었다. 매달 새로운 특집을 선정하고, 특집에 맞는 매뉴얼을 수집하는 일은 직접 매뉴얼을 만드는 일 이상으로 흥미로운 작업이었다.

일곱번째 잡지의 마감을 겨우 끝내고 사무실 소파에 혼자 누워 책이 나오길 기다리고 있을 때 고신희씨에게서 전화가 왔다. 책이 잘 나왔는지 확인하는 전화일 것이라고 생각했지만 다른 용건이었다.

"오늘 저녁 어때요? 사장님이 저녁식사에 초대하고 싶어하세요."

고신희씨의 목소리가 밝은 걸로 봐서 기분좋은 초대일 것이 분명했지만, 내 몸이 너무 피곤했다. 심장이 불규칙적으로 뛰고 있었고 왼쪽 팔이 저렸고 발뒤꿈치도 아팠다. 책이 제대로 나왔는지만 확인하고 집으로 달려갈 작정이었다.

"저녁식사중에 제 몸이 부서지는 걸 보셔도 괜찮다면요."

"열심히 일했다는 티 내긴 좋겠네요. 7시 어떠세요?"

"그러죠. 고신희씨도 같이 계시나요?"

"그럴 것 같은데요. 싫으세요? 빠질까요?"

"아뇨. 사장님이 빠졌으면 좋겠는데……"

"농담 마시고 6시 30분까지 회사로 오세요."

나는 전화를 끊고 혼자 웃었다. 창간호를 준비하면서부터 고신희씨는 매일같이 사무실을 들락거렸다. 인원이 부족했기 때문에 고신희씨에게 도움을 요청했었다. 그녀는 모든 대화를 곧이곧대로 듣는 스타일이어서 나와 박팀장의 대화에 한동안 적응을 하지 못했다. 사장과 팀장이 서로 으르렁거리는 모습이 낯설었던 것이다. 창간호를 준비하면서 박팀장과 나는 피곤할 때마다 고신희씨를 놀리는 재미로 힘을 얻곤 했다. '내일부터 회사에 출근하지 마'라고 내가 소리를 지르고 '재택근무를 지시하는 거라면 거절할게요. 집에 컴퓨터가 없거든요'라고 박팀장이 대꾸를 했을 때, 고신희씨는 정말로 내가 팀장을 해고하는 거라고 생각하고 가슴이 철렁했다고 했다. 몇 달을 함께 일하면서 고신희씨는 우리 회사의 다섯번째 팀원이라고 해도 될 만큼 모두와 친한 사이가 됐다. 우리와 함께 일하면서 유머감각도 많이 늘었다. 홍보실 일이 바빠서 마감에 참여하지 못할 때는 사무실 분위기가 가라앉을 정도였다.

나는 잡지가 제대로 나온 걸 확인하고 근처 목욕탕에서 간단히 샤워를 한 다음 고신희씨의 회사로 향했다. 버스를 타고 가면서 다음달 특집을 생각해보았지만 별다른 게 떠오르지 않았다.

예약된 식당은 단 5초만 보아도 기가 죽을 정도로 화려한 프렌치 레스토랑이었다. 식당으로 들어가는 정원에는 수십 종의 꽃들이 보기 좋게 정돈돼 있었고, 한쪽 구석에는 작은 연못도 있었다. 두 명의 종업원이 문 앞에 서서 우리를 향해 90도로 고개를 숙이며 인사를 했다.

"너무 기죽이는 거 아니에요?"

나는 고신희씨 귀에다 속삭였다. 그녀는 소리없이 웃기만 했다. 식당에 들어서자 커다란 복도가 나타났다. 마치 거대한 성에 들어온 듯한 느낌이었다. 나무로 된 복도를 디딜 때마다 발소리가 참새처럼 허공으로 날아올랐다. 매니저가 우리를 안내한 곳은 복도 끝 방이었다.

"어서 오세요."

나는 방에서 기다리고 있던 사장을 보면서 잠깐 동안 멍하니 서 있었다.

"왜 그러세요?"

사장이 물었다.

"왜 그랬는지는 모르겠지만, 사장님이 남자라고 생각했거든요. 너무 놀라서 죄송합니다."

"하하, 그럴 수 있죠. 전자제품회사의 사장이라서 남자라고 생각했나보죠?"

"그것도 그렇고, 이름도 남자 이름 같고……"

"제 이름을 아세요?"

"그럼요. 잡지의 발행인이신데요."

"아, 참, 그렇군요. 기대에 부응하지 못해서 죄송하네요."

"제가 죄송하죠. 이렇게 아리따운 사장님을 남자로 생각하고 있었으니……"

사장은 키가 작았고 목과 팔과 다리, 모든 게 가늘었다. 고신희 씨가 옆에 서 있으니 모든 게 너무 대조적이었다. 고신희씨보다 는 나이가 많아 보였지만 눈은 더 어려 보였고 이목구비도 또렷 했다.

"피곤하실 텐데 와주셔서 고마워요."

사장은 내게 손짓으로 자리를 안내하고 앉았다. 그녀의 동작에 는 어딘지 모르게 딱딱한 데가 있었지만, 나는 그게 한 회사를 책 임져야 한다는 책임감에서 비롯된 것이라고 생각했다. 사원들을 친구처럼 대하며 책임도 나눠 지는 나 같은 사장으로서는 절대 이해할 수 없는 어떤 책임감 때문이라고 생각했다.

"잡지는 저도 재미있게 보고 있어요. 판매량이 많이 늘었다면 서요?"

"그래도 아직까지는 적자입니다. 일 년쯤 되면 손익분기점을 넘어설 수 있을 거라고 생각합니다."

"너무 그렇게 딱딱하게 얘기하지 마세요. 판매량 따지려고 초대한 건 아니니까요. 배고프실 테니 우선 식사부터 하시죠."

한 시간 동안 식사를 하면서 탁구공 무게 정도의 가벼운 잡담만이 테이블 위를 오고갔다. 사장과 고신희씨는 사이좋은 자매처럼 조용조용 이야기를 나누었다.

샐러드와 전채와 수프와 고기가 차례대로 나왔지만 정확한 이름을 알 만한 요리는 전혀 없었다. 물어보고 싶은 마음이 들기도 했지만 가벼운 화제의 이야기가 끊임없이 오갔기 때문에 그 비좁은 틈 사이로 끼어들기가 쉽지 않았다. 어떤 요리인지를 적어놓은 매뉴얼이 있으면 좋겠다는 생각을 하면서 나는 모든 그릇을 깨끗하게 비웠다. 맛이 좋았다. 비싼 가격일 게 분명한 맛이었다. 와인과 고기의 조화도 훌륭했다. 후식과 함께 커피가 나왔을 때는 머리끝까지 음식이 차 있는 게 아닌가 싶을 만큼 배가 불렀다.

"사실은 고맙다는 말을 하려고 식사에 초대한 거예요."

자신의 몸과 너무 잘 어울리는 앙증맞은 에스프레소 잔에다 가루설탕을 넣으면서 사장이 말했다. 에스프레소 맛 역시 흠잡을 데가 없었다.

"사장님께 인사받을 만한 일은 아직 시작도 하지 않았는데요."

내가 대답했다.

"시작하시면 알려주세요. 그때 다시 고마워할게요."

"그러죠. 이 멋진 음식들을 한번 더 먹을 수 있겠네요."

"물론이죠. 그런데, 저, 궁금한 게 하나 있는데, 잡지에 실린 모든 매뉴얼을 직접 분류하시는 편이세요?"

"저와 직원 한 명이 같이 합니다만, 잡지에 실린 매뉴얼은 모두 제 머리 속에 입력돼 있죠."

"지난 호에 나왔던 오르골 기억나세요?"

나는 머리 속의 목록을 뒤졌다. 곧 제품 하나가 머리 속 결과창에 나타났다. 흑백 매뉴얼 속의 제품 사진이 선명하게 떠올랐다. 어떤 독자가 스캔받아서 보내준 매뉴얼이었다.

"네, 기억납니다. 공 모양의 오르골이었죠. 공을 좌우로 비틀 때마다 다른 음악이 흘러나온다는 물건…… 정교하게 만들어진 제품 같던데요."

"기억하시네요. 제가 그 오르골을 가지고 있거든요."

"그러세요? 한번 보고 싶네요. 매뉴얼이 너무 낡아서 사진이 제대로 보이질 않더라구요."

사장은 빈 의자에 놓아두었던 핸드백에서 오르골을 꺼내 내게 건넸다. 겉모습과는 달리 무거웠다. 야구공보다 조금 컸지만 생긴 건 농구공과 비슷했고 무게는 투포환 공에 가까웠다. 외피를 둘러싼 게 어떤 재질인지는 알 수 없었지만 단단해 보였다. 나는 매뉴얼을 떠올리면서 공을 비틀어보았다. 하지만 꿈쩍도 하지 않았다. 어떤 음악도 들리지 않았다.

"잘 안 되죠? 줘보세요."

사장은 두 손으로 공을 감싸쥐더니 내가 알 수 없는 어떤 방식으로 공을 비틀었다. 별로 힘을 들이는 것 같지도 않았다. 사장은 비튼 공을 테이블에 내려놓았다. 그 속에서 음악이 흘러나왔다. 단순한 멜로디였지만 울림이 길어서 여러 가지 음이 한꺼번에 들리는 것 같았다. 공 속에서 빠져나온 소리는 위로 뻗어올라가다가 나뭇가지처럼 여러 갈래로 나뉘어서 소리의 열매를 빚어내고 있었다. 공 위로 한 그루의 나무가 자라난 것 같았다. 사장과 나와 고신희 씨는 둥근 테이블 한가운데 서 있는, 눈에 보이지 않는 나무와 나무에서 자라나 아래로 떨어지고 있는 소리를 조용히 지켜보았다. 오르골 연주가 모두 끝나자 침묵이 생겼다. 오르골 연주가 울렸던 것 말고는 아무런 차이가 없는데 공간의 밀도가 달라졌다. 공간에는 아직까지 뭔가 살아 있었다.

"아름다운 음악이네요."

고신희씨의 날카로운 목소리가 침묵을 깼다. 좀더 침묵을 즐겼더라도 좋았을 텐데, 아쉬웠다.

"잡지에 실린 매뉴얼을 보고 난 후에야 오르골의 음악을 들을 수 있게 됐어요. 오르골이라는 걸 알고는 있었지만 잘못 만져서 고장이라도 낼까봐 작동시켜볼 엄두를 못 냈거든요. 그래서 고맙다는 거예요."

"전 왜 비틀질 못했던 거죠?"

"그걸 설명하기가 힘들어요. 두 손으로 공을 감싼 다음에 손 전체에 똑같은 압력을 가하고 쓰다듬듯 하면 쉽게 열리는데, 그 감각을 전달하기가 힘드네요. 아무튼 힘을 줄수록 더 힘들어지죠. 다시 해보시겠어요?"

나는 공을 다시 비틀어보았지만 움직이지 않았다. 고장이라도 낼까봐 더이상 시도하지 않았다. 고신희씨는 아예 시도조차 하지 않았다. 사장이 아끼는 물건을 망가뜨리면 곤란할 것이라는 생각에서 그런 것 같았다. 사장은 다시 공을 비틀어 음악을 들려주었다. 이번엔 다른 음악이었다. 음악이 끝나자 공기의 밀도가 더욱 높아졌다.

"어떤 각도로 비트느냐에 따라 음악이 달라져요. 그것도 매뉴얼을 보고 알아낸 거죠."

"저도 매뉴얼에서 읽은 기억이 나네요. 어디서 그렇게 멋진 물건을 구하셨어요? 탐나는데요?"

사장은 찻숟가락으로 티라미수케이크를 한 조각 떼어 입 안에 넣었다. 나도 티라미수케이크를 먹었다. 부드럽고 진한 맛이었다.

"저도 언니가 쓰던 걸 물려받은 거예요. 바보같이 사용방법도

가르쳐주지 않더라구요. 한정판매된 것이기 때문에 매뉴얼을 쉽게 구할 수 있는 물건도 아니에요. 덕분에 저는 10년 동안 음악도 들어보지 못했구요."

"매뉴얼을 빠뜨리고 선물했나보군요."

"네. 매뉴얼은 예전에 버렸겠죠. 자긴 사용방법을 알았을 테니까요."

"물어보지 그러셨어요."

"물어보고 싶었죠. 누워 있는 언니를 깨워서 물어보고 싶었는데, 도무지 일어나질 않더라구요. 일어나서 음악을 좀 들려달란 말이야, 어떻게 해야 소리가 나는 거야, 그러고 싶은데 말이죠. 언니는 자기 방에 있을 때면 오르골 음악을 자주 들었어요. 제 방에서도 가끔 소리가 들렸는데 그 소리만 들리면 이상하게 졸렸어요."

"언니의 유물이군요?"

"이게 뭐처럼 보이세요?"

"농구공 같은데요?"

"정말요? 전 한 번도 농구공 같다는 생각은 못 해봤네요."

"아니면 투포환 공?"

"운동을 좋아하시나봐요. 전 이걸 볼 때마다 지구 같다는 생각을 하는데…… 세로로 나 있는 이 선들이 경도를 표시한 것 같지 않아요?"

애기를 듣고 보니 그럴듯했다. 오르골을 만든 사람이 지구의 모양을 본뜬 것은 아니었겠지만 확실히 그건 지구의 모습과 닮아 있었다.

"지금 사장님께서 지구촌 플레이어의 탄생과정을 설명드리는 중이라는 거 아시죠?"

고신희씨가 나를 향해 말했다. '그 정도는 나도 눈치채고 있다고요, 고신희씨'라고 말하고 싶었지만 나는 전혀 예상하지 못한 이야기였다. 잠이 부족해서 감각이 둔화된 것인지도 모른다. 사장은 테이블 위에다 오르골을 올려놓았다.

"제가 지구촌 플레이어의 매뉴얼에서 어떤 부분을 제일 좋아하는지 아세요? 외우고 있어요. 여러분이 만약 지구 반대편에 살고 있는 누군가의 음악을 듣고 싶다면 원하는 곳에 이어폰을 꽂으세요. 마치 구식 교환기 같지 않나요? 여러분이 연결하고 싶은 나라에 잭을 꽂으면 거기에서 누군가 노래를 불러드릴 것입니다. 전화기 건너편에서 들리는 지글지글한 소음처럼 아련한 음악들이 여러분의 외로움을 어루만져드릴 것입니다…… 조금 감상적이긴 하지만 저는 그 부분이 좋았어요."

나는 뜻하지 않게 시 낭송회에 불려간 초보 시인이 되었다. 누군가 내 앞에서 내 글을 소리내어 읽는 게 그렇게 소름끼칠 정도로 낯뜨거운 일인 줄 몰랐다. 사장이 읽은 구절은 지구촌 플레이어의 매뉴얼 중에서 가장 공을 들인 부분이었다. 지구촌 플레이어에서 가장 독특한 기능은 표면에 그려진 지구의 어느 지점에다 이어폰을 꽂으면 그 나라 음악이 흘러나온다는 것이다. 가장 공을 들인 구절이니 누군가 좋아해준다는 사실만으로도 기쁜 일일 수 있을 텐데, 민망하다는 생각밖에는 들지 않았다.

"오르골의 음악을 들을 수 없었기 때문에 지구촌 플레이어를 만들 수 있었어요. 매뉴얼이 없다는 게 가끔 도움이 될 때도 있네요."

사장과의 저녁식사가 끝나자 피곤이 밀려왔다. 나는 사장이 타고 가는 차에 인사를 하고 곧바로 택시를 잡았다. 택시를 탄 지 10분도 지나지 않아 휴대전화 벨이 울렸다. 고신희씨였다.

"그냥 집에 가실 거예요?"

"돈만 많았다면 열 시간 동안 택시 전세냈을 거예요. 쓰러지기 일보 직전이니까…… 사장님은 어쩌고 전화했어요?"

"볼일 있다고 먼저 내렸어요. 마감도 끝났는데 술 한잔 안 할래요?"

"택시로 와요. 여기서 마십시다. 택시 전세낼 돈은 있어요?"

택시운전사가 백미러로 나를 봤다. 설마 진담이라고 생각하는 건 아니겠지.

"예스예요, 노예요? 숙녀가 술 마시자고 제안하는데 너무 퉁기시네요."

나는 그녀가 정한 장소로 방향을 바꾸었다. 집에 가보았자 쉽게 잠이 오지 않을 것 같았다. 너무 피곤하면 잠이 오지 않는 법이다. 약속장소에 도착해보니 박팀장이 고신희씨와 함께 있었다.

"뭐야, 나한테 데이트 신청한 거 아니었어? 혹시 더블데이트?"

"얼른 앉기나 하세요. 마감 기념으로 팀원들끼리 한잔하자고 한 거예요. 데이트는 무슨⋯⋯"

우리는 새벽 3시까지 술을 마셨다. 그렇게 오래 마실 생각은 아니었는데 고신희씨의 말 한마디가 우리를 흥분시켰다. '사장님이 잡지에 좀더 투자를 하시겠대요. 구체적인 건 내일 다시 상의해보자고 하셨어요'라는 고신희씨의 말에 박팀장은 환호성을 질렀다. 투자금액이 많아진다는 것은 자신의 월급이 오른다는 얘기니까 좋아할 만한 일이긴 했다. 나 역시 기분이 좋았다. 어쩌면 직원을 더 뽑을 수도 있고 좀더 좋은 사무실로 옮겨갈 수도 있을 것이다.

새벽 3시에 나는 먼저 집으로 왔다. 두 사람은 어떻게 됐는지, 술을 더 마시러 갔는지, 집으로 돌아갔는지, 둘이서 눈이라도 맞아 다른 곳으로 갔는지는 모르겠다. 새벽 1시 이후의 일들은 거의 기억이 나질 않았다.

눈을 떴을 때는 이미 해가 뉘엿거리고 있었다. 눈을 뜬 다음 가장 먼저 떠오른 얼굴은 어제 보았던 사장의 얼굴이었다. 내 눈앞의 그녀는 오르골을 손에 들고 쓴웃음을 짓고 있었다. 그녀의 표정이 쉽게 지워지질 않았다. 나는 오르골의 매뉴얼이 실린 잡지를 펼쳤다. 직접 오르골을 보고 난 뒤여서인지 매뉴얼은 허점투성이였다. 글은 거의 없고 그림으로만 모든 기능을 설명하고 있었다. 매뉴얼을 만드는 사람들 사이에선 '그림 한 장이 백 마디 말보다 낫다'는 게 정론이긴 하지만 문제는 잘 그린 그림이 아니라는 것이었다. 매뉴얼은 모두 10장 정도였는데, 그나마 뒤쪽의 4장에는 회사의 연혁과 오르골을 한정판매하는 가게의 연락처가 적혀 있었다. '오르골을 살며시 누르면서 비틀면 음악이 흘러나옵니다'라는 문구가 그나마 가장 정확하게 작성된 부분이었다. 그 매뉴얼을 잡지에 실었던 것은 훌륭한 매뉴얼이라서가 아니라 희귀한 제품의 매뉴얼이었기 때문이다.

오르골의 매뉴얼을 보고 있자니 그런 생각이 들었다. 이 수많은 매뉴얼 중에서 정확한 매뉴얼은 몇개나 될까. 제대로 된 잡지를 만들려면 모든 제품과 매뉴얼을 비교해봐야 하는 것은 아닐까. 하지만 그걸 확인한다는 것은 불가능한 일이다. 그걸 확인하려고 들면 잡지를 그만두어야 할 것이다. 암호 같고, 기도문 같고, 방언 같은 매뉴얼 잡지가 아직까지는 마음에 든다. 매뉴얼뿐인 잡지이지만 그녀에게처럼 또다른 누군가에게 도움을 줄 수 있을지도 모를 일이다.

나는 오르골의 매뉴얼을 다시 만들어보기로 했다. 매뉴얼을 다시 만들어 그녀에게 선물해야겠다는 생각이 들었다. 박팀장에게 그림을 그려달라고 부탁할까 싶기도 했지만 꼭 그림이 필요할 것 같지는 않았다. 내 글로도 충분할 것 같았다. 오르골을 생각하자 첫번째 문장이 곧바로 떠올랐다. '이 오르골은 하나의 씨앗입니다. 씨앗에서 음악의 나무가 자라납니다.' 박팀장, 첫 문장 어때? 라고 속으로 물었더니 나쁘지 않은데요, 라는 소리가 들렸다. 조금 감상적인가요? 라고 물었더니 감상적이라도 괜찮아요, 라는 그녀의 목소리가 들렸다. 매뉴얼을 쓴다기보다 연애편지를 쓰고 있는 듯한 기분이었다. 나는 그녀의 얼굴을 떠올리면서 매뉴얼을 써나갔다. 아니, 써나갔다기보다 발굴해나갔다. 오르골에 쌓여 있던 시간의 먼지를 툭툭 털어내고, 그녀 얼굴에 가득하던 쓴웃음을 툭툭 털어내고, 오래된 오르골 매뉴얼의 그림을 툭툭 털어내자, 어디에선가 문장들이 하나 둘 나타나기 시작했다.

여, 여, 여러분은, 여기에서, 여러 가지 길을 배워, 원, 투, 스리, 포, 스리, 포, 원, 투, 디제이, 디, 디, 디제이로 다시, 태어납니다, 라고 원장이 랩을 할 때 나는 하품을 하고 있었다. 하품을 하지 않고는 들어줄 수 없는 목소리였다. 입학한 후 1년 동안 늘 하품을 하고 있다. 원장의 목소리도 지루했지만 무엇보다 몸이 힘들었다.

레코드판처럼 나는 매일 똑같은 축을 중심으로 회전하고 있었다. 가끔씩 어지러웠다. 낮에는 레코드가게에서 일했다. 서 있는 게 힘들었다. 주말에는 클럽에서 디제이 아르바이트를 했다. 역시 서 있는 게 힘들었다. 일주일 중 닷새는 디제이 수업을 들었다. 이번엔 앉아 있는 게 힘들었다. 하품이라도 하면 졸음이 줄어든다.

늘 똑같은 길 위를 맴도는 것 같았지만 그래도 시간은 지났고, 신통하게 1년을 버텼다. 이제 레코드판을 뒤집어야 할 시간이다. 레코드판을 뒤집는다 해도 회전하긴 마찬가지겠지만 뭔가 새로운 노래가 들려올 것이라는 기대감이 나를 흥분시켰다. 다음주에 열릴 수료 페스티벌을 무사히 마치면, 나는 '디제이예술연구학원'에서 수여하는 프로페셔널 디제이 수료증을 받게 될 것이다.

"판 보러 안 가?"

수업이 끝나고 턴테이블과 레코드를 정리하고 있을 때 DJ 코알라가 말을 걸어왔다. 디제잉 실력은 그렇게 뛰어나지 않지만 이름 하나는 정말 잘 지었다는 생각이 든다. 얼굴을 보고 있으면 곧바로 코알라가 떠오른다. 디제이가 되기 위해 가장 먼저 해야 할 일은 자신의 이름을 직접 짓는 것이다. 누군가 지어준 이름을 버리고 자신의 이름을 직접 선택하는 것이다. 이름을 어떻게 짓든 자신의 이름을 직접 짓는다는 건 멋진 일이다. 나의 이름은 DJ 스티프다.

"오늘은 어느 구역을 뒤질 건데?"

턴테이블 박스를 사물함에다 넣으며 내가 물었다.

"알 수 없지. 형이랑 같이 가면 괜찮은 걸 많이 건지니까 형이 골라봐."

"그럼 거기 다시 한번 가볼까?"

"어디?"

"지하 비닐저장소."

"또 밤새우게?"

"두번째니까 좀 낫지 않겠어?"

DJ 코알라와 나는 분식집에 들어가서 배를 채운 다음 우리가 '비닐저장소'라 부르는 레코드가게로 향했다. 한 달 전쯤 우연히 지하의 비닐저장소를 발견한 우리는 무려 7시간 동안 산처럼 쌓여 있는 비닐레코드를 뒤졌다. 우리는 주인 할아버지에게 밤새 지하에 있는 비닐레코드 더미를 뒤질 수 있는 허락을 받아냈다. 물론 바깥문은 잠근 상태였다. 밖으로 나가고 싶어도 나갈 수 없었고, 나갈 정신도 없었다. 그곳은 레코드가게라기보다 미로였다. 비닐레코드 사이로 작은 오솔길이 나 있었고, 조금이라도 발을 헛디디면 비닐레코드 산이 순식간에 무너져내렸다. 냄새도 고약했다. 눅눅한 종이 냄새와 오래된 비닐레코드 특유의 곰팡내가 구석구석 자욱했다. DJ 코알라와 나는 그곳에서 서른 장 정도의 보물을 손에 넣을 수 있었다. 보통 사람에겐 쓰레기나 마찬가지겠지만 우리에겐 보물이었다. 아침이 되어서 주인 할아버지가 문을 열었을 때 코알라와 나는 비닐레코드를 베개와 이불 삼아 잠이 들어 있었다.

밤 11시가 넘어서야 비닐저장소에 도착했다. 영업시간은 1시간밖에 남지 않았다. 1시간 안에 보물을 찾아내거나, 밤을 새워야 한다. 아무리 비닐레코드에 미쳤다 하더라도 그 지하실에서 밤을 새운다는 게 쉬운 일이 아니다. 밤을 새운 다음날은 푹 젖은 종이처럼 늘어져 지냈고, 하루 종일 몸에서 괴상한 냄새가 났다. 다음엔 꼭 낮에 와야지, 라고 마음먹었지만 결국 이렇게 되고 말았다.

오늘은 대충 하고 끝내, 또 밤새울 건 아니지? 1층 매장을 지나 계단을 내려가는데 뒤에서 주인 할아버지의 목소리가 들렸다. 몰라요, 알 수 없죠. 코알라가 대답했다. 코알라와 나는 지하실에 내려가자마자 훅, 하고 숨을 들이쉬었다. 비닐의 냄새는 우리에게 고향의 냄새 같은 것이다.

우리는 뒤지기 시작했다. 음반을 뒤지는 데도 요령이 있다. 음반 디자인을 보면 장르를 알 수 있어야 하고, 판을 한 번 쓰다듬고 정확한 상태를 파악할 수 있어야 한다. 판이 휘지는 않았는지, 흠집이 많이 난 것은 아닌지 알 수 있어야 한다. 1차 심사를 통과한 음반들을 한곳에다 쌓아두고 다시 한번 꼼꼼하게 살펴본다. 마지막으로 가진 돈을 확인하면서 음반을 선별한다. 이 정도의 요령만 있으면, 그리고 돈만 충분하다면, 한 시간에 수십 장의 음반을 골라낼 수 있다. 코알라와 나는 지난번에 살펴보지 못했던 구역을 뒤지기 시작했다.

"형, 이쪽이 분위기가 괜찮은데?"

탐험을 시작한 지 5분도 지나지 않아 녀석이 금광을 찾아냈다. 그곳에는 1960년대의 희귀한 음반들이 한 줄로 쌓여 있었다. 버릴 음반이 없었다. 레코드가게를 뒤지다보면 이런 횡재를 할 때가 있다. 아마도 돈이 급해진 누군가가 한꺼번에 자신의 앨범을 처분했을 것이다. 코알라와 나는 한 장씩 음반의 상태를 확인했다. 모두 최고의 상태였다.

"이 정도면 페스티벌에서 사람들을 모조리 기절시킬 수 있겠는데? 형, 안 그래?"

"한 2년은 레코드가게 안 뒤져도 되겠다. 네가 노다지를 발견했으니까 먼저 골라봐."

"무슨 말씀. 형이 오자고 한 거니까 형부터 골라."

참으로 우애가 깊은 디제이들이었다. 그때 한쪽 구석에서 무슨 소리가 들리는가 싶더니 쌓여 있던 음반이 무너져내렸다. 음반이 바닥에 뒹구는 소리가 끝날 때쯤 끙, 하는 사람의 목소리가 들렸다. 그리고 음반이 무너진 자리 쪽에서 누군가 걸어나왔다. 회색 벙거지를 쓴 남자였다. 그는 점퍼에 묻은 먼지를 털어내면서 우리가 서 있는 쪽으로 걸어왔다. 그리고 우리가 사이좋게 두 덩이로 갈라놓은 음반을 모으기 시작했다.

"뭐 하는 겁니까?"

코알라가 말했다. 남자는 아무 말도 하지 않았다.

"지금 음반 고르는 거 안 보여요?"

코알라가 음반을 손바닥으로 누르면서 말했다.

"제가 골라놓은 겁니다."

남자가 시큰둥한 목소리로 대답했다.

"무슨 소리예요. 방금 우리가 찾아냈는데…… 당신이 골랐다
는 증거 있어요?"

코알라도 지지 않았다. 하지만 남자의 말이 맞을 것이다. 이렇
게 좋은 음반들이 한꺼번에 모여 있다는 것은 사실 불가능한 일
이다. 남자는 코알라의 눈을 물끄러미 바라보았다. 코알라의 눈
은 떨고 있었다. 남자는 코알라를 무시하고 다시 음반을 쌓았다.

"이거 봐요, 우리가 찾아낸 거라니까!"

코알라가 남자의 팔을 붙들었다. 남자는 순식간에 코알라의 손
을 뿌리치고는 100장 정도의 음반을 두 팔로 안았다. 그리고 계
단 쪽을 향해 걸어갔다. 음반을 안고 가는 자세가 안정적이었다.
즉, 이 방면의 전문가라는 얘기다. 코알라는 낮게 쌓여 있는 음반
더미를 뛰어넘더니 그의 앞을 가로막았다.

"웃기는 새끼 아냐. 야, 내려놔! 내 말 안 들려?"

내가 끼어들 때가 됐다. 나는 코알라를 진정시키고 남자에게
말을 걸었다.

"죄송합니다. 흥분을 잘 하는 녀석이라서······ 한 가지만 여쭤볼게요. 그 음반들을 직접 고르신 건가요?"

"그렇습니다."

"안목이 굉장한 분 같은데, 혹시 디제이십니까?"

그는 아니라고 했다. 하지만 무슨 일을 하고 있는지는 얘기하지 않았다. 그는 이야기를 할 때도 내 눈을 정면으로 바라보지 않았다. 지나치게 수줍음이 많은 사람이거나 우리를 무시하고 있다는 느낌이었다. 어쨌거나 우리는 그를 순순히 보내줄 수가 없었다.

"저희는 디제이들입니다. 다음주에 공연이 있어서 그 음반들이 필요한데요. 혹시 저희에게 다시 팔 생각은 없습니까? 값은 후하게 쳐드릴게요."

"형, 무슨 소리야. 저 새끼가 골랐다는 증거도 없는데 그냥 뺏어버리면 되지."

남자는 들고 있던 음반을 한쪽 구석에다 내려놓았다. 주머니 속에서 지갑을 꺼내더니 명함 한 장을 내게 건넸다. 거기에는 '각종 음반 수집가'라는 직업이 전화번호와 함께 적혀 있었다.

"특별히 저 음반들을 팔겠습니다. 하지만 조건이 있습니다."

"웃기는 소리 하지 마. 조건은 무슨······"

나는 코알라를 한쪽 구석으로 밀어놓고 남자의 이야기를 들었다.

"저도 이 음반을 들어봐야 할 것 같습니다. 일주일 후에 되팔 겠습니다."

"그건 힘들겠는데요. 다음주 공연 준비를 하려면 저희도 연습 을 해야 하니까요."

"사흘은 어떻습니까?"

"좋아요. 좀 빠듯하긴 하지만. 대신 저도 조건이 있습니다. 가 격은 댁이 산 가격 그대로 하죠."

"그럽시다."

흥정은 끝났다. 코알라도 더이상 긴말은 하지 않았다. 단지 사 흘이라는 시간이 필요할 뿐 우리가 원하는 음반을 원하는 가격에 살 수 있으니 불평할 이유가 없었다. 우리는 남자와 함께 계산대 로 가서 그가 산 앨범 리스트와 가격을 복사했다. 남자는 차를 타 고 어딘가로 사라졌다.

나는 주인 할아버지에게 저 남자를 아냐고 물었다. 글쎄, 가끔 씩 와서 음반을 긁어가. 뭐 하는 사람인지는 나도 몰라. 주인 할 아버지로서는 관심이 없는 게 당연했다. 남자는 가격을 흥정하지 도 않았다. 부르는 값을 그대로 지불하는 손님은 어딜 가나 인기 가 좋은 법이다. 코알라와 나로 말할 것 같으면 음반을 고르는 시 간보다 가격을 흥정하는 시간이 더 긴 편이니까. 에이, 이건 스크래치가 두 군데나 있잖아요. 어머나, 휘기까지 했네. 이걸 어떻게 제값을 줘요? 라고 코알라가 말하면 어, 정말이네? 많이 휘었잖아? 라고 내가 맞장구를 친다. 그러면 일단 가격은 10퍼센트 정도 떨어진다. 지난번 서른 장의 음반을 살 때도 똑같은 작전을 썼고, 어느 정도의 돈은 절약할 수 있었다. 하지만 '비닐저장소' 주인 할아버지의 할인율은 큰 편이 아니다. 살 테면 사고 싫으면 말라는 식이다. 그러면 우리는 사야 한다. 우리가 약자다. 남자가 가격 흥정을 하지 않은 탓에 우리는 생애 최초로 한푼도 깎지 않은 중고 비닐레코드를 소유하게 됐다. 뭐 그것도 의미 있는 일이라고 할 수 있다.

코알라와 나는 사흘 동안 레코드가게 순례를 하지 않았다. 할 필요가 없었다. 곧 93장의 끝내주는 음반이 우리 손에 들어올 테니까 말이다. 우리는 사흘 동안 빈둥거렸다. 음반이 없으니 연습을 할 수도 없었다. 가끔씩 남자가 산 음반 리스트를 보면서 그 속에 든 음악을 상상하기도 했다. 우리는 심심할 때면 각자의 턴테이블 위의 비닐레코드를 긁어서 스크래치로 잡담을 했다.

삐비비, 치이이칙칙키, 뚜위뚜위뚜위이, 히이피피

라고 내가 말을 건네면,

투구투구붐츠츠두두치키둥둥, 프프삐삐히치키피픽, 휘이치키
치키

라고 코알라가 대답을 했다.

다른 사람들은 절대 알아들을 수 없지만 우리들 나름으로는 뜻
이 통한다. 내가 어떤 부분의 소리를 비틀어서 들려주면 코알라
는 거기에 맞는 대구로 화답을 한다. 우리에겐 그 소리가 언어나
다름없다. 자신의 생각을 상대방에게 전달할 수 있으니 분명히
언어다. 둘이서 디제잉을 하고 있으면 사실 별다른 말이 필요 없
다. 두 시간 동안 둘이서 쉬지 않고 턴테이블을 연주한 적도 있
다. 두 시간 동안 말은 한마디도 하지 않았지만 기나긴 대화를 나
눈 것 같은 느낌이 들었다.

디제잉을 하기 위해서는 두 대의 턴테이블과 한 대의 믹서가
필요하다. 두 대의 턴테이블에다 비닐레코드를 올려놓고 가운데
에 있는 믹서—중에서도 크로스페이더라는 레버—로 그 소리
를 조절한다. 말하자면 이런 모양이다.

코알라는 내가 그린 이 그림을 자신의 연습실 문에다 붙여두었다. 그러고 보니 코알라를 닮은 것 같기도 했다. 하지만 내 생각에 그 그림은 코알라와 나의 관계를 상징하는 것 같았다. 가느다란 선으로 이어진 턴테이블과 턴테이블. 그게 코알라와 나였다.

사흘 후 우리는 지하철역에서 남자를 만나 93장의 음반을 사왔다. 사흘 만에 다 들으시느라 힘들었겠어요. 남자는 대답하지 않았다. 음악이 좋던가요? 역시 대답하지 않았다. 우리는 돈을 건넸다. 복사해둔 리스트와 음반을 하나씩 확인했지만 모든 게 정확했다. 팔 만한 음반이 생기면 전화를 달라면서 남자에게 내 휴대전화 번호가 적힌 명함을 주었다. 디제이에겐 언제나 새로운 음반이 필요한 법이다. 연습실로 돌아오는 길에, 형, 그 새끼 좀 이상하지 않아? 눈 봤어? 눈이 꼭 야광 같더라니까, 라고 코알라가 말했지만 신경쓸 일이 아니었다. 턴테이블을 연주하고 있는 우리 눈을 보고 누군가 그렇게 얘기할지도 모르니까.

코알라의 연습실에서 모든 음반을 듣는 데만 꼬박 하루가 걸렸다. 마킹테이프로 비닐레코드에다 메모를 하면서 우리는 남자의 안목에 감탄할 수밖에 없었다. 음악이 훌륭하기도 했지만 모두 디제이들이 탐낼 만한 음반들이었다. 와, 그 새낀 디제이도 아니면서 이런 음악들을 어떻게 알지? 내가 하고 싶은 말이었다.

우리는 들었던 음악의 부분들을 머리 속에서 조립해보았다. 그건 서로 다른 유리조각들을 모아 새로운 유리창으로 만드는 일과 비슷하다. 혹은 퍼즐을 조립하는 과정과 비슷하다. 그 모든 조각을 하나의 커다란 틀로 완성시키는 순간 디제이만의 음악이 탄생하는 것이다. 턴테이블을 얼마나 빨리 움직이는지, 얼마나 스크래칭을 잘하는지는 사실 중요하지 않다. 디제이에게 가장 중요한 것은 음반을 고를 줄 아는 안목, 그리고 조립과 응용이다.

수료 페스티벌이 사흘 앞으로 다가왔을 때 남자에게서 전화가 왔다. 이어붙이지 못한 몇 조각의 음악들 때문에 꼬박 밤을 새우고 난 아침이었다. 자신의 음반을 모두 처분할 생각이니 관심이 있으면 자신의 창고로 오지 않겠냐는 것이었다. 남자의 안목이라면 보물 같은 음반들이 산처럼 쌓여 있을 것이다. 하지만 내겐 그럴 만한 돈이 없었다. 돈 문제는 걱정 말고 한번 보러나 오세요. 몇 장만 사도 되니까요. 남자가 갑자기 친절한 목소리로 말하자 뭔가 꿍꿍이가 있을지도 모른다는 생각이 들었지만 쉽게 뿌리칠 수 없는 제안이었다. 낮엔 안 되고 저녁에 들를까요? 좋습니다. 저녁에 전화 주세요. 하루 종일 일이 손에 잡히질 않았다. 정신이 다른 데 가 있어서인지 하루 동안 시디 4장을 도둑맞았고 인터넷 주문용 포장을 하다가 손을 베기도 했다. 코알라와 함께 가자고 했지만 선약이 있다고 했다. 그리고 난 그 새끼 마음에 안 들어, 대신 형이 내 몫까지 왕창 사와. 혼자 간다는 게 마음에 걸렸지만 어쩔 수 없었다.

남자의 창고는, 예상한 대로, 지하에 있었다. 비닐저장소의 절반 정도 크기였고 비슷한 스타일로 음반들을 쌓아놓고 있었지만 정리는 훨씬 깔끔하게 돼 있었다. 창고에 정리된 음반들을 보는 순간 무서웠다. 도대체, 이 인간은, 이라는 생각이 들었지만 그가 바로 옆에 서서 나를 감시하고 있었기 때문에 별다른 내색은 할 수 없었다.

"오늘 안으로 사고 싶은 음반들을 골라낼 수 있겠어요?"

남자가 물었다. 당연히 불가능하다. 음반들의 표지를 보는 것만으로도 1년이 지나갈 것 같았다. 거기에는 대략, 어림잡아도, 아니 어림잡을 수 없을 정도의 음반이 쌓여 있었다.

"언제까지 음반을 골라내야 할까요?"

"오늘입니다."

"내일이면?"

"텅텅 비어 있을 겁니다."

"몽땅 사라지는 겁니까?"

"한 장도 없을 겁니다. 어때요? 고르시겠어요?"

"그래야겠죠."

"내일 아침까지 시간을 드리죠. 저쪽 구석에 턴테이블도 있으니 마음껏 들어보실 수도 있습니다."

"들어보지 않아도 압니다."

"하, 대단하시군요. 제 작업실은 2층에 있습니다. 제 도움이 필요하면 저기에 있는 인터폰을 들기만 하면 됩니다."

"알겠습니다. 그럼 골라볼까요."

잘 아시겠지만, 문은, 잠급니다, 철컥, 하는 소리와 함께 그가 문밖으로 사라졌다. 저녁 9시였다. 지하실치고는 공기도 맑았고 춥지도 않았다. 조금 쌀쌀한 듯싶었지만, 곧 땀이 날 것이다. 나는 턴테이블이 있는 쪽으로 갔다. 평범한 턴테이블과 평범한 앰프, 그리고 싸구려 스피커 한 세트가 있었다. 나는 가장 가까운 곳에 있던 음반 한 장을 턴테이블 위에 올렸다. 최대한 느긋해야 한다. 스피커에서 음악이 흘러나오자 지하실 공간이 좀더 따듯해지는 것 같았다. 나는 지하실을 한 바퀴 둘러보았다. 음반과 음반과 음반들뿐이었다. 나는 지하실을 여섯 개의 공간으로 나누고 시간계획을 세웠다. 아침 9시까지 12시간이 남아 있으니 한 구역에 두 시간이다. 충분하다. 문제는 체력이다. 나는 스트레칭을 시작했다. 어깨를 풀어주고 엉덩뼈를 이완시켰다. 한쪽 다리를 스피커 위에다 올리고 허리도 굽혀보았다. 치직, 하는 턴테이블의 바늘 소리가 긴장된 마음을 풀어주었다. 나는 음반 더미를 뒤지기 시작했다. 2시간마다 10분씩 쉬었다. 2시간이 지났는데 한 구역을 끝내지 못했더라도 미련 없이 다음 구역으로 이동했다. 평소보다는 좀더 까다로운 작업이었다. 마음에 드는 음반들이 너무 많았기 때문에 심사기준을 높여야 했다. 최상의 상태인 음반만 수레에 담았다. 새벽 4시가 되자 목이 아팠다. 다음엔 눈이 아팠고, 허리가 아팠다. 쉬고 싶었지만 조금만 더 참아보기로 했다. 2시간에 10분. 규칙은 규칙이다. 음악은 오래 전에 사라졌다. 음악을 재생하기 위해 턴테이블로 걸어가는 에너지를 절약하기로 했다. 음악이 없는 것도 나쁘지 않다. 오히려 더 집중할 수 있다. 아침 7시가 됐을 때는 마지막 구역을 포기할 마음도 들었다. 수레에 골라놓은 음반만 200장이 넘을 것 같았다. 수레의 공간이 부족해 한쪽 구석에 쌓아놓은 음반이 서른 장쯤 된다. 돈은 충분했다. 마지막 구역에 굉장한 음반이 몰려 있을 것만 같아서 나는 다시 일어섰다. 다시 턴테이블 위에 음반을 올렸다. 분위기를 바꾸기 위해 펑크 음악을 틀었지만 몸은 가벼워지지 않았다. 아침 9시가 되었을 때는 어서 빨리 이곳을 벗어나야겠다는 생각뿐이었다. 보지 않으면 욕망이 사라질 것이다. 마지막 구역을 다 뒤지지 못했지만 충분하다는 생각이 들었다.

　나는 문 입구에다 선별한 음반을 세 줄로 쌓았다. 305장이었다. 코알라가 좋아할 만한 앨범 100장을 빼면 내 몫은 200장 정도다. 너무 많다는 생각은 들지 않았다. 나는 인터폰을 들었다. 신호음이 여러 번 울렸지만 대답은 없었다. 끊었다가 다시 수화기를 들었다. 여전히 대답이 없었다. 아침 9시 30분이었다. 나는 남자의 휴대전화로 전화를 걸었다. 신호음이 들리지 않았다. 휴대전화기의 액정에는 신호가 잡히지 않는다는, 전화기 그림 위에 붉은색 엑스가 덧씌워진 표시가 나타났다. 불안했지만, 피곤했다. 나는 한쪽 구석의 소파에 누웠다. 눈을 감았더니 밤새 본 음반들의 표지가 낱장 달력처럼 흩날렸다.

인터폰 소리에 잠이 깼다. 10시였다. 택시를 타면 11시까지는 레코드가게에 도착할 수 있겠다는 생각이 먼저 들었다.

"다 고르셨습니까?"

수화기 저편에서 남자의 목소리가 들렸다. 반가웠다.

"문이나 얼른 열어주세요. 얼어 죽기 직전입니다."

"거기가 추워요?"

"여기서 밤새워본 적 있어요?"

"밤새워본 적 있냐고? 지하실에 쌓여 있는 음반들을 보고도 그런 소리가 나와? 거기에 내 손길이 닿지 않은 음반은 단 한 장도 없어. 10년이 걸렸다고, 10년."

"모두 305장을 골랐습니다. 얼른 내려와서 계산이나 하시죠."

"뭐? 305장? 맙소사, 305장이라고? 이 바보 같은 자식아, 거기서 기껏 305장을 골랐단 말야? 내 라이브러리가 겨우 그 정도밖에 안 된다고 생각해? 아무튼 디제이란 놈들은……"

"무슨 소리예요. 시간이 부족했잖아요. 돈도 부족하고……"

남자의 반말이 거슬렸지만 나보다 나이가 많은 것은 확실하니까 그렇게 억울하다는 생각은 들지 않았다. 나는 최대한 예의를 갖추기 위해 노력했다. 안에서는 문을 열 수 없다. 열쇠를 가진 사람은 내가 아니다.

"한 시간을 더 줄 테니 600장을 채워."

"문을 열어요. 문 열고 얘기합시다."

남자는 대답이 없었다. 인터폰에 붙은 호출단추를 눌렀지만 아무런 대꾸도 없었다. 나는 휴대전화를 들고 지하실을 한 바퀴 돌았다. 어디에서도 신호가 잡히질 않았다. 내가 이곳에 있다는 사실을 아는 사람은 코알라뿐이다. 하지만 코알라 역시 이곳의 정확한 위치는 모르고 있다. 문을 열어줄 수 있는 사람은 오직 한 사람뿐이다. 좋다. 한 시간만 더 기다리자. 음반을 고를 힘은 없었기 때문에 나는 가장 가까운 곳에 있던 음반 더미를 한꺼번에 옮겼다. 정확하게 600장인지를 세어볼까 하다가 그만두었다. 그가 말한 600이라는 숫자는 600의 의미가 아니었으니까. '더 많이'라는 말의 비유일 뿐이니까. 나는 소파에 앉아서 쌓아놓은 음반을 보았다. 모두 여섯 덩어리였다. 그건 이제 음반이라기보다 벽처럼 보였다.

"다 골랐어요?"

11시가 되자 다시 인터폰이 울렸고 남자의 목소리가 들렸다.

"네, 600장을 채웠습니다."

"정확히?"

"정확히 600장입니다."

"수고하셨네요."

"열어주시죠, 이제."

"그전에 한 가지만 물어봅시다."

허리가 아팠다. 어깻죽지에서는 작은 경련이 일었고 뒷골이 뻣뻣했다. 어떻게 해서든 이곳을 나가고 싶다는 생각뿐이었다.

"디제이가 아티스트라고 생각해요?"

"무슨 소립니까?"

"말 그대로, 문자 그대로. 디제이가 아티스트냐, 아니냐, 예스 혹은 노."

"정답을 말해야 나갈 수 있는 겁니까?"

"장담은 못 하지만 그럴지도 모르지."

"디제이는 아티스트가 아니다, 이게 원하는 대답인가요?"

"원하는 대답은 없어. 당신의 생각을 듣고 싶은 거지."

"아티스트라고 생각합니다."

"어째서?"

머리 속이 비닐레코드처럼 빙글빙글 돌고 있었다. 어째서일까,

그걸 대답해야 하는 거지. 그래, 어째서일까. 나는 답을 모른다.

"대답을 못 하는 걸 보니 아닌가보네. 아티스트라면 그 정도의 대답은 할 줄 알아야 하는 거 아닌가? 머리가 나쁘면 종이에 적어 다니든지."

"원하는 게 뭐요?"

나는 화가 치밀었지만 그걸 표현할 방법이 없었다. 힘을 사용할 수도 없었고 소리를 지를 수도 없었다. 내 몸 주변에 두꺼운 막 하나가 생긴 것 같은 기분이었다. 찢어지지도 않고 부서지지도 않는, 투명한 막에 사로잡힌 것 같았다. 남자는 한참 말이 없었다. 나는 지하실 철문을 바라보았다. 저걸 부술 수 있을까?

"난 디제이들이 싫어. 왠 줄 알아? 음반에다 스크래치를 내잖아."

"디제이를 잘 모르는군. 디제이만큼 음반 관리를 잘하는 사람은 없어요."

"하하, 농담이야, 농담. 흥분하지 말라고."

"좋아요. 디제이는 아티스트가 아닙니다. 됐어요?"

"저런, 자의식이 없구만. 그렇게 금세 왔다갔다하나? 다른 디제이들이 들으면 섭섭해하겠네."

"나한테 왜 이러는 겁니까? 난 아직 디제이도 아니에요. 그냥 디제이가 되고 싶어하는 사람일 뿐이잖아요."

"바로 그거야. 디제이 놈들은 구제불능이거든. 다른 사람의 음악을 잘라먹는 주제에 자기들이 무슨 대단한 예술가라도 되는 줄 알지. 난 당신 같은 사람이 좋아. 아직 가능성이 있으니까 말야. 지난번 레코드가게에서 처음 만났을 때 당신을 좀 훔쳐봤지. 제법 음악을 아는 거 같아. 그렇지? 스스로 음악을 안다고 생각하지?"

"모르겠어요."

"음악을 할 수 있는 길은 많잖아. 노래를 부를 수도 있고, 연주를 할 수도 있고, 그것도 아니면 비평을 할 수도 있고 말야. 왜 하필 디제이냐 이거지."

나는 소파를 인터폰 근처로 끌어다가 앉았다.

"내가 아주 좋아하는 노래가 있어. 〈피버〉라는 곡인데, 모르나? 유명한 노래야. 술집에 가면 꼭 신청을 하지. 한번은 술집에 앉아서 그 곡을 신청했는데 말야, 무슨 일이 있었는지 알아? 술집 주인이 원곡 대신에 어떤 디제이 녀석이 리믹스한 걸 틀더라고. 원곡의 느낌을 완전히 망가뜨려놓고는 온갖 기교만 자랑하더란 말이지. 빌어먹을, 그런 걸 음악이라고 생각한단 말야. 그때 내 심정이 어땠는지 모를 거야. 가슴이 찢어지는 줄 알았어. 그 음악처럼 내 마음도 다 찢어졌다고. 너 같은 디제이 놈들이 내 음악을 전부 망쳐버렸단 말이야."

"새로운 음악이 필요한 시대가 온 겁니다."

"웃기고 있네. 새로운 음악? 그게 새롭다고 생각해? 디제이들 연주를 제대로 한번 들어보라고. 이 노래에서 조금 훔치고, 저 노래에서 조금 훔치고, 심심하면 스크래치 한번 해주고, 뒤섞고 섞고, 베껴서, 자신의 이름으로 음반을 낸단 말야. 얼굴을 갈겨버리고 싶어."

"그것도 나름대로 음악을 사랑하는 방식이에요. 그래서 결론이 뭡니까. 세상의 모든 디제이들을 다 죽여버릴 겁니까?"

"그랬으면 좋겠지. 정말 그랬으면 좋겠어. 마음 같아선 그 지하실에다 모두 때려넣고 싶어. 하루에 비닐레코드 한 장만 식사로 주고 말야. 그것도 과분하지. 디제이들은 음악을 모르는 새끼들이니까 돼지 목에 진주목걸이야."

"당신이 모아놓은 음반은 전부 훌륭해요. 그걸 알아본다는 것만으로도 음악을 안다고 할 수 있지 않겠어요?"

"음악을 알면 뭐 해? 음악을 느끼지는 않고, 그걸 잘라서 써먹을 생각만 하는데…… 거기 턴테이블이 있으니까 음악을 좀 들어봐. 좋잖아. 조용하고, 방해하는 사람도 없고, 음반도 많고…… 아티스트들의 숨결을 한번 느껴보란 말야. 내 생각엔 그 지하실에서 정말 끝내주는 음반을 1000장은 골라낼 수 있어야 한다고 생각해. 305장이라고? 좀 제대로 골라봐. 이 망할 놈의 디제이 새끼야."

수화기를 집어던지는 소리가 들렸고, 더이상 아무 소리도 들리지 않았다.

나는 소파에 앉아서 상황을 정리해보았다. 하지만 아무리 생각해도 정리가 되지 않았다. 왜 하필 나였을까? 비닐저장소에서 만난 게 잘못이었을까? 남자가 골라놓은 음반에 내가 관심을 보였기 때문일까? 내가 일하는 클럽에서 나를 본 것일까? 내가 리믹스한 음악이 마음에 들지 않았던 것일까? 알 수 없었다. 왜 하필 나였을까, 라는 문장이 머리 속에서 끊임없이 반복재생됐다. 음반을 다시 고르고 싶은 마음은 없었다. 어떤 음반을 고르든 결과는 마찬가지일 거라는 생각이 들었다. 남자가 문을 열어주길 기다리는 것 말고는 방법이 없었다. 30분이 지나도 인터폰은 울리지 않았다. 인터폰을 눌러보았지만 아무런 신호음도 들리지 않았다. 나는 지하실 문을 있는 힘껏 밀어보았다. 철컥, 하는 소리만 날 뿐 문은 꿈쩍도 하지 않았다. 나는 지하실을 한 바퀴 돌면서 혹시 창문이나 다른 문이 있는지 살펴보았다. 벽 쪽에 쌓여 있는 음반들을 모두 밀어내고 통로가 있는지 살펴보았다. 완전한 밀폐였다. 어디에도 통로는 없었다.

문틈이 보였다. 지하실 문에는 아주 좁은 틈이 있었고, 그 사이로 뭔가를 밀어넣을 수 있다면, 그래서 힘을 줄 수 있다면 자물쇠를 부술 수도 있겠다는 생각이 들었다. 지하실 안에 있는 거라곤 음반뿐이었다. 나는 튼튼해 보이는 음반 한 장을 꺼내서 문틈에 다 밀어넣었다. 일단 들어가긴 했다. 나는 둥그런 음반을 오른손으로 쥐고 세게 밀어보았다. 손바닥에 통증이 느껴졌다. 셔츠를 벗어서 손을 감싸고 다시 한번 음반을 밀어넣었다. 자물쇠가 조금 휘는 것 같은 느낌이 들었다. 이번엔 온몸을 이용해 밀었다. 열 번, 서른 번, 마흔 번, 음반을 밀어넣어보았지만 소용이 없었다. 어쩌면 빗장을 질러놓았는지도 모른다. 어젯밤 남자가 문을 닫을 때 어떤 소리가 났는지 생각해보았지만 아무것도 기억나지 않았다. 그때 내 모든 신경은 음반에 집중돼 있었다. 나는 음반 한 장을 부러뜨린 다음 날카로운 조각을 문틈으로 밀어넣었다. 위아래로 조금씩 움직여보았다. 문을 열기란 불가능했다. 천장에는 형광등과 배수관과 환풍기가 있었다. 환풍기를 뜯어내면 어떤 통로가 나올지도 모르겠지만 천장의 높이는 5미터도 넘어 보였다. 나는 다시 소파에 앉았다.

겁먹을 필요 없어. 나는 마음속으로 생각했다. 미치지 않고서야 나를 이런 곳에 내버려둘 리가 없다는 생각이 들었다. 잠깐 겁을 주는 것뿐이야, 조금만 더 기다리면 된다고. 하지만 언제? 배가 고팠다. 뭐라도 먹을 게 있나 싶어 오디오 근처를 뒤져보았지만 물이 반쯤 남은 생수병 하나가 있을 뿐이었다. 나는 단숨에 물을 들이켰다. 물을 마시고 나니 그래도 조금 힘이 솟았다. 나는 휴대전화기를 꺼내서 다시 한번 신호를 확인해봤다. 벽에 최대한 밀착시켜보았지만 소용이 없었다. 졸리진 않았지만 잠을 자야겠다는 생각이 들었다. 자고 일어나면 모든 게 해결돼 있을 것 같았다. 나는 소파를 인터폰 바로 아래쪽으로 끌었다. 눈을 감았지만 잠은 오지 않았다. 공기가 차가웠다. 나는 음반 몇 장의 알맹이를 꺼내고 음반 재킷을 몸 위로 덮었다. 별 효과가 없었다. 매캐한 가스 냄새가 점점 심해졌다. 지하실에 들어온 지 16시간이 지났다. 음악을 들어야겠다는 생각이 들었다. 재즈 음반 한 장을 턴테이블 위에 올렸다. 지금의 상황과 어울리지 않는, 경쾌한 곡이었다. 하지만 그렇게라도 마음을 안정시킬 필요가 있다. 색소폰과 피아노 소리가 아늑하게 들렸다.

형광등은 한낮의 태양처럼 나를 비추고 있었다. 그 불빛 때문에 잠을 자는 것도 쉽지 않았다. 잠깐 불을 꺼보기도 했지만 환한 편이 나았다. 시계가 없다면 밤인지 낮인지도 알 수 없었을 것이다. 나는 음악을 들으며 시간을 보냈다. 여기에 있는 음반을 다 듣는 데 얼마나 걸릴까. 뭔가 먹을 게 있다면 이곳에 갇히는 것도 나쁘지 않을 것 같다는 생각이 들었다. 저녁 9시가 되었지만 인터폰에서는 아무런 소리도 들리지 않았다. 나는 소파에 누워서 멍하니 천장을 바라보았다. 벌써 스무 장의 음반을 들었다. 몇 곡은 좋았고 몇 곡은 지루했다. 널찍한 지하실에 쌓여 있는 음반 더미는 벽처럼 보였다. 한쪽 귀를 통해 몸속으로 음악이 들어오고, 반대쪽 귀를 통해 음악과 함께 힘이 빠져나갔다. 나는 점점 내가 아닌 것 같았다.

그 다음날 아침이 되었을 때는 턴테이블 쪽으로 걸어갈 힘도 남아 있지 않았다. 마지막으로 재생했던 음악의 메아리가 지하실 안에 남아 있었다. 여가수의 목소리가 허공 속에서 끝없이 들려왔다. 아무런 생각도 나지 않았다. 한두 시간씩 얕은 잠에 빠지긴 했지만 거의 뜬눈이었다. 심장이 아렸다. 코알라는 무얼 하고 있을까. 나를 찾고 있을까. 아니면 수료 페스티벌 준비를 하고 있을까. 머리 속의 생각들이 연기처럼 떠돌았다. 어떤 생각들이 끊임없이 떠올랐지만 완전한 것은 하나도 없었다. 오후가 되었을 때는 허공 속의 메아리도 사라졌다. 윙윙거리는 소음만 귓속에 남아 있었다. 그게 무슨 소리인지는 알 길이 없었다.

사흘째가 되자 이상한 마취상태가 되었다. 눈을 잠깐 감으면 낯선 물체들이 눈앞에 어른거렸다. 이렇게 가는구나, 라는 생각이 잠깐 들었다. 어디선가 음악소리가 들리는 것 같았다. 누군가 턴테이블에 새로운 음반을 올려놓은 모양이다. 그게 누굴까. 여긴 아무도 없잖아. 발소리가 들렸다. 처음에는 아득하게 들리다가 조금씩 커졌다. 쿵쾅쿵쾅, 내 머리를 흔들고 있었다. 그리고 문을 두드렸다. 사람의 얼굴이 보였다, 사라졌다.

다시 눈을 떴을 때 나는 병원의 침대에 누워 있었다. 링거가 보였고 그 옆으로 코알라의 얼굴이 보였다. 웃고 있었다. 그에게 뭔가 말을 하고 싶었지만 어디서부터 얘기를 꺼내야 할지 알 수가 없었다.

"드디어 깼네."

코알라가 말했다. 나는 더듬거리며 코알라에게 어떻게 된 일인지 물었다. 하지만 코알라는 알고 있는 게 없었다. 내가 어떤 지하실에 쓰러져 있었다는 사실 외에는.

사흘 후, 나는 경찰서에 출두했다. 경찰은 어떻게 된 일인지 내게 물었다. 나도 어떻게 된 일인지 경찰에게 물었다. 경찰은 서류철에서 종이 한 장을 꺼내서 내게 보여주었다. 수배전단이었다. 오래 전에 찍은 듯한 남자의 사진 아래에는 불법음반 제작, 사기 등의 죄목이 적혀 있었다. 지하실에 있던 그 비닐레코드를 시디로 만들어 판매했던 모양이다. 그의 소장음반을 생각해볼 때 그 규모가 어느 정도일지 짐작이 갔다. 남자의 인터넷 사이트를 추적하던 경찰은 창고가 있다는 사실을 알아냈고, 창고를 급습했을 때 내가 소파에 쓰러져 있었던 것이다. 나는 경찰에게 내가 소파에 쓰러지게 된 이유를 설명했다. 쉽지 않은 일이었다. 디제이를 싫어한답니다. 그걸 누가 이해하겠는가. 어쨌든 내가 그 남자와 아무런 관련이 없다는 사실만은 납득시킬 수 있었다. 어째서 저였을까요? 경찰에게 묻고 싶었다. 하지만 그건 경찰이 내게 묻고 싶은 질문이기도 했다. 남자는 잡히지 않았다. 시디 제작 장비는 발견했지만 남자는 사라진 후였다.

나는 레코드가게 아르바이트를 그만둘 수밖에 없었다. 심각한 후유증까지는 아니었지만 몸도 마음도 정상이 아니었다. 가끔씩 귓속에서 이상한 음악이 들려왔고, 엘리베이터만 타면 식은땀이 흘렀다. 디제이 학원도 그만두었다. 수료 페스티벌에 참가하지 못했기 때문에 디제이 수료증도 받을 수 없었고, 준다 하더라도 받고 싶은 마음이 없었다. 다행히 코알라는 성공적으로 페스티벌을 마쳤다. 턴테이블 두 대와 믹서 한 대로 사람들을 기절 직전까지 몰고 갔다, 고 코알라가 말했다. 그때 나는 침대에 누워 있었다. 코알라는 내가 발견되지 않았으면 페스티벌에 참가하지 않을 작정이었다고 한다. 입장이 바뀌었다면 나 역시 그랬을 것이다. 코알라는 페스티벌 이후로 잘나가는 디제이가 됐다. 여러 클럽에서 공연 제의가 들어왔고 음반을 내자는 사람도 생겼다. 형이랑 같이 하면 좋을 텐데, 라고 코알라가 말했지만 나는 그럴 마음이 전혀 없었다. 코알라는 공연을 너무 많이 해 팔목터널증후군에 시달릴 정도였다. 손가락과 손바닥에 힘이 없어지는, 디제이들에게는 흔한 병이다. 코알라는 모든 공연에 나를 초대했다. 디제이

예술연구학원에서의 공연 때는 나를 무대로 끌어내 이 형이 저의 스승이에요, 대단한 디제이죠, 라고 소개하기도 했다. 턴테이블을 연주해보라고 했지만 나는 그럴 수 없었다. 턴테이블이 회전하는 모습을 보고 있으면 멀미가 나려고 했다. 나는 인사만 하고 무대 아래로 내려왔다. 코알라는 사람들을 열광시키는 재주가 있었다. 턴테이블을 움직이는 손은 예전보다 빨라졌고, 복잡한 비트도 자유자재로 만들었다. 원생들 앞에서 원장의 랩을 흉내내기도 했다. 디제이가 무슨 디딜방아인 줄 아시나, 쿵, 더쿵, 쿵, 쿵, 더더, 쿵, 비트도 없고, 비밀도 없고, 재능도 없고, 재수도 없고, 야밤에 이런 데로 떡치러 오셨나, 쿵쿵쿵쿵, 판만 돌린다고 디제인 줄 아시나, 하지 마라 하지 마라 하는 것만 또 하고 싶어지면 디제이 하지 마라, 두 개의 음악을 섞어 섞어, 제대로, 섞어야지, 일찌감치 집에 가서 화투 패나 섞어 섞어. 원장의 목소리나 말투와 거의 똑같았기 때문에 사람들은 배를 잡고 웃었다. 나도 웃었다. 아주 잠깐 코알라가 부럽다는 생각이 들었다.

가장 큰 문제는 잠을 제대로 잘 수 없다는 것이었다. 눈을 감으면 거대한 형광등이 아래로 떨어졌다. 그리고 어디선가 발소리가 들렸다. 내 방에 있던 비닐레코드는 모두 코알라의 연습실로 보냈다. 비닐레코드만 봐도 지하실의 모습이 선명하게 떠올랐다. 침대에 누워 천장을 보고 있으면 남자의 목소리가 들린다. 1시간을 더 줄 테니 600장을 채워, 그 목소리가 자주 들렸다. 머리 속의 다른 음악으로 그 소리를 지워보려고 했지만 내 머리 속에는 음악이 하나도 남아 있지 않았다.

그 일이 있고 6개월이 지났을 때 경찰서에서 전화가 왔다. 남자가 체포됐다는 소식이었다. 나는 망설이다가 결국 가기로 했다. 경찰서에 도착했을 때 남자는 심문을 받고 있었다. 반투명 창을 통해 그를 볼 수 있었다. 불법음반 제작 혐의를 인정하십니까? 불법? 저는 세상에 아름다운 음악을 퍼뜨린 죄밖에 없는데요. 그 시디 팔아서 돈 챙겼잖아요. 제값을 받고 팔았을 뿐입니다. 아름다운 음악을 만들려면 돈이 필요합니다. 자꾸 아름다운 음악 얘길 하는데, 그게 뭔데요? 영혼이 담긴 음악입니다. 세상엔 정말 쓰레기 같은 음악이 너무 많아요. 그런데, 그 사람은 왜 가뒀어요? 누구요? 감금한 거 기억 안 나요? 무슨 말씀을 하시는지? 그는 기억이 나지 않는 것 같았다. 아무것도 모르는 듯한 눈빛이었다. 더이상 보고 싶지 않았다. 그곳에 있고 싶지 않았다.

나는 코알라의 연습실로 향했다. 코알라는 없었다. 아마도 파티에 갔거나 클럽 공연에 갔을 것이다. 금요일 밤이었다. 코알라는 한쪽 구석에 남자의 비닐레코드 93장을 가지런히 모아놓았다. 코알라에게 그 음반들은 자신을 스타로 만들어준 보물이나 다름없었다. 나는 바닥에 쭈그리고 앉아 음반들을 한 장씩 넘겼다. 이건 정말 세상에서 하나뿐인 음악들일까. 이 사람들의 음악은 그저 하늘에서 뚝 떨어진 것일까. 나는 그렇게 생각하지 않는다. 새로운 것은 어디에도 없다. 누군가의 영향을 받은 누군가, 의 영향을 받은 또 누군가, 의 영향을 받은 누군가, 가 그 수많은 밑그림 위에다 자신의 그림을 그려나가는 것이다. 그 누군가의 그림은 또다른 사람의 밑그림이 된다. 우리는 모두 보이지 않는 여러 개의 끈으로 연결돼 있다. 그러므로 우리들은 모두 어느 정도는 디제이인 것이다. 나도, 코알라도, 남자도, 그리고 또다른 누군가도, 모두. 음반들을 보고 있으니 남자에게 복수하고 싶다는 생각이 들었다. 방법은 내가 제대로 된 디제이가 되는 것뿐이다. 디제이가 돼서 내 이름으로 낸 음반을 그에게 선물하는 것이다. 내 음반을 받아들고 잔뜩 짜증난 표정으로 나를 바라보는 남자가 보고 싶었다. 나는 음반 두 장을 골라 두 대의 턴테이블에 올렸다. 전원을 켜고 음량을 높였다. 조금 어지러웠지만 참을 만했다. 믹서를 이용해 두 대의 턴테이블에 있는, 서로 다른 음악을 하나의 소리로 만들었다. 코알라에게 그려준 'ㅇ_ㅇ' 그림처럼 두 개의 음악에서 흘러나오는 비트를 하나로 연결시켰다. 처음에는 어울리지 않을 것 같던 소리들이 내 손끝을 통해 하나가 됐다. 스피커와 헤드폰에서 비트가 흘러나와 연습실을 가득 채웠다. 오랜만에 느껴보는 비트였다. 심장이 울렁거렸다. 이 비트 야말로 나다. 나는 디제이다.

아무것도 아닌 채로 죽는다는 건 억울하다. 자동차에 부딪혀 몸이 허공으로 치솟던 순간, 머리 속에 그 문장이 떠올랐다. 주위의 풍경들이 한순간에 이지러졌고, 소리들은 모두 사라져버렸다. 완벽한 단절이었다. 아무것도 보이지 않았고, 들리지 않았고, 생각나지도 않았다. 커다란 캡슐 속으로 머리부터 천천히 빨려들어가는 느낌이었다. 아무것도 아닌 채로 죽는다는 건 억울하다, 라는 문장이 두꺼운 헬멧처럼 내 머리를 감쌌다. 쿵, 하는 소리를 내며 바닥에 떨어졌을 때 나는 정신을 잃었다.

죽지 않았던 것은 그 문장 덕분이었다. 누구도 믿어주지 않았지만 정말 그 문장이 헬멧처럼 내 머리를 감싼 덕분에 나는 살아날 수 있었다. 때로는 생각의 힘이 몸에다 두꺼운 갑옷을 씌울 수도 있다는 것을, 죽지 않으려고 애쓰면 죽지 않을 수 있다는 사실을 그때 처음 알게 됐다. 히말라야 산맥의 전설 속 설인처럼 나는 온몸에다 하얀색 석고붕대를 두르고 병원에 누워서 온종일 그 문장을 생각했다. 어쩌다 자동차에 부딪히게 되었는지, 어느 정도나 허공으로 치솟았는지는 전혀 기억나지 않았지만 그 문장만큼은 또렷하게 떠올랐다. 눈을 감으면 그 문장으로 가득 채워진 하얀 벽이 나타났다. 눈을 뜨면 벽은 사라지고 머리 속에서 그 문장이 물고기처럼 퍼덕였다. 나는 언제나 그 문장과 함께 살아 있었다. 잠들기 전에는 그 문장을 주문처럼 외웠다. 그렇게 하면 죽지 않을 것 같았다. 나는 눈을 뜰 때마다 살아 있었다.

그때만 해도 나의 여자친구였던 N은 병상 옆에서 계속 음악을 틀어댔다. 머리 속에서 퍼덕대는 그 문장 얘기를 하면 여자친구는 "아무래도 머리에 좀 충격이 있었나봐"라며 농담을 했다. 그러곤 볼륨을 높였다. 소나타, 콘체르토, 심포니, 다시 소나타로 이어지는 강행군이었다. 누구의 곡인지, 누구의 연주인지도 모른 채 하루 24시간 음악을 들었다. 뼈가 붙는 데 음악만큼 좋은 게 없다니까, 라고 그녀가 말했지만 가끔씩은 뼈가 붙는다기보다 살이 우그러드는 듯한 느낌이었다. 그래도 내가 살아 있다는 느낌은 확실히 들었다. 입원실을 떠돌아다니던 음표들이 내 뼈처럼 느껴졌다.

입원한 지 석 달이 지난 후에야 나는 겨우 걸어다닐 수 있게 됐다. 왼쪽 정강이뼈가 활처럼 휘었지만 걷는 데에는 아무런 지장이 없었다. 걸을 수 있게 되자마자 나는 사고가 났던 곳으로 갔다. 아무것도 잃어버린 게 없고, 확인할 것도 없었지만 꼭 가봐야 할 것 같았다. 마치 바닥에 그 문장이 떨어져 있기라도 한 것처럼 나는 사고가 났던 곳 주변을 샅샅이 훑어보았다. 물론 거기에는 아무런 흔적도 없었다. 하다못해 유리 파편 하나도 보이질 않았다. 지금 생각해보면 그건 일종의 의식 같은 게 아니었나 싶다. 내가 소멸해버릴 뻔한 곳으로 가서 내가 아직까지 살아 있다는 것을 그 장소에 보여주고 싶었던 모양이다.

사고가 난 후 많은 것이 변했다. 우선, 회사를 그만두었다. 팀장에게만 그 문장 얘기를 했다. 팀장은 "웃기는 소리 하지 말고 푹 쉬었다가 출근해. 억울하기로 따지면 내가 한 수 위야"라며 사표를 받지 않으려고 했다. 그러면서도 나를 부러워하는 눈치였다. 앞으로 뭘 하면서 살 거냐고 팀장이 내게 물었다. 나는 할 말이 없었다. 회사를 그만두고 나서는 술을 마시기 시작했다. 상처가 아물지 않았기 때문에 술만큼 몸에 나쁜 게 없었지만 술에 취하지 않고는 잠을 잘 수 없었다. 아무것도 아닌 채로 죽지 않기 위해서는 뭔가를 해야 했지만 어디서부터 시작을 해야 할지 알 수가 없었다. 나는 대형 할인매장에서 가장 싼 백포도주를 세 상자 사서 매일 밤 한 병씩 비웠다. 처음에는 떨떠름한 맛 때문에 좀더 비싼 포도주를 사지 않은 걸 후회했지만 시간이 지날수록 그 맛에 익숙해져갔다. 한 병을 거의 다 마시면 온몸이 발갛게 달아오르고 졸음이 몰려왔다. 여자친구에게는, 잠을 자기 위해 몸을 예열하는 것일 뿐이라고, 전혀 걱정할 일이 아니라고 했지만, 사실은 내가 보기에도 알코올중독 초기증상이었다. 하지만 술을 마시면, 내 몸에서 그 문장이 떨어져나갔다. 내일 아침 내가 살아서 깨어날 수 있을 것인지에 대한 불안감도 없어졌다. 그것만으로도 충분히 마실 만한 가치가 있었다.

술을 마시기 시작한 지 한 달이 지난 후 할인매장에서 악기점을 지나지 않았더라면, 지금까지도 나는 방 한구석에서 매일 밤 포도주의 코르크 마개를 따고 만취한 상태로 잠이 드는 생활을 반복했을 것이다. 하지만 그 생활이 잘못된 것이라고는 생각하지 않는다. 시간이 지나고 나니 모든 것이 과정이었다는 생각이 든다. 사고 때문에 그 문장이 떠올랐고, 그 문장 때문에 술을 마시게 됐고, 술 때문에 악기점을 발견한 것이다. 전혀 상관없어 보이는 것들이 한 줄로 연결되는 순간, 삶이 바뀐다. 그 줄을 길게 늘인 것이 한 인간의 삶이 아닐까.

한 달 만에 백포도주 세 상자를 모두 비우고, 새로운 포도주를 사기 위해 대형 할인매장으로 향했다. 지하로 내려가는 에스컬레이터 정면에는 거대한 거울이 있었기 때문에, 보기만 해도 끔찍한 내 얼굴을 피하기 위해 나는 오른쪽으로 고개를 돌렸다. 난간에서는 크리스마스트리의 장식품들이 요란하게 빛나고 있었다. 크리스마스가 다가오고 있다는 사실을 그제야 알았다. 에스컬레이터를 타고 4분의 1쯤 지하로 내려갔을 때 1층에 있던 악기점의 피아노가 눈에 들어왔다. 피아노 건반 위에 올려놓은 가격표가 아직도 생각난다. 평소 같았으면 엄두도 못 낼 만큼 비싼 가격이라고 생각했겠지만 통장에는 손도 대지 않은 사고합의금과 퇴직금이 수북하게 쌓여 있었기 때문에 '피아노도 별것 아니군' 싶은 마음이 들었다. 피아노 옆에는 기타와 바이올린, 그리고 장난감처럼 생긴 악기들이 나란히 놓여 있었다. 에스컬레이터에 선 채 악기들을 올려다보면서 나는 여자친구를 떠올렸다. 그녀는 친구와 함께 자그마한 바이올린 학원을 운영하고 있었는데, 유명한 아티스트들의 음반을 들을 때마다 한숨을 쉬곤 했다. 연주실력이 뛰어나서가 아니라 바이올린 소리에 주눅이 든 것이다. 음악은 영혼으로 연주하는 거지 악기로 연주하는 게 아냐, 라고 핀잔을 줬지만 음악에 대해서 쥐뿔도 아는 게 없었던 내가, 할 말은 아니었다. 나는 1층으로 다시 올라와 악기점으로 들어갔다.

바이올린 가격은 터무니없을 정도로 쌌다. 바이올린을 자세히 들여다보고 나서야 그 가격의 의미를 알 수 있었다. 악기점의 바이올린들은, 소리가 날 것이라는 예상은 할 수 있지만 실제로 거기에서 소리가 날 것이라고 장담은 할 수 없는, 그런 종류의 상품들이었다. 나는 바이올린을 포기하고 포도주 한 상자를 사들고 집으로 돌아갔다.

다음날 여자친구에게 바이올린을 선물하고 싶다는 말을 꺼내자마자 그녀는 곧바로 내 손을 잡아끌었다. 도대체 얼마짜리 바이올린을 고를까 걱정스럽기도 했지만 통장에 들어 있는 돈을 모두 쓴다고 해도 상관없다는 생각이 들기도 했다. 포도주를 마시는 것보다는 그녀를 위한 바이올린을 사는 편이 나을 것 같았다. 그 돈이 모두 사라지고 나면 해야 할 일이 떠오를지도 몰랐다.

악기점 순례를 시작할 때만 해도 대충 아무거나 좀 비싼 걸로 사면 되지 않나 싶었지만 시간이 지날수록 그녀와 함께 악기를 구경하는 게 재미있었다. 악기점을 헤집고 다니기에는 내 다리가 정상이 아니었지만 살아남아서 그녀와 함께 걸을 수 있다는 것만으로도 행복했다. 그녀와 이야기를 하다보니 어느 순간 못 견디게 악기가 배우고 싶어졌다.

"어떤 악기를 배우게?"

"손이 크니까 피아노가 어떨까?"

"손가락이 긴 건 도움이 되지만 손이 큰 건 별로 도움이 안 될 거 같은데? 건반 두 개를 동시에 누르면 어떡하려고? 어릴 때 피아노 배워본 적 있어?"

"전혀."

"피아노도 안 배우고 뭘 했대?"

"태권도를 배웠지."

"하긴 사는 덴 태권도가 훨씬 도움이 되겠네."

"꼭 그렇지도 않아."

"하긴."

"난 첼로 소리가 좋던데. 첼로 배우는 거 어렵나?"

"바이올린은 어때?"

"너한테 배우라고?"

"내가 어때서?"

"바이올린은 소리가 별로 마음에 안 들어. 심란하잖아."

"깊이를 몰라서 하는 소리야."

"깊어봤자 더 심란하지 뭐."

"마음대로 하셔, 피아노를 배우든 첼로를 배우든……"

악기를 배우고 싶다는 얘기를 꺼내긴 했지만 사실 그걸 해낼 자신은 없었다. 음악에는 워낙 재능이 없는데다 도대체 그걸 배워서 어디다 써먹을 수 있을지 가늠이 되질 않았다. 나의 모든 관심은 아무것도 아닌 채로 살아가지 않는 데 있었으니까, 뭔가 내 이름을 후세에 남길 만큼 엄청난 일을 해야 한다고 생각했으니까, 그럴 만도 했다.

그날 마지막으로 들른 가게는 그녀가 가장 좋아하는, 그리고 악기도 가장 많은 가게였다. '뮤지카'라는 이름의 그 가게는 악기박물관이라 불러도 손색이 없을 만큼 온갖 종류의 악기들이 잘 정돈돼 있었다. 무슨 기준으로 분류한 것인지는 알 수 없었지만 눈짐작으로 보기에도 정리정돈에 신경쓴 흔적이 역력했다.

"어이, 아가씨 또 왔네. 중고는 새로 들어온 게 없는데."

"오늘은 중고 손님이 아니에요, 아저씨. 여기 제 후원자 안 보이세요? 교통사고 공갈사기단인데 방금 큰 걸로 한 건 물었거든요. 그 돈으로 끝내주는 바이올린을 사주겠대요."

"그럼 못 팔지. 그런 불량한 돈으로 악기를 사면 쓰나."

"아무래도 불량한 소리가 나오겠죠?"

"바이올린 소리가 더 찌그러지겠지."

"잘됐어요. 그런 소릴 원했거든요."

콧수염 사장과 여자친구는 호흡이 잘 맞았다. 오랫동안 함께 농담을 연구해온 팀처럼 호흡이 정확했다. 갑자기 교통사고 공갈사기단으로 내 직업이 바뀌었지만 그녀가 그렇게 말해주는 게 좋았다. 그런 얘기를 들으면 사실은 내가 아픈 게 아닐지도 모른다는, 교통사고도 모두 꿈이었을지도 모른다는 생각이 들었다.

콧수염 사장은 음악과 상관없는 사람처럼 보이긴 했지만 첫인상이 나쁘지는 않았다. 그를 보는 순간 나는 그의 콧수염에 매료됐다. 음악과는 아무 상관도 없는 사람이 예술가처럼 보이고 싶은 간절한 바람 때문에 기른 콧수염일지도 모른다는 생각을 하니, 어울리지 않는 콧수염이 귀엽게 보였다. 훗날 직접 들은 얘기에 의하면 50퍼센트 정도는 내 추측이 맞았다. 그녀와 농담을 하며 싱긋 웃을 때는 산처럼 생긴 콧수염이 편평한 땅의 형상으로 쫙 펴지곤 했는데, 그 움직임이 너무 신기해서 처음에는 수축과 팽창을 반복하는 그의 콧수염을 한참 들여다보았다.

"제 남자친구예요."

한참 농담을 주고받다가 그녀가 나를 소개했다. 사장은 다시 콧수염을 일자로 만들면서 웃었다. 그녀와 사장은 바이올린을 보면서 계속 이야기를 나누었지만 대부분 전문적인 이야기뿐이어서 나에게는 또다른 외국어로밖에는 들리지 않았다. 나는 구석에 놓여 있던 피아노의 건반을 슬쩍슬쩍 누르거나 첼로 줄을 한번씩 퉁기면서 시간을 보냈다. 어느 순간부터 사장은 조금 흥분한 목소리로 얘기를 하고 있었다.

"그건 정말 멍청한 구분이야. 안 그래?"

"그래도 모두들 그렇게 쓰고 있는걸요. 이제 와서 바꾸기가 쉽겠어요?"

"아가씬 어떻게 생각해? 바이올린을 설명하는 데 현악기라는 말이 어울린다고 생각해?"

"그래도 줄이 있긴 하잖아요."

"그럼 장구도 현악기겠네. 장구에도 좀줄이 있잖아."

"궤변론자 아저씨, 그건 소리를 내는 데 쓰이는 건 아니잖아
요."

"무슨 소리야. 그 줄로 소리를 조절하는데……"

"하지만 장구는 줄을 울려서 소리를 내는 악기가 아니잖아요."

"장구를 치면 그 줄에서도 무슨 소리가 나지 않겠어? 하다못
해 모기 소리 같은 거라도?"

"그게 음악이에요?"

"그러면 피아노는 현악기야 타악기야, 줄이 있으니까 현악긴
가? 두드리니까 타악긴가? 그러면 바이올린의 줄을 퉁겨서도 안
되지. 그럼 현악기가 아니라 타악기가 돼버리잖아?"

내 눈은 피아노의 건반을 향해 있었지만 귀는 스스로 분리돼
그들의 대화에 바싹 다가갔다. 콧수염 사장의 말이 흥미로웠다.
농담연구소 직원 같던 두 사람은 이제 악기토론회의 패널이 되어
얘기를 나누고 있었다. 그때 손님 한 명이 들어와서 수리를 맡겼
던 악기를 찾는 바람에 대화는 잠시 중단됐다. 나는 얼마나 멀리
있는 건반을 동시에 칠 수 있는지 엄지와 약지를 최대한 벌려 피
아노 위에 얹어보았다. 손가락에 너무 힘이 들어가는 바람에 건

반을 세게 누르고 말았고, 쿠궁, 하는 소리가 조용한 가게에 울렸다. 세 사람 모두 나를 바라보았겠지만 나는 아무렇지도 않은 듯 계속 피아노 건반을 바라보았다. 콧수염 사장과 여자친구는 다행히 아무 말도 하지 않았다. 손님이 가자마자 곧바로 대화가 이어졌다.

"아무튼 타악기, 현악기, 관악기로 악기를 분류한다는 건 말도 안 된다고 생각해. 악기를 직접 연주해보면 거기에 포함시킬 수 없는 게 얼마나 많은데…… 예외가 많다면 그 분류 기준이 잘못된 거지. 남자친구분은 어떻게 생각해요?"

내가 대화를 엿듣고 있다는 것을 알고 있었는지 콧수염 사장이 다짜고짜 물었다.

"예? 저야 뭐, 음악에 대해서는 전혀 모르니까요."

"음악에 대해서가 아니라 분류에 대해서 물어보는 겁니다."

나는 피아노의 뚜껑을 내리고 두 사람이 서 있는 악기진열장 쪽으로 걸어갔다.

"얘기를 들으면서 생각해봤는데, 좀 이상하다는 생각이 들긴 했습니다."

"어떤 게 이상해?"

여자친구는 내가 그 대화에 끼어든 게 의외라는 듯한 표정으로 물었다.

"잘 몰라서 그러는데, 관악기의 '관'은 무슨 뜻이죠?"

"둥글고 속이 비어 있는 관에다 공기를 불어넣어서 소리를 낸다는 얘기지."

"그럼 '관'이라는 건 소리를 내기 위한 도구를 뜻하는 거네요. 그런데, 현악기는 줄을 진동시켜 소리를 내는 거죠? 그럼 현에서 직접 소리가 나는 거니까 분류상으로는 관악기와 약간 다른 차원의 문제인 것 같아요. 그리고 타악기의 '타'는 때린다는 뜻이니까 관악기나 현악기의 구분과는 또다른 범주인 것 같습니다."

"그렇지. 이 친구가 정리를 제대로 했네."

"듣고 보니 그렇긴 하네. 자기, 의외로 똑똑한 구석이 있다."

여자친구는 입을 삐죽거리면서 고개를 끄덕였다. 악기의 분류 같은 건 태어나서 한 번도 생각해보지 않은 문제였지만 입을 여는 순간 머리 속의 이불들이 차곡차곡 개켜지는 듯한 느낌이 들었다. 두 사람의 칭찬을 듣고 잠깐이나마 우쭐한 기분이 들었던 생각을 하면 지금도 얼굴이 화끈거린다. 그때의 대화는 악기연구자들이 그렇게 멍청한 사람들이 아니라는 사실을 세 사람 모두 몰랐기 때문에 가능한 것이었다. 그로부터 세 달이 지난 후에 이미 학자들이 악기들을 다른 방식으로 분류해놓았다는 사실을 알게 됐다. 악기학자들은 관악기를 공기울림악기로, 타악기를 몸울림악기로, 현악기를 줄울림악기로 분류하고 있었다. 하지만 한 번도 생각해보지 않았던 세 가지 명칭의 잘못된 점을 곧바로 지적해낸 나 자신이 지금도 자랑스럽다. 아직까지도 많은 사람들이 현악기, 타악기, 관악기라는 이름을 아무 생각 없이 사용하고 있다는 점을 생각하면 더더욱 그렇다.

나는 두 사람의 칭찬에 한껏 고무되었다. 지구가 둥글다는 사실을 최초로 알아낸 사람처럼, 뭔가 새로운 진실을 발견해낸 것 같았다. 콧수염 사장과 나와 나의 여자친구는 무려 두 시간 동안 수다를 떨었다. 두 사람이 주로 이야기를 했고 나는 열심히 듣는 쪽이었지만, 악기들의 분류에 대한 이야기를 한 덕분에 나에게도 대화에 참여할 수 있는 정식 초대장이 발부된 것이다. 음악 이야기가 대화의 80퍼센트를 차지했고 세 사람의 개인적인 이야기가 간간이 나왔다. 콧수염 사장은 뮤지카를 운영하기가 갈수록 힘들어진다는 얘기를 했고, 여자친구는 학원생의 부모들이 갈수록 예의가 없어진다는 얘기를 했다. 갈수록 상황이 나빠진다는 푸념 섞인 얘기만 하다가 나의 교통사고 얘기가 나오자 콧수염 사장은 눈을 반짝였다. 다른 사람의 교통사고 이야기는, 게다가 사고에서 살아남은 당사자가 직접 얘기해주는 사고 이야기는 흥미진진하게 마련이다. 하지만 나는 할 말이 별로 없었다. 퇴근하는 길에 횡단보도를 건너다가 자동차에 부딪히고 말았어요. 나머지는 기억이 잘 안 나요. 뭐가 그렇게 시시해. 콧수염 사장이 얼굴을 찡

그랬다. 나는 어쩔 수 없이 그 문장 얘기를 꺼냈다. 그리고 매일 밤 포도주 한 병을 마시고 있으며 술을 마시지 않고는 잠들 수 없다는 얘기를 했다.

"그런데 아무것도 아닌 채로 죽는다는 게 어떤 거예요?"

"사실은, 저도 그걸 잘 모르겠어요. 어떻게 생각하면 암호 같기도 하고 아무 의미 없는 문장 같기도 하고……"

"그래, 문장이 좀 이상해. 자기 얘기를 들을 때마다 그게 문법에 맞는 문장인가 의심스러워."

"하지만 그 문장이 하나의 덩어리가 돼서 머리 속을 지배하는 순간이 있어요. 그 문장이 물처럼 변해서 머리 속 곳곳에 들어차는 거예요. 그럼 숨을 쉴 수가 없어요. 정말 곧 죽을 것 같고, 다시는 숨을 쉴 수 없을 것 같고, 다시 태어날 수도 없을 것 같고, 태어나도 내가 아닌 다른 사람일 것 같고, 그래요. 물에 빠졌을 때의 기분 같아요. 술을 안 마실 수 없죠."

"술을 마시면 좀 괜찮긴 해요?"

"머리 속에 가득 차 있는 물을 술로 바꾸는 거죠. 뇌를 정지시킬 수 있으니까."

"자기, 병원에 가보면 어때?"

"뇌 속에 물이 찼어요, 물을 빼주세요. 그러란 말이지?"

"아니, 정신과에 가봐야지."

"됐어. 그 사람들이 해결해줄 수 있는 게 아냐."

"회사는 그만둔 겁니까?"

"이런 정신으로 회사를 다닐 수 있겠습니까. 좀 쉬면서 생각해 봐야죠."

"바보. 회사를 다니다가 죽으면 아무것도 아닌 채로 죽는 건 아니잖아. 지금 죽으면 정말 아무것도 아닌 채로 죽는 셈이지."

"초면에 이런 제안을 하는 게 이상하게 생각될지는 모르겠는데 말예요, 여기에서 일해보면 어때요?"

"뮤지카에서요?"

"여기 형편이 어려워서 다른 일을 하나 벌이고 있어요. 여길 그만두기도 좀 그렇고, 사람을 한 명 뽑을까 생각중이었어요. 논다고 생각하고 다녀보는 것도 괜찮을 것 같은데…… 악기를 배우고 싶다면서요? 일주일에 한 번 피아노와 첼로, 비올라, 바이올린 강습을 하는데 그것도 무료로 들을 수 있어요."

"저는 적당하지 않은 사람 같은데요? 아르바이트생치고는 나이가 너무 많고, 악기에 대해서도 전혀 모르고."

"왜요, 타악기, 관악기, 현악기의 비밀을 파헤친 분인데…… 한번 생각해보세요."

"제가 악기를 팔 만한 외모가 될까요?"

"하하, 악기를 얼굴로 팝니까? 재미있으시네. 악기를 팔 만큼은 잘생기셨어요. 걱정 마세요."

다음날 콧수염 사장에게 일을 하겠다는 전화를 걸었다. 언제 마음이 바뀔지 모르니 월급은 받지 않겠다고 했지만 콧수염 사장의 고집도 만만치 않아서 어쩔 수 없이 최소한의 봉급을 받기로 했다. 대신 악기강습은 무료였고, 어떤 악기를 배울지 선택하면 그 악기를 무료로 빌려주겠다고 했다. 뮤지카에서 일을 하기로 결정한 것은 나를 방치하기 위해서였다. 무슨 일이 생기든 그 흐름에 나를 방치하고 싶었다. 내 삶의 꼬치에 하나씩 새로운 일들이 꿰어지는 모습을 멀찍이 떨어져서 지켜보고 싶었다.

악기점 아르바이트는 의외로 재미있었다. 손님을 상대해야 하는 일이지만 손님이라고는 하루에 두세 명이 고작인데다 그 사람들도 대부분 악기를 구경하러 오는 것이어서 내가 할 일은 많지 않았다. 간혹 아이들의 손을 붙잡고 온 부모가 어떤 악기가 좋을지 꼬치꼬치 캐묻곤 했지만 사장님이 자리를 비우셔서요, 라는, 매뉴얼에 적힌 그대로의 대사를 되뇔 뿐이었다. 제가 설명할 수 있는 게 없어서 난처합니다, 라고 했더니 콧수염 사장은 상관없다고 했다. 그럴 만도 한 것이, 뮤지카의 단골들은 대부분 콧수염 사장에게 필요한 악기를 직접 주문하는 경우가 많아서, 배달온 악기를 잘 보관하고 있다가 그 사람이 오면 잔금을 받고 넘겨주는 것이 내 일의 전부였다. 그래도 최소한 악기를 구별할 수는 있어야 한다는 생각에 짬짬이 『악기도감』을 읽었다. 가끔 기타 줄 같은 소모품과 악보를 팔기도 했다.

음악이라면 병상에 누워서 귀가 우그러들 정도로 많이 들었지만 가게에서 듣는 음악은 느낌이 전혀 달랐다. 거기에 악기가 있었기 때문일 것이다. 영화를 만든 감독과 나란히 앉아 보는 시사회 같다고나 할까, 그런 느낌이었다. 바이올린 콘체르토를 들을 때면 바이올린을 물끄러미 바라보았다. 피아노 소나타를 들 때는 피아노 앞에 누군가 앉아 연주를 하고 있다는 착각에 빠져 음악을 들었다. 하나의 악기로 낼 수 있는 소리는 무한했고 그 소리 하나하나에 반응하는 내 마음의 상태도 매번 다를 수밖에 없었다.

여자친구가 가끔 가게로 놀러 와 내 앞에서 바이올린 연주를 해주기도 했지만 이상하게 그때만큼은 그런 감정이 생기질 않았다. 가게에 있는 시디를 집으로 들고 가서 들을 때도 마찬가지였다. 한번은 여자친구의 연주를 녹음해본 적이 있다. 좋은 바이올린이 새로 생겼으니 명연주를 남겨보라는 나의 말에 그녀는 온 힘을 다해, 정말 음반 녹음을 하는 사람처럼 정성껏 바이올린을 연주했다. 가게에서 혼자 그 녹음을 들을 때면 그녀의 감정을 고스란히 느낄 수 있었다.

악기를 배우는 것은 2주 만에 포기하고 말았다. 악기강습은 가게 구석의 자그마한 방에서 주로 이뤄졌는데, 강습을 받으면서 가게를 본다는 것은 힘든 일이었다. 아무리 손님이 없다고는 하더라도 여간 신경이 쓰이질 않았다. 첼로의 활 켜는 자세를 배우다가 두 손을 들고 말았다. 악기를 보면서 음악을 듣는 것만으로도 행복했다.

두 달이 지나자 다양한 악기들을 구분할 수 있게 됐고, 손님들에게 간단한 조언도 할 수 있게 됐다. 나이만 좀 어렸다면 정식 직원으로 채용했을 텐데, 아쉬워, 라고 콧수염 사장이 말할 정도로 적응을 잘해나갔다. 세 달이 지났을 때는 도서관에서 빌려온 『악기판매상들을 위한 효과적인 악기분류법』을 읽으면서 가게를 어떻게 바꿔야 할지를 생각했다. 현악기, 관악기, 타악기로 악기를 분류하는 게 얼마나 멍청한 짓인지에 대한 이야기도 그 책에서 읽은 것이다. 하지만 학자들의 분류법이 마음에 쏙 들지는 않았다. 악기들을 분류하는 일의 가장 큰 문제점은 새로운 악기의 가능성을 막는 것이 아닌가, 하는 생각이 들었다. 나는 내 방식대로 악기를 분류하고 싶었다. 사장이 악기를 정리하는 방식은 소리가 어떻게 나는가를 기준으로 한 것이었지만, 나는 소리의 색깔에 따라 비슷한 악기들을 한군데 모았다. 바이올린과 첼로가 소리를 내는 방식은 비슷하지만 음색은 전혀 달랐기에, 두 악기를 다른 곳에 배치해두는 식이었다. 그즈음은 콧수염 사장이 벌이고 있는 또다른 일이 급속도로 진행되던 시기였기 때문에 가게

의 운영은 거의 나에게로 넘어온 상태였고, 덕분에 악기들을 이
리저리 옮기면서 다양한 방식으로 배치를 바꿔볼 수 있었다.

　그러다가 어느 순간부터 악기 소리를 녹음하기 시작했다. 녹음
한 소리들은 컴퓨터 프로그램을 이용해 폴더에다 차곡차곡 정리
했다. 생소한 악기들이 많았기 때문에 『악기도감』에 나와 있는
연주법을 그대로 따라 하면서 녹음을 해야 했고, 진도도 잘 나가
질 않았다. 연주가 아니라 악기 소리를 녹음하는 것도 힘든 일이
었다. 모든 악기에는 최소한 서른 개 정도의 다양한 음색이 있었
다. 가게에 있는 악기가 600종 정도였으니까 최소한 1만8천여 개
의 다양한 소리를 녹음할 수 있었다. 한 악기가 지닌 모든 소리를
녹음했다고 말할 수는 없겠지만, 적어도 내가 할 수 있는 최대한
의 방법으로 악기에서 소리를 뽑아냈다. 긁거나 할퀴거나 두드리
거나 뜯거나 쓰다듬거나 꼬집으면서 악기를 연주했다. 내 귀가
지금처럼 예민해질 수 있었던 것은 모두 그때의 작업 때문이라고
생각한다. 온몸에 널브러져 있는 감각들을 눈과 귀에다 집중해야
그 다양한 소리들을 구분하고 정리할 수 있었다.

　나는 그 일이 너무 재미있어서 악기강습실에다 접이식 간이침
대를 두고 거기에서 잠을 잤다. 밤늦게까지 악기들의 소리를 녹
음하고 새벽에야 잠이 들었기 때문에 술을 마시는 일도 자연스럽
게 없어졌다. 여자친구는 '치료가 불가능한 편집증 환자'라며 나

를 놀렸지만 그만큼 진지한 모습을 본 적이 없었기 때문에 더이상의 참견은 하지 않았다. 여자친구가 나를 떠난 것이 전적으로 그 이유 때문만은 아니겠지만 결정적인 요인이 되었을 것이라는 생각을 하곤 한다. 내가 벌이던 일은 무모할뿐더러 세계의 평화에 아무런 이득도 되지 않으며 돈을 벌 수도 없고 심지어 영원히 끝장을 볼 수 없는 목표였다. 내게는 그 일이, 돌아오지 못할 것을 뻔히 알고 출발하는 우주탐사 같은 것이었고 되돌아올 때 쓸 산소통을 메지 않고 뛰어드는 잠수 같은 것이었다. 그 일을 마친다는 건 불가능했기 때문에 더욱 마음이 끌렸다. 그녀가 다른 사람을 사랑하기로 마음먹은 것이 나로서는 안타까운 일이지만 내게는 선택권이 없었다. 그 모든 것이 과정이라고 생각하지만 그것은 나의 과정일 뿐이었으므로, 그녀에게 그 과정을 강요할 수는 없는 일이었다.

통장에 남아 있던 돈으로 녹음장비와 컴퓨터와 소리를 편집할 수 있는 프로그램을 구입했기 때문에 여윳돈이 전혀 없었지만, 월급을 아껴서 좀더 간편한 녹음장비를 추가로 샀다. 나는 악기뿐 아니라 주위에서 들리는 온갖 소리들을 녹음하기 시작했다. 손님들의 구둣발소리, 기침소리, 가게 천장에 살고 있는 쥐의 울음소리, 나무탁자를 두드렸을 때 나는 소리, 엘리베이터 문이 닫히는 소리, 세탁기가 돌아가는 소리, 물이 끓는 소리 등 내가 들을 수 있고 녹음이 가능한 소리만 들리면 무조건 녹음 버튼을 눌렀다. 그때만 해도 그걸로 뭘 하겠다는 생각은 전혀 없었다. 나는 숨을 쉬는 것처럼 녹음을 했을 뿐이다.

그날도 악기강습실에서 가나의 틀북(frame drum) 소리를 녹음하고 있었다. 이 틀북은 일반적인 북과는 달리 널찍한 사각형 쟁반처럼 생겼는데, 연주를 하기 위해서는 45도 정도의 경사로 북을 누인 다음 발뒤꿈치로 음의 높낮이를 조절하고 손으로 북을 쳐야 하기 때문에 작업하기가 여간 까다롭지가 않았다. 나는 발뒤꿈치를 이리저리 옮기면서 다양한 소리들을 녹음하고 있었다. 사장이 악기강습실의 문을 열 때까지도 아무런 인기척을 느끼지 못했던 것은 북소리 때문이었을 것이다.

"이게 다 뭐지? 자네 뭐 하는 거야?"

나는 놀란 나머지 틀북을 바닥으로 떨어뜨렸고, 바닥에 세워져 있던 마이크가 넘어지면서 요란한 소리를 냈다. 콧수염 사장에게 뭐라고 말을 해야 했지만 온갖 소리 때문에 정신이 쏙 빠져서 나는 아무 말도 하지 못했다. 사장은 문을 연 채로 방 안을 휘둘러보았다. 간이침대와 온갖 녹음장비와 자신의 순서를 기다리고 있는 몇 개의 악기들이 강습실을 가득 채우고 있었다.

"바쁜 것 같네? 다음에 들를까?"

그 와중에도 사장은 농담을 했다.

"죄송합니다. 들어오시는 줄도 몰랐네요."

"방금 공항에 도착했거든. 집에 들어가는 길에 잠깐 들러본 거야. 이 추위에 악기들은 잘 있나 궁금하기도 해서…… 와인 한잔하겠나?"

나는 근처 편의점에서 백포도주 두 병과 크래커 한 통 그리고 종이컵을 사왔다. 어쩔 수 없이 사장에게 그 동안의 일을 얘기할 수밖에 없었다. 설명을 하면 할수록 내가 지금 무슨 일을 하고 있는지, 왜 녹음을 하게 됐는지의 이유가 불분명해지는 것 같았다. 아주 길고 재미없는 농담처럼 들릴지도 모르겠다는 생각이 들었다.

"재미있겠는데?"

"시간이 금방 가긴 합니다. 이걸로 뭘 할 수 있을지는 모르겠지만요."

"꼭 뭘 해야 하나?"

"지금까지 녹음해놓은 파일이 8천 개 정도 됩니다. 8천 개나 되는 파일을 단순히 재미로 만든다는 게 좀 이상하지 않습니까?"

"재미만 있다면 그보다 더한 일도 할 수 있을 것 같은데?"

"그런가요?"

날씨가 추워서인지, 아니면 편의점 냉장고의 상태가 너무 훌륭해서인지 백포도주는 아주 차가웠다. 나는 두 손으로 종이컵을 감쌌다. 백포도주에 젖은 종이컵이 말랑말랑해져 있었다.

"1년 동안 여길 좀 맡아줄 수 있을까?"

콧수염 사장이 내 잔에 포도주를 따르면서 말했다.

"뮤지카를요? 어디 가시게요?"

"외국에 좀 오래 나가 있어야 할 일이 생겼어. 여길 처분해야 할 텐데 그럴 시간도 없고, 자네가 맡아주든가 아니면 나 대신 처분을 해주면 좋을 것 같아. 가게 운영비와 자네 월급을 뽑아낼 자신이 있으면 계속 운영을 해주는 게 나로선 더 좋지만 말야."

"지금 그만두든지 아니면 1년 동안은 절대 그만두지 못하든지, 둘 중의 하나군요?"

"그런 셈이지. 그만두더라도 이 가게가 팔릴 때까지는 좀 있어줬음 좋겠군. 대신 퇴직금은 두둑하게 챙겨줄게."

"제가 맡아서 해보겠습니다."

1분도 지나지 않아서 그런 중요한 결정을 내릴 수 있다는 데 나 역시 놀랐다. 이유는 많았다. 그때까지의 작업이 중단되는 게 싫어서이기도 했고, 내 방식대로 마음껏 악기를 분류해볼 수 있다는 기쁨 때문이기도 했고, 아무튼 머리 속에서 여러 가지 생각이 아른댔다.

"너무 자신만만하니까 자네답지 않은데? 글쎄요, 제가 1년 동안이나 악기를 팔 만한 외모가 될까요? 이럴 줄 알았는데……"

사장이 내 목소리를 흉내내는 바람에 웃음이 터져나왔다.

"그런데 제가 이 비싼 악기들을 들고 도망이라도 가면 어떻게 하시려고요?"

내가 웃으면서 물었다.

"그러라고 자리를 비우는 거야. 자네가 악기를 들고 튀면 보험금을 받아먹을 수 있거든. 제발 그래줘. 알았지? 돌아왔을 때 악기가 하나라도 남아 있으면 자넨 해고야."

"진심이세요?"

"자넨 농담을 좀 배워야 돼. 농담이 몸에 배면 살아가는 게 좀 쉬워지거든."

두번째 포도주는 온도가 적당했다. 나는 무의식중에 종이컵 가장자리를 뜯고 있었다. 아주 오래된 버릇이다.

"들어오다 보니까 악기 위치가 좀 바뀌었던데?"

"제가 심심해서 좀 바꿔봤습니다. 다시 제자리로 돌려놓을게요."

"자네 맘대로 해. 오늘부터 1년 동안은 자네가 여기 주인이잖아. 그런데 오늘 보니까 자네가 이 가게와 더 어울리는 거 같아. 나야 그냥 장사꾼이지. 장사꾼은 말야, 삶의 목표가 하나뿐이야. 싼값에 사와서 비싼 값에 팔아먹는다. 자넨 장사꾼이 아니라서 마음에 들어. 하지만 너무 무리하진 말라고. 금세 지치고 말 테니까. 이렇게 생활하면 6개월도 못 버틸 거야."

사장은 업무에 대한 인수인계를 해주기 위해 그 다음날 다시 가게로 나왔다. 악기를 주문하는 곳이며 악기 수리를 대행해주는 사람, 긴급상황이 발생했을 때 도움을 청할 수 있는 사람의 연락처 등을 작은 종이에다 꼼꼼하게 정리해주었다. 그 쪽지 하나로도 콧수염 사장이 어떤 사람인지를 알 수 있었다.

"이 정도면 1년 아니라 한 3년도 버틸 수 있겠지?"

"마치 저를 외딴섬에다 버려두고 가시는 것처럼 말씀하시네요."

"왜, 무섭나?"

"아뇨."

"자네가 그렇게 얘기하니 좀 미안한 생각이 드는걸. 요즘 잠은 잘 자나?"

"이상하게도 모두 사라졌습니다. 악기 소리들이 뇌 속에서 물을 다 뽑아냈나봐요."

"다행이야. 술보단 악기 소리가 낫지. 예전에 자네 얘기를 듣고 나도 곰곰이 생각해봤는데, 그 문장 말야. 정확히 뭐였지?"

"아무것도 아닌 채로 죽는다는 건 억울하다, 였죠."

"그래, 생각을 해보니 맞는 말 같아. 나도 억울하다는 생각이 들더라고. 글을 쓰거나 영화를 만들거나 정치를 하거나 멋진 발명품을 만들거나 작곡 같은 걸 했다면 누군가 나를 기억해주겠지. 그 문장이 그런 의미겠지? 누군가 나를 기억해줬으면 하는 바람 같은 거 말야."

"잘 모르겠어요. 그럴지도 모르죠."

"그건 걱정하지 마, 내가 기억해줄게."

"고맙습니다."

어째서 고맙다는 말이 튀어나왔는지 모르겠다. 저도 사장님을 기억하고 있을게요, 라고 농담을 하거나 아니면 그냥 웃는 편이 나았을 텐데 말이다. 사장은 고맙다는 내 말에 콧수염을 일자로 만들면서 환하게 웃었다.

"가게 이름도 한번 바꿔보지 그래? 뮤지카가 뭐야, 촌스럽잖아?"

"괜찮은데요. 단순하고, 외우기도 쉽고, 품위도 있고……"

"'억울한 악기점'은 어때? 자네나 나나 억울한 인생들이니……"

사장과 나는 그 농담을 마지막으로 헤어졌다. 다음날부터 나는 가게를 어떻게 바꿔야 할지, 악기들을 어떻게 배치해야 새롭게 보일지를 고민하느라 악기 녹음을 잠시 중단했다. 여자친구와 헤어진 것이 그때쯤이었다. 정말 외딴섬이 된 것 같은 기분이 들었다. 나는 모든 걸 잊어버리기 위해 일에 매달렸다. 강습실을 새롭게 꾸미고 강습도 늘렸다. 악기들을 모두 새롭게 배치했고 벽면에는 커다란 악기분류도표를 걸어두었다. 한쪽 구석에는 헤드폰으로 음악을 들을 수 있는 청음실도 만들었다. 커피도 무료로 제공했다. 그 모든 일들은 가게의 수익구조를 개선하기 위한 방편이기도 했지만, 뮤지카를 외딴섬이 아닌, 사람들로 북적거리는 장소로 만들고 싶었기 때문이었다.

'악기도서관 프로젝트'는 순전히 한 여자아이 때문에 생겨난 것이었다. 중학생이었던 그 아이는 매주 수요일마다 바이올린을 배우고 있었는데 어느 날 계산대로 걸어오더니 내게 말을 걸었다.

"아저씨, 시타르라는 악기 있어요?"

"지금은 없는데…… 시타르를 사게? 주문해줄까?"

"아뇨, 그냥 소리를 들어보려구요."

"그래? 잠깐만 기다려봐. 시타르로 연주한 음반이 여기 어딘가 있을 텐데……"

"아뇨, 연주한 음반 말고요. 그냥 악기 소리요."

"그냥 악기 소리만 듣고 싶다고?"

"책에서 읽은 건데요, 세상에서 가장 쓸쓸한 소리는 아무도 없는 빈방에서 시타르의 현 하나를 조용히 뜯었을 때 나는 소리래요."

"그래? 그럴 수도 있겠구나."

처음에는 그 아이를 그냥 보내려고 했었다. 하지만 내게는 시타르 소리가 있었다.

"이건 아저씨가 시타르 소리를 녹음한 건데, 이거라도 들어볼래?"

"진짜요? 빌려갈 수도 있어요?"

"카세트테이프에다 담아줄게. 여기에 시타르 현을 뜯는 소리가 있을 거야. 그런데 알아둬야 할 게 있어. 이건 연주한 게 아니고 그냥 소리만 녹음을 한 거야. 알겠지? 대단한 음악 같은 건 없어."

나는 아이가 그 소리를 어떻게 들었을지 궁금했지만 큰 기대는 하지 않았다. 실망할 게 뻔하다고 생각했다. 아무런 음악도 들리지 않고 이상한 악기 소리만 5분여가량 흘러나올 테니 말이다. 하지만 결과는 내 예상과 달랐다. 아이는 다음날 다시 왔다.

"진짜 좋았어요. 쓸쓸하다는 게 어떤 건지 알 거 같아요."

"진짜?"

"진짜요."

그때부터 '악기도서관 프로젝트'가 시작됐다. 물론 처음부터 그 이름으로 시작한 것은 아니었다. 그리고 일이 이렇게 커질 줄도 몰랐다. 시작은 단순했다. 제일 먼저 떠올렸던 아이디어는 청음실에서 악기의 소리도 들을 수 있도록 하자는 것이었다. 나는 옛 회사의 동료에게 전화를 걸어서 내 생각을 얘기했다. 주크박스 같은 거겠네? 라고 동료가 말했다. 대충 비슷하겠지? 내가 대답했다. 동료는 아르바이트 삼아 저렴한 가격으로 간단한 프로그램을 만들어주기로 했다. 동료와 내가 직접 프로그램을 만들었고 프로그램을 장착할 전용 컴퓨터를 샀다. 비용은 내 몫으로 받아가야 할 월급으로 지불했다.

완성된 프로그램을 사람들에게 선보인 후 한 달도 지나지 않아 '악기 소리 주크박스'는 뮤지카의 명물이 됐다. 아니, 악기점 거리의 명물이 됐다. '악기 소리 주크박스'의 가장 큰 장점은 악기 소리를 빌려갈 수도 있다는 것이었다. 원하는 악기 소리를 선택한 다음 내려받기 버튼을 누르면 컴퓨터에 연결된 엠디(Mini Disk)로 그 소리들이 녹음되는 시스템이었다. 한 번에 여러 개의 악기 소리를 담아갈 수도 있었다.

많은 사람들이 다양한 이유로 악기 소리를 빌려갔다. '악기도서관'의 1호 손님이었던 그 아이처럼 악기 소리가 궁금한 사람도 있었고, 아이들에게 악기 소리를 들려주기 위해 빌려가는 사람도 있었고, 그 소리를 듣고 있으면 음악을 들을 때보다 훨씬 집중이 잘된다는 사람도 있었고, 잠이 오지 않을 때 그 소리를 들으면 곧바로 잠에 빠져든다는 사람도 있었다. 어떤 사람들은 도서관에 책을 기증하듯 자신이 녹음한 소리를 기증하기도 했다. 그 프로그램을 선보인 지 세 달 만에, 사람들은 뮤지카를 '악기도서관'이라고 부르기 시작했다. 문법적으로는 말이 안 되는 소리였지만 나는 그 이름이 마음에 들었다.

악기 소리 주크박스를 만든 것이 과연 잘한 일인지는 아직까지도 판단이 서질 않는다. 나는 그저 모든 일을 흘러가는 대로 내버려두었고, 지금에 이르렀을 뿐이다. 뮤지카는 예전보다 비좁아졌고 사람들이 많아졌다. 악기 소리를 대여하는 사람들 때문에 일도 더 많아졌다. 물론 악기를 사는 사람은 크게 늘지 않았다. 분명한 것은 예전의 뮤지카보다 사람들이 득실거리는 뮤지카가 더 마음에 든다는 점이다.

걱정이 되는 점도 있었다. 콧수염 사장이 과연 이 변화를 어떻게 생각할지 궁금했다. 농담 몇 마디를 던진 다음, "진짜 재미있는 일을 시작했군. 계속 가게를 맡아주겠나?"라고 할 것 같기도 하고, "뮤지카에 이렇게 사람들이 득시글거리는 게 어울린다고 생각해?"라고 할 것 같기도 하다. 가끔 전화통화를 했지만 '악기 도서관'에 대해서는 한마디도 하지 않았다. 설명하기가 어려웠다. 오늘은 악기도서관을 개장한 지 6개월이 되는 날이다. 그리고 몇 시간 후면 콧수염 사장이 뮤지카로 돌아올 것이다.

우리는 지하철 의자에 앉아서 헝클어진 실뭉치를 풀었다. 간단한 일이다. 실의 한쪽 끝을 잡고 차근차근 매듭을 풀기만 하면 된다. 꼬여 있는 부분을 찾아낸 다음 그 속으로 실 끝을 통과시키면 매듭은 쉽게 풀린다. 우리는 각자 실뭉치 하나씩을 들고 덜컹거리는 지하철의 리듬에 맞추어 손끝에다 모든 감각을 모았다.

　지하철 안에는 사람들이 거의 없었기 때문에 작업은 순조롭게 진행됐다. 가끔 눈을 흘깃거리며 우리를 수상하게 보는 사람도 있었지만 수상할 이유는 전혀 없었다. 실로는 지하철을 폭파시킬 수도 없고 불을 지를 수도 없으며 사람을 죽일 수도 없다. 실은 그냥 실일 뿐이다. 열심히 매듭을 풀어보라고 파도타기 응원을 했으면 했지, 못 하게 말릴 일은 아니었다. 우리는 실뭉치에서 풀려나온 실을 길게 뻗은 지하철 의자 위에다 늘어놓았다. 풀어진 실이 늘어나면서 우리 사이의 간격은 더욱 넓어졌다. 녹색 의자 위에 파란색과 빨간색 실이 쌓여갔다.

"이게 뭐야. 너무 쉽잖아. 아까는 왜 이렇게 안 됐을까?"

부피가 반으로 줄어든 파란색 실뭉치를 들고 M이 물었다.

"우리가 그렇지 뭐. 중요한 순간에 모든 걸 망치는 게 우리 특기잖아."

나는 빨간색 실의 매듭을 풀면서 힘없는 목소리로 대꾸했다. M과 나는 두 시간 전에 서른번째 입사시험의 면접을 봤다. 오늘 역시 면접관으로부터 '됐으니까 그만 나가보세요'라는 얘기를 들었다.

"이력서 특기 항목에다 그걸 적지 그랬어. 중요한 순간에 모든 걸 망치기. 불쌍해서 합격시켜줄지도 모르잖아."

"너는 취미란에다 친구 비아냥거리기라고 적지 그랬냐?"

우리는 실뭉치에다 시선을 고정한 채 이런 얘기들을 주고받았다. 형편없는 오전이었고, 시시한 신세였다. 우리는 입을 잠그고 다시 실 풀기에 몰두했다.

"이거 순환선인가?"

"그럴걸."

"어쩐지 어지럽더라."

"순환선이라 그런 게 아니고 실타래를 너무 오래 들여다봐서 어지러운 거야. 좀 쉬자."

눈을 들어 창밖을 바라보았을 때 갑자기 지상의 풍경이 나타났다. 우리가 실타래에서 눈을 떼길 기다렸다는 듯 지하철이 덜컹거리며 지상으로 올라갔다. 환한 빛과 함께 낮은 건물들과 수많은 간판들이 콜라주 그림처럼 펼쳐졌다. 하나의 풍경이라기보다는 누군가 이어붙인 듯한 그림이었다. 우리는 지하철이 다시 지하로 내려가길 기다리면서 창밖을 바라보았다. 팽팽하게 당겨진 전깃줄이 지하철의 방향을 안내했다. 지하철은 계속 지상을 달렸다. 지하철 맨 뒤칸에 앉은 덕분에 창문 가까이로 얼굴을 들이밀면 몸을 뒤틀면서 곡선을 질주하는 지하철의 옆모습이 보였다. 순환선이라는 게 실감났다. 두 곳의 역을 지난 후 지하철이 앞쪽으로 기울더니 창밖의 풍경들이 사라졌다. 창문이 거울로 바뀌었고, 풍경 대신 우리 두 사람의 모습이 보였다. 우리는 다시 실타래를 풀었다.

두 시간 전 면접관들의 웃음소리를 생각하자 얼굴이 화끈거렸다. M과 나는 언제나 입사시험을 함께 치렀다. 같은 회사에서 근무하고 싶다는 생각이 큰 탓도 있지만 혼자서 시험을 친다는 게 불가능하게 여겨질 정도로 M과 나는 분리될 수 없는 사이였다. 우리는 동전의 앞면과 뒷면이거나 한 사람의 앞모습과 뒷모습이었다. M이 사라지면 나는 두께가 없는 종잇장처럼 변해버려서 혼자 서 있을 수조차 없을 것이다. 나 역시 M에게 그런 존재라고 생각한다. 우리는 서른 번의 입사시험을 함께 치렀다. 백전백패, 승률은 제로였지만 혼자서 시험을 쳐야겠다는 생각은 한 번도 들지 않았다.

우리는 면접시험도 함께 치렀다. 함께 치른 정도가 아니라 언제나 면접실에 함께 들어갔다. 동성애자가 아니냐는 질문을 받기도 했고, 신입사원은 한 명만 뽑을 거라는 답변을 하는 회사도 있었다. 그래도 우리는 막무가내였다. 함께 면접을 봐야 우리의 진가를 보여줄 수 있다면서 인사담당자를 들볶았다. 가끔은 우리의 요구를 들어주지 않는 회사도 있었지만 '마음대로 하세요'라고 하는 담당자가 더 많았다.

우리는 '면접시험의 역사를 새롭게 쓰자'라는 포부를 가슴에 품고 새로운 형식의 면접을 시도했지만 면접관들의 반응은 냉담했다. 새로운 레퍼토리를 만든 만담 듀엣의 심정으로 면접관들의 마음을 사로잡으려고 했지만 시간도 채우지 못하고 쫓겨나는 경우가 더 많았다. 이유는 알 수 없었다. 한번은 쫓겨나는 도중에 인사담당자에게 탈락 이유를 물어본 적이 있었다. 인사담당자는 우리 얼굴을 번갈아 보더니 "개그맨 시험이나 한번 쳐보세요"라며 등을 떠밀었다. "일단 재미는 있다는 거네?"라며 M이 웃었다.

인터넷 기획회사의 면접을 볼 때는 둘이서 만담을 했고—면접관들은 한 번도 웃어주지 않았다—애니메이션 제작회사의 면접을 볼 때는 어설픈 마술쇼를 하기도 했으며—M이 소품으로 준비해둔 손수건에 불을 잘못 붙이는 바람에 천장에 붙어 있던 스프링클러가 작동됐다—영어교재회사의 영업직 사원 면접시험 때는 지하철에서 물건을 파는 행상의 모습을 재연하기도 했다. 그나마 가장 반응이 좋았던 것이 지하철 행상 재연이었다. 우리는 말도 안 되는 영어를 써가면서 영어교재 광고를 했는데, 면접관 한 명은 너무 심하게 웃다가 의자에서 굴러떨어지기도 했다. 그런데 말이죠, 저희가 만드는 책은 지하철에서 파는 것 같은 엉터리 교재가 아니랍니다, 라는 것이 인사담당자가 밝힌 탈락 이유였다. 우리는 면접 준비의 첫번째 원칙을 잊고 있었다. 무엇보다도 회사에 대해 공부해둘 것. 우리는 열심히 면접을 준비했지만 영어교재를 파는 회사라는 사실만 알았을 뿐 어느 정도 수준의 책을 파는지에 대해서는 생각해보지도 않았던 것이다.

어제의 면접 준비 회의는 나름대로 철두철미했다. 우리는 저녁을 먹으면서 회사 홈페이지에서 다운받은 자료를 읽고 또 읽었다. 컴퓨터게임 회사였고, 게임 기획자와 게임 테스터를 구하는 중이었다. 응모자격란에는 '기초적인 프로그래밍이 가능하신 분, 새로운 아이디어가 넘쳐나는 분, 상상력이 뛰어나신 분, 모든 게임에 자신 있는 분, 게임 하나를 시작하면 끝장을 보는 분'이라고 적혀 있었다. 응모자격에 해당되는 것은 단 하나도 없었지만 매일 게임을 할 수 있다는 생각에 입사지원서를 써냈다.

"그래도 우리가 상상력은 좀 되는 편 아닌가?"

M이 물었다.

"그렇지. 아이디어도 많은 편이고⋯⋯"

내가 대답했다. 우리가 생각하는 상상력과 회사에서 원하는 상상력이 비슷한 것인지는 알 수 없었지만, 지금까지 입사지원서를 냈던 회사 중에서는 우리의 적성에 제일 어울리는 곳이라는 생각이 들었다.

"그런데 상상력을 어떻게 보여주지? 마술쇼나 한번 더 해볼까?"

"됐다. 회사 다 태울 일 있냐? 우린 허를 찌르는 거야. 상상력하고 전혀 상관 없는 면접을 준비해서 뒤통수를 치는 거지. 그게 오히려 점수를 더 딸 수 있을 거야. 다른 애들하고는 반대로 접근하는 거지."

"어떻게?"

"요즘 신입사원들에게 가장 부족한 게 뭐겠어?"

"지난번에 공부한 거잖아. 인내력과 애사심."

"바로 그거야. 우린 인내력을 보여주는 거야. 컴퓨터게임을 테스트하는 데 가장 중요한 게 바로 인내력이니까."

"그걸 어떻게 보여줘? 이번엔 차력이라도 하자는 거야? 불에 달군 돌덩이 위에서 10분 버티기, 뭐 그런 거?"

면접관 앞에서 실뭉치를 푸는 이벤트는 그렇게 해서 시작된 것이다. 연습도 필요 없었다. 헝클어진 실뭉치를 푸는 일은 연습으로 되는 일이 아니다. 끈기와 인내로만 가능한 일이다. 우리는 대사 몇 마디만 준비하고 일찍 잠자리에 들었다.

"저희들을 소개하는 대신 한 가지 보여드릴 게 있습니다. 컴퓨터게임을 테스트하는 일은, 엉킨 실뭉치를 차근차근 풀어나가는 것과 마찬가지라는 생각이 듭니다. 한 단계 한 단계, 참을성 있게 실을 풀어나가면 언젠가는 모든 매듭을 풀 수 있다는 것을 보여드리겠습니다."

내가 생각해도 멋진 대사였다. 면접관들의 반응도 좋았다. 우리가 파란색 실뭉치와 빨간색 실뭉치를 종이가방에서 꺼낼 때 어디선가 낮은 탄성이 들리기도 했다. 하지만 문제가 있었다. 대기실에서 실뭉치를 너무 헝클어놓았다. 그리고 우리가 사온 실뭉치는 너무 컸다. 1분도 지나지 않아 우리들 이마에는 땀이 맺혔다. 3분이 흐른 뒤에도 상황은 나아지질 않았다. 5분이 흘렀을 때는 온몸이 땀으로 뒤덮였다. 손바닥에 고인 땀 때문에 실이 더 엉켜서 5분 동안 30센티미터 정도의 실밖에는 풀어내질 못했다. M은 매듭을 푸는 대신 실을 마구 잡아당겼다. 그때 내가 한숨을 쉬었다. 뒤이어 M이 낮은 목소리로 "에이, 씨"라는 소리를 냈다. 그걸로 모든 게 끝났다.

"됐습니다. 그만 하세요. 아이디어는 참 좋은데, 두 분 다 참을성이 부족하신 거 같군요. 실 푸는 연습을 더 하고 다시 한번 도전해보세요."

면접관들의 웃음소리가 들렸다. 면접관들을 향해 실뭉치를 집어던지고 싶었지만 그들은 잘못한 게 없었다. 면접실 문을 열고 나왔을 때 땀에 푹 절은 우리 모습을 보고는 대기자 한 명이 "무슨 질문을 하길래 그렇게 땀을 흘려요?"라고 물었다. 그 녀석 얼굴도 한 대 쳐주고 싶었지만 잘못한 게 없는 놈이었다. 문제는 우리였다.

"아까 네가 한숨을 쉬지 않았으면……"

"그래서 내 탓이라고?"

"아니, 내가 먼저 한숨을 쉬었을 거라고."

"네가 한숨을 먼저 쉬었으면 내가 에이 씨발, 했겠지."

백전백패하더라도, 우리는 그런 사이였다. 우리는 에어컨디셔너 시설이 잘 돼 있는 지하철을 탔다. 땀을 너무 많이 흘렸고, 너무 더웠다. 몸의 온도가 낮아지자 끝까지 실뭉치를 풀어봐야겠다는 생각이 들었다.

실타래를 풀기 시작한 지 30분 만에 우리는 모든 실을 뽑아냈다. 지하철 의자에 빨간색과 파란색 실을 풀어놓으니 그 부피가 엄청났다. 녹색 천 위에 빨간색과 파란색 실이 어지럽게 펼쳐져 있는 광경은 보는 사람을 압도했다. 화가의 그림 같기도 했고, 내 마음 속의 풍경 같기도 했다. 아름답다는 생각이 들었다.

"꽤 길겠다."

"한 50미터 될까? 아니다, 100미터는 되겠다. 더 넘나?"

"그럼 재보지 뭐. 지하철 한 량의 길이가 20미터니까 실을 들고 왔다갔다해보면 길이가 나오겠네."

"20미터인 건 어떻게 알아?"

"저기 써 있잖아. 멍충아."

나는 지하철 문 위에 붙어 있는 안내판을 가리켰다. 거기에는 지하철 한 량의 길이와 너비, 그리고 차량번호가 적혀 있었다. 혼자서 지하철을 탈 때면 멍하니 그 표를 읽곤 했다. 가끔은 차량번호를 외우기도 했다. 같은 지하철 같은 칸에 다시 타게 된다면 기분이 좋을 것 같았다. 매일 같은 시간에 출근하는 회사원들은 언제나 똑같은 지하철을 타겠지만, 그중에서 차량번호를 확인하는 사람은 단 한 명도 없을 것이라는 생각이 들었다.

우리가 타고 있던 칸에는 승객이 네 명뿐이었다. 실을 들고 왔다갔다하더라도 수상하게 여길 사람은 없을 것 같았다. M이 파란색 실 끝을 잡고 자리에서 일어섰다. M은 투명 강아지를 산책시키는 사람처럼 실을 꼭 붙들고 천천히 걸었다. 지하철 의자 위에 놓여 있던 실이 뱀처럼 몸을 뒤틀며 M을 따라갔다. 한쪽 끝에 다다른 M은 실을 꺾은 다음 반대쪽으로 걸었다. 하지만 실을 한쪽 끝에다 고정할 도구가 없었기 때문에 실은 계속 M을 따라왔다. 이래가지고서는 정확한 길이를 잴 수가 없다.

"자꾸 실이 따라오네. 네가 저기 가서 붙잡고 있을래?"

"반대편에선 누가 잡고 있을 건데? 아르바이트라도 한 명 쓰게? 그러지 말고 그냥 지하철 끝까지 쭉 걸어갔다가 오지 그래?"

"그러면 되겠네. 자식, 진작 말해주지."

M은 실을 쥐고 다시 걸었다. 지하철 연결부분의 문틈에 실이 끼지 않을까 걱정했지만 다행히 잘 빠져나갔다. 실 몇 가닥은 너끈히 지나갈 수 있을 정도로 헐렁한 문이었다. M은 흔들리는 지하철의 리듬에 맞춰 비틀거리면서 앞으로 걸어갔다. 나는 실이 꼬이지 않도록 두 손으로 조금씩 실을 풀어주었다. 연을 날리는 기분이었다. 이미 M은 내 시야에서 사라졌지만 먼 곳으로 걸어가는 녀석을 느낄 수 있었다. 파란색 실이 계속 M을 따라갔다. 5분쯤 지났을 때, 실 끝이 드러났다. 나는 실을 놓치지 않기 위해 끝부분을 오른쪽 검지에다 돌돌 말았다. 더이상 실이 없다는 사실을 M이 알 수 있을까. 순간, 팽팽하게 실이 당겨졌다. 조금이라도

힘을 가하면 끊어질 것 같았다. 반대편 실 끝에 있는 녀석의 힘이 느껴졌다. 실이 다시 바닥으로 떨어졌다.

몇 분 후 M이 통로문을 열어젖히며 나타났을 때 얼굴에는 웃음이 가득했다.

"야, 이거 정말 재미있다. 실 들고 가는데 사람들이 다 쳐다봐. 너도 한번 갔다 와봐. 사람들 표정이 희한하게 바뀐다니까."

"길이는 제대로 쟀어? 몇번째 칸까지 갔는데?"

"몰라. 처음에는 세면서 걸어갔는데 사람들이 하도 쳐다보는 통에 잊어먹었지. 길이가 문제가 아니라니까. 너 안 갈 거면 내가 한번 더 갔다 올까?"

대답할 시간도 주지 않고 M은 빨간색 실을 집어들었다. 도대체 뭐가 재미있다는 것인지 알 수 없었지만, 만약 그게 흥분할 정도로 재미있는 일이라면 안 해볼 수 없었다. 나는 M에게서 실 끝을 빼앗아들었다. M의 얼굴에는 실망한 기색이 역력했지만 나를 위해 순순히 실을 넘겨주었다. 빨간색 실을 들고 자리에서 일어서는 순간 통로문으로 역무원이 들어왔다.

"이 실 아저씨 거예요?"

역무원의 손에는 파란색 실뭉치가 들려 있었다. 우리가 30분 동안 풀어낸 실을, 역무원은 순식간에 원상태로 되돌려놓았다. 내 손에는 빨간색 실이 들려 있었다. 지하철 의자에는 빨간색 실이 가득 쌓여 있었다. 발뺌할 수는 없었다.

"네, 그런데요."

"신고가 들어왔습니다. 양복을 입은 수상한 남자가 폭탄을 설치하는 것 같다고요."

"폭탄이요?"

나도 모르게 목소리가 커졌다. 누군가 파란색 실을 폭약의 도화선이라고 생각한 모양이다. 지구 어딘가에는 컬러풀한 폭탄 도화선을 이용하는 사람도 분명히 있을 것이다.

"바닥에다 이 실을 왜 까신 겁니까? 폭탄 설치하신 거 아닙니까?"

"아이고 아저씨. 폭탄 설치한 사람이, 네, 제가 폭탄 설치했어요, 그러겠어요? 그나저나 왜 안 터지는 거냐? 곧 터질 때가 됐는데……"

앉아 있던 M이 대화에 끼어들면서 말했다. 역무원은 우리를 번갈아가며 쳐다보았다. 양복을 입은 두 남자와 파란색과 빨간색 실 뭉치. 흔히 볼 수 있는 풍경은 아니었다. M은 계속 웃고 있었다.

"아무래도 같이 좀 가셔야겠는데요."

역무원은 지하철 의자 위에 놓여 있던 빨간색 실을 헝클어 쥐더니 선반 위에 있던 신문들을 모두 헤집고 의자 구석구석을 살펴보았다. 폭탄 같은 게 있을 리 없다는 사실을 역무원도 알 것이다. 누가 보아도 우리의 표정과 폭탄은 어울리지 않는다. 폭탄을 설치할 만한 사람이 따로 있는 것은 아니지만, '폭탄으로 세상을 다 날려버리겠어!'라는 마음을 먹은 사람은 눈빛부터라도 다를 것이다. 우리의 눈빛은 폭탄보다 폭죽에 가깝다. 같은 칸에 있던 승객들은 폭탄이라는 얘기를 듣더니 모두 옆칸으로 옮겨갔다.

"죄송합니다. 사실은 저희가 예술을 좀 하고 있었거든요."

나는 역무원에게 조용한 목소리로 말했다. 역무원이 고개를 돌려 나를 봤다. 마치 태어난 이래로 '예술'이라는 단어를 처음 듣는 듯한 표정이었다. 그러고 보니 나 역시 태어나서 처음으로 '예술'이라는 단어를 발음한 기분이었다.

"예술이라뇨?"

역무원과 M이 동시에 나를 쳐다보았다.

"예술 모르십니까?"

"폭탄 설치가 예술입니까?"

"폭탄 같은 건 없어요. 저 친구가 장난이 좀 심해서…… 그 실을 보면 아시잖아요. 도화선 같은 게 아니고 그냥 보통 실이에요. 저희는 그저 일상에 찌들어 있는 평범한 사람들이 독특한 경험을 하게 만드는, 그런 퍼포먼스랄까, 이벤트랄까, 아무튼 그런 예술을 하는 사람들입니다."

"지하철 바닥에다 실을 깔아놓는 게 예술이라는 얘깁니까?"

"조각나 있는 현대인의 마음을 하나의 실로 이어주고 싶다는 메시지가 담긴 이벤트라고 할 수 있지요. 현대인의 삶을 가장 잘 반영해주는 공간이 지하철이잖습니까."

M은 옆에서 계속 키득거리고 있었지만 역무원은 진지하게 내 얘기를 들었다. 역무원은 무슨 얘기를 해야 할지 망설이고 있는 것 같았다. '예술'이라는 단어를 들었기 때문인지, 내 태도가 너무나 예의바르게 보였기 때문인지 역무원의 태도는 많이 수그러들었다.

"무슨 얘긴지 알겠습니다만, 지하철에서는 그런 걸 하시면 안 됩니다."

"그런 거라뇨?"

"예술 같은 거 말입니다."

"아, 예, 예술요. 알겠습니다."

"여기는 공공장소입니다. 무슨 일이 일어날지 모르는 곳이잖습니까."

"예, 다른 곳을 찾아볼게요. 죄송하게 됐습니다."

"이 실들은 제가 압수하겠습니다. 잠깐 주민등록증 좀 보여주시겠습니까? 아무래도 기록은 좀 해둬야겠네요."

역무원은 우리의 주민등록증을 확인하고는 다른 칸으로 옮겨 갔다. 지하철이 역에 도착했을 때 우리는 내렸다. 처음 보는 역이었고 어느 지역에 붙어 있는 역인지도 몰랐지만 상관없었다. 역무원이 다시 돌아와, 마음이 바뀌었어요, 같이 좀 가셔야겠어요, 라고 말할 것 같았다.

"야, 웃긴다, 예술이라니. 아쉬워서 어떡하냐? 넌 예술도 못 해 보고, 나만 신나게 예술 해서?"

M이 다시 키득거렸다. 아닌게 아니라 좀 아쉽다는 생각이 들기도 했다. 아무 생각 없이 한 말이었지만 실을 끌고 가는 모습을 보고 사람들이 어떤 반응을 보이는지가 궁금했다. 정말 평범한 일상에 찌든 사람들에게 독특한 경험이 됐을지도 모르겠다는 생각이 들었다.

"내 바지 올이 풀린 줄 알고 얘기해주는 사람도 있더라니까. 엉덩이라도 보여줄걸 그랬나? 사진을 찍는 사람도 있었어. 얼마나 웃기던지, 혼자서 얼마나 키득거렸다고……"

우리는 집 근처까지 버스를 타고 와서 맥주 집에 들어갔다. 어찌나 땀을 많이 흘렸던지 양복에서는 비릿한 냄새가 났다. 맥주를 들이켜자 실 같은 액체가 온몸 곳곳으로 스며들었다. 눈을 감고 맥주를 느끼면 내 몸의 길이를 알아낼 수 있을 것 같았다.

우리는 다음 면접에 대해서 얘기를 나누었다. 이틀 후에는 주방용 전자저울을 만드는 회사에서 면접을 보기로 되어 있다. M과 얘기를 나누면 나눌수록 그리고 면접 횟수가 늘어날수록, 회사가 우리를 평가하는 게 아니라 우리가 회사를 평가하고 있다는 생각이 들었다. 우리의 재미있는 면접 스타일을 이해해주지 않는 회사에는 절대 들어갈 수 없다는 원칙이라도 생긴 것 같았다. 결국 손해볼 사람은 우리였지만 손해본다고 하더라도 어쩔 수 없는 상황이었다. 시작했으니 끝까지 가보는 수밖에 없었다.

"요리를 하나 만들어서 가면 어때?"

맥주를 연거푸 마시고 얼굴이 발갛게 달아오른 M이 말했다. 빨간색 실을 삼킨 것 같았다.

"엉터리 요리를 만들어서 면접관들에게 먹인 다음 '이번에 주방용 저울의 필요성을 실감하게 됐습니다'라고 하자는 거지?"

"자식, 눈치 하나는 진짜 빨라."

"어차피 떨어질 게 뻔하니까 설사약이라도 좀 집어넣을까?"

"살 빠지게 해줘서 고맙다고 덜컥 합격시켜주면?"

"주방용 저울을 파는 인생이 되는 거지 뭐."

"그건 마음에 안 들어."

"그럼 원서는 왜 냈어?"

"주방용 저울을 이용해서 재미있는 면접을 볼 수 있을 것 같아서."

"그럴 줄 알았다. 우리 이러다 결국 취직 못 하는 거 아닐까? 벌써 스물일곱이다."

"아직 스물일곱인데…… 시간이 지나면 뭐라도 되겠지."

"뭐가 될까. 우리가 잘하는 게 있긴 있나?"

내 말에 M까지 시무룩해졌다. 우리는 아무 말도 하지 않고 계속 맥주만 들이켰다. M과 나는 가지고 있던 돈을 모두 탁자 위에 올려놓았다. 그리고 맥주를 시킬 때마다 그 가격의 돈을 탁자 왼쪽으로 옮겼다. 오른쪽에 있던 돈이 왼쪽으로 계속 이동해갔다. 돈이 다 없어지기 전까지 취해야 했지만 돈을 보면서 맥주를 마시니 취하질 않았다. 시간이 지나도 정신은 말짱했다.

"이제 네 잔 남았다."

"왜 이렇게 안 취할까?"

"한꺼번에 다 마셔버리자."

우리는 맥주잔을 손에 쥐고 한꺼번에 들이켰다. 다 마시고 나자 트림이 올라왔고, 어지러웠다. 그때부터 우리는 취했다. 우리는 탁자 위에 있던 돈이 다 왼쪽으로 옮겨간 후에 집으로 갔다.

다음날 술에서 깨어났을 때는 토성의 고리처럼 내 머리 주변에 두통의 고리가 둘러져 있었다. 고리는 빙글빙글 돌면서 수시로 머리를 짓눌렀다. M 역시 나와 비슷한 상황인 것 같았다. 우리는 짬뽕 한 그릇을 배달시켜서 국물만 계속 들이켰다. 짬뽕을 보고 있으니 어제의 면접이 다시 떠올랐다. 실을 닮은 짬뽕의 면발이 눈에 거슬렸다. 우리는 그릇을 문 앞에다 내놓고 방에 드러누워서 천장만 보았다. 할 말이 없었다. 다음날 있을 면접을 준비해야 했지만 둘 다 그럴 기분이 아니었다.

오후 3시쯤 휴대전화기로 전화가 한 통 걸려왔다. 두 달 전쯤 인터넷 신문사에 입사한 친구였다. 신문사의 합격통지를 받았을 때 녀석은 우리와 함께 술을 마시고 있었는데, 얼마나 기뻤던지 내 볼에다 입을 맞추기까지 했다. M이 녀석을 꼬드겨 새벽 4시까지 술을 마셨다. 돈은 물론 회사에 합격한 친구가 냈다. 그날 녀석은 휴대전화기와 지갑을 잃어버렸고, 어디에 처박혔는지 턱에 상처까지 났다. 녀석은 "너희들, 내가 취직한 게 샘이 나서 나를 때린 거 아냐?"라고 투덜거렸지만 그런 일을 부러워할 우리가 아니었다. 녀석이 합격한 곳은 인터넷 신문 쪽에서 유명한 회사 였지만 월급은 짜고 일은 많기로 유명했다. 다음날, 녀석은 우리를 백화점으로 불러내더니 넥타이 하나씩을 선물했다. 면접을 잘 보라는 의미였다. 자신을 위해서는 양복 한 벌과 최신형 휴대전화기와 양가죽 지갑을 샀다. 그 친구는 백화점을 나서면서 "이제부터 내 인생의 멋진 후반전을 시작할 거야"라고 했다.

"전반전에서 힘을 많이 뺐으니까 후반전에선 아마도 대량 실점을 할 거라고 생각해. 한 20 대 0 정도?"

M의 빈정대는 말투에 기분이 상했던 것인지 녀석은 한동안 연락을 하지 않았다. 내 생각에 스물일곱과 후반전이란 단어는 어

울리지 않는다. 우린 아직 1쿼터도 끝내지 않았다.

"야, 혹시 말야, M하고 같이 있냐?"

M 몰래 내게 할 말이 있는 것인지 녀석은 목소리를 잔뜩 낮췄다.

"같이 누워 있지. 약 먹고 동반자살하는 중이었거든…… 취직도 안 되고 돈도 없고 술도 안 깨고 해서……"

쉰 목소리가 흘러나와서 정말 죽으려는 사람으로 오해받을 것 같았다. 나는 목에 낀 가래를 입 안으로 끌어올린 다음 다시 삼켰다.

"농담하지 말고……, 아무튼 같이 있단 말이지? 그러면 M한테 어제 지하철 타지 않았냐고 물어봐줄래?"

"바꿔줄 테니까 직접 물어봐. 아직은 살아 있는 것 같으니까."

"야, 알잖아. 껄끄러워하는 거. 그냥 지하철 탔는지만 물어봐줘."

M은 잠이 들어 있었다. 아니면 자기 얘기를 하는 걸 알고는 잠이 든 체하는 것인지도 모르겠다.

"지하철은 탔지. 나하고 같이 있었으니까."

"같이 있었어? 그러면 혹시 파란색 실 들고 지하철 돌아다니지 않았어?"

"그걸 네가 어떻게 알아?"

"야, 맞구나. M이 맞지? 양복을 입고 있으니까 잘 모르겠더라고."

"어떻게 알았냐니까!"

"인터넷에 사진이 떴어. 주소 받아적어봐."

나는 친구가 알려준 주소를 입력했다. '거리의 풍경'이라는 개인 블로그였다. 거기에 정말 M의 사진이 있었다. 양복을 입은 M은 눈을 아래로 내리깔고 카메라 쪽을 향해 걸어오고 있었다. 그 뒤로 파란색 실이 가늘게 보였다. 언뜻 보면 실이라기보다는 사진 위에다 파란색 선을 합성한 것처럼 보였다. 사진은 모두 다섯 장이었다. 뒷모습을 찍은 사진에서는 파란색 실이 조금 더 자세하게 보였다.

사진을 업로드한 시각은 다섯 시간 전이었는데, 사진 아래에 이미 200여 개의 댓글이 달려 있었다. 댓글의 수만큼이나 의견도 다양했다. 애인이 교통사고로 죽었는데, 애인을 잊지 못해 애인 옷의 올을 풀어헤쳐 끌고 다니는 사람 같다는 의견도 있었고, 실을 끌고 전국일주를 하는 사람인 것 같다는 의견도 있었으며, 사진 위에다 파란 선만 그어놓은 합성사진인 것 같다는 의견도 있었다. 나는 M을 깨웠다. M은 사진을 보자마자 웃기 시작했다. 댓글을 읽어내려가면서 점점 웃음소리가 커지더니 마지막 글을 읽고 나서는 방바닥에 쓰러지고 말았다.

"야, 정말 상상력이 대단한 놈들이다. 어떻게 이런 생각들을 하지? 마지막 글 봤어? 옆칸에 있는 겁 많은 애인의 썩은 이를 뽑기 위해서 실을 들고 걸어가는 회사원이란다."

M은 데굴데굴 방바닥을 굴렀다. 데굴데굴 방바닥을 굴러다닐 정도로 웃긴 글은 아니었지만 M의 입장에서는 그럴 수도 있겠다는 생각이 들었다. 사람들이 자신의 모습을 보고 이렇게 다양한 의견을 남겼으니 신기할 만도 하겠다. 사진의 주인공이 내가 될 수도 있었다.

"회사에서 지금 연락처 알아내려고 난리야. M이 무슨 거리의 예술가라도 된다고 생각하나봐. 도대체 파란 실은 왜 들고 돌아다닌 거래?"

M의 웃음소리가 전화기를 타고 녀석의 귀에까지 들렸는지, 못마땅하다는 듯한 목소리로 녀석이 말했다. 녀석은 오래 전부터 M의 장난과 농담을 싫어했다. "난 네가 왜 그렇게 M이랑 붙어다니는지 이해를 못 하겠더라"는 말을 자주 했다. 그런 말을 들을 때마다 그 친구가 조금씩 싫어졌다. 그런 상황에서 '이해'라는 단어를 쓰는 게 싫었다. 사람과 사람의 사이는 이해할 수 있는 게 아니다. 그 얘기를 들을 때마다 뭔가 한마디 해줘야겠다 싶었지만 말을 꺼내는 순간 친구 하나를 잃어버릴지도 모른다는 걱정이 들었다. 나는 녀석의 진지함을 좋아했고 호기심 많은 눈동자를

좋아했다.

면접과 실에 얽힌 길고 긴 이야기를 해줄까 싶었지만 M이 너무 초라해질 것 같았다. 나 역시 초라해질 것 같았다.

"사실은 우리 예술 한 거야."

"예술이라니? 너희들이 무슨 예술을 해?"

"지하철 퍼포먼스. 조각난 현대인의 마음을 실로 이어준다, 뭐 그런 의미지."

"언제부터 그런 걸 했어? 너희들하고 예술은 정말 안 어울린다."

M은 컴퓨터 앞에 앉아서 뭔가를 쓰고 있었다. 또 장난을 치고 있을 것이다. 사진 아래에다 뭐라고 적을지 궁금했다.

"오래됐어, 네가 몰라서 그렇지. 얼마 전에는 버스에서도 예술을 했지."

"버스에서는 뭘 했는데?"

나는 버스를 떠올려보았다. 버스에서는 뭘 할 수 있을까. 버스에는 운전사가 있고 의자가 있고 하차 벨이 있고, 손잡이가 있고……

"의자 뒤에 붙어 있는 광고판에다 파란색 실을 잔뜩 넣어뒀지."

"거기다 실은 왜?"

"사람들이 실을 가지고 뭘 할 수 있는지를 실험해본 거야."

"그걸로 뭘 하던데?"

버스 의자에 앉아 파란색 실로 뭘 할 수 있을지 생각해보았다. 아무것도 떠오르지 않았다. 나는 송화기 부분을 손으로 가리고 M에게 물어보았다. M은 컴퓨터 앞에 앉아서 뭔가를 입력하다가 '앞에 앉은 사람 목 조르기'라고 대답했다.

"사람들 상상력이 부족하더라. 대부분 옆사람과 실뜨기를 하던데."

"너희들이 그런 걸 한다니까, 좀 놀랍다. 내가 이따가 다시 전화할게."

전화를 끊고 나서 M이 인터넷에 적은 글을 보았다. "이 남자는 파란색 실을 이용해서 지하철을 꽁꽁 묶어놓으려고 했던 건 아닐까요"라고 써놓았다.

"약한데?"

"약해? 아, 좀더 생각해봐야겠다. 상상력이 모자란가봐."

우리는 다시 방바닥에 드러누워서 파란색 실로 뭘 할 수 있을지를 생각해보았지만 졸렸다. 잠에서 깨어났더니 저녁 7시였고 바깥은 어둑어둑해지고 있었다. 시간을 도둑맞은 느낌이었다. 모든 게 너무 빨랐다. 아직 1쿼터도 끝나지 않았다고 생각했지만, 어쩌면 친구녀석의 말처럼 벌써 후반전이 시작된 것인지도 모른다. 모두들 경기장에서 열심히 뛰고 있는데 우리만 로커룸에서 잠을 자고 있었는지도 모른다.

M이 자리에서 벌떡 일어나더니 저금통에 있던 동전을 책상 위에 쏟았다. 그러고는 종류별로 분류하기 시작했다. 마치 도박장에서 카드를 돌리는 것 같은, 신중한 모습이었다. M은 동전 10개씩을 하나의 무더기로 만들면서 천천히 동전을 셌다. 하지만 틈날 때마다 저금통에 있는 돈을 썼기 때문에 M의 작업은 그리 오래가지 않았다. M은 두 번쯤 동전을 셌다.

"얼마나 남았어?"

내가 천장을 보면서 물었다. 얼마가 남았는지 알고 싶었다기보다는 얼마나 비참한 신세인지를 확인하고 싶었다.

"그럭저럭 라면 한 박스는 살 수 있겠다."

"그러면 돈 없어지기 전에 얼른 라면이나 사놓자."

M은 동전을 양쪽 주머니에 나눠 넣고는 밖으로 나갔다. 혼자 조용히 누워서 M이 없는 삶을 생각해봤다. 잘 상상이 되지 않지만 이제는 각자 자신만의 삶을 꾸려나가야 할 때가 온 것 같았다. 지금 누워 있는 방이 침몰하는 배 같았다. 침몰하는 배 속에서 우리는 꼭 껴안은 채 살고 있었다. 우리 두 사람의 삶은 운동회 때의 이인삼각 같은 것이었다는 생각도 든다. 발 하나씩을 묶고 호흡을 맞춰 열심히 달려보지만 두 다리로 달리는 사람보다

느릴 수밖에 없다. 재미는 있지만 느릴 수밖에 없다. 이제는 너무 뒤처졌다는 생각이 들었다. 더 늦기 전에 우리 발목에 묶여 있는 끈을 풀어야 할 것 같았다. M에게 얘기하면 어떤 반응을 보일까. 어쩌면 내가 먼저 끈을 풀자고 하길 기다리고 있는지도 모른다. M에게 어떻게 얘기해야 할지를 생각하고 있을 때 전화벨이 울렸다.

"너희들 얘기 했더니 편집부장이 인터뷰해오래. 내일 시간 어때?"

"내일은 면접 있는 날인데."

"오후엔 괜찮을 거 아냐. 5시에 보자."

"그런데 무슨 인터뷰야? 우리 인터뷰 같은 거 안 할 건데."

"편집부장이 제목도 벌써 붙여놨어. '파란 실의 상상력, 거리의 예술가들.' 인터뷰 못 하면 내 목 날아가. 그래도 괜찮아? 좀 해주라."

"M한테 물어볼게."

"물어보긴 뭘 물어봐. 너희 둘은 부부나 마찬가진데. 5시에 회사로 와. 회사 근처에 있는 지하철역에서 촬영도 할 거니까 양복 꼭 입고 오고. 아, 면접 보니까 양복은 당연히 입겠구나."

전화를 끊고 다시 천장을 바라보았다. '파란 실의 상상력, 거리의 예술가들.' 예술은 무슨 얼어죽을 예술이람. 모든 게 다 귀찮게 느껴졌고 몸을 움직이고 싶지도 않았다. 면접도 보기 싫었고 회사를 다니기도 싫었다. 누군가 내 머리채를 붙들고 어디론가 질질 끌고 갔으면 싶었다.

"내가 뭘 사왔게?"

M이 문을 열면서 소리를 질렀다. 천진난만한 표정이었다. M은 등뒤에서 칼을 꺼냈다. 플라스틱 칼이었지만 제법 정교하게 만든 것이었다.

"멋지지?"

"멋지네. 그런데 무슨 돈으로 샀어?"

"이거 소리도 나."

M은 플라스틱 칼을 바닥에 내리쳤다. 췌엥, 하는 날카로운 소리가 났다. 칼과 칼이 부딪쳤을 때 나는 쇳소리였다. M은 플라스틱 칼을 들고 돌아다니면서 방 안의 물건들을 두드렸다. 책상에서도 췌엥, 소리가 났고 비키니옷장에서도 췌엥, 컴퓨터 자판에서도 췌엥, 모니터에서도 췌엥, 소리가 났다. 전쟁영화의 사운드트랙을 듣고 있는 것 같았다. 누워 있는 내게도 칼을 내리쳤고, 내 몸에서도 췌엥, 하는 소리가 났다.

"라면 안 샀어?"

"참, 라면 사러 간 거였지. 어째 돈이 남더라."

"그리고 두 개는 있어야 칼싸움이라도 할 거 아냐."

"요 앞 삼거리에서 팔고 있는데 하나 더 사올까?"

"됐다. 이 나이에 무슨 칼싸움이냐. 그리고 남은 돈으로는 라면 사먹어야지."

"우리 나이가 어때서."

나는 M에게 인터뷰 얘기를 했다. M은 재미있어 죽겠다는 표정이었다. 인터뷰 같은 건 싫어할지도 모른다고 생각했는데 의외였다. 똑같은 양복을 유니폼처럼 맞춰 입어야 하는 것 아니냐면서 M이 호들갑을 떨었지만 그럴 만한 돈이 없다는 것은 우리 둘 다 잘 알고 있었다.

우리는 삼거리로 나갔다. 요란한 불빛 아래 수많은 장난감들이 늘어서 있었다. 자동차도 있었고 기차도 있었고 총도 있었고 화살도 있었고 방패도 있었다. 대부분 조잡한 것들이었다. M이 칼을 고른 이유를 알 수 있었다. 우리는 플라스틱 칼을 하나 더 샀다. 그리고 투명 플라스틱으로 만든 방패도 하나 샀다. 방패를 처음 봤을 때 나는 그게 유리로 만든 것인 줄 알았다. 떨어뜨리기만 해도 깨지는 방패, 앞은 환하게 볼 수 있지만 적의 공격을 막을 수는 없는 방패, 매일매일 깨끗하게 닦아줘야 하는 방패…… 그런 생각들을 하니 재미있었다. 손을 댔을 때에야 그게 유리가 아닌 투명 플라스틱으로 만든 것이란 걸 알았다. 앞이 보이는 방패는 싸움을 할 때 쓸모가 많을 것 같다. 칼과 방패를 샀더니 라면 열 개 정도 살 수 있을 돈이 남았다. 제대로 된 칼싸움을 하려면 방패를 두 개 사야 했지만 그래도 라면 살 돈은 남겨두어야 했다.

방패에서도 췌엥, 하는 소리가 났다. 칼에서 췌엥, 하는 소리가 나는 것은 어울렸지만 방패에서 소리가 난다는 것은 이상했다. 머리로 방패를 때려도 췌엥, 하는 소리가 났고 주먹으로 때려도 췌엥, 소리가 났다. 칼로 방패를 내려치면 췌췌엥, 하는 기이한 소리가 났다. 이상한 세트 상품이었다.

"내일 면접 가기 싫다."

M이 길거리에 있는 난간에다 칼을 내리치면서 말했다.

"왜?"

나도 난간에다 칼을 내리치면서 물었다.

"저울회사란 게 별로 마음에 안 들어. 넌 어때?"

"마음에 안 들긴 마찬가지지."

"가지 말자."

"그러자 그럼."

우리는 칼로 난간을 내리치면서 걸었다. 길을 걷던 사람들이 우리를 쳐다봤다. 그래도 우리는 난간을 내리쳤다. 길거리의 소음 때문에 췌엥, 하는 소리는 잘 들리지 않았다. M이 내가 들고 있던 방패에다 칼을 내리치면서 말했다.

"우리 예술가나 돼볼까? 재능이 있나봐. 내일 인터뷰를 계기로 본격적인 예술을 하는 거야."

"예술은 아무나 하냐? 그리고 우리가 예술이 뭔지나 알아? 장난도 예술로 쳐준다면 우리가 1등 먹겠지만…… 사실 인터뷰도 하기 싫어. 장난 한번 친 거 가지고 인터뷰한다는 게 웃기지 않냐?"

"재미있잖아."

뭐가 재미있는지도 알 수 없었다. 나는 오른손에 들고 있던 칼로 왼손에 들고 있던 방패를 내리쳤다. 세게 내리쳤지만 소리는 커지지 않았다. 자동차 소리와 화장품가게에서 틀어놓은 라디오 소리 때문에 우리들의 칼소리는 오히려 더 작게 들렸다. 우리는 집으로 돌아갔다.

사진 아래에는 벌써 500개의 댓글이 달려 있었다. M은 모니터 앞에 앉아서 열심히 댓글을 읽었지만 나는 너무 지쳐 있었다. 아직도 술이 덜 깬 것 같은 기분이었고 입 안은 까끌거렸다.

다음날 우리는 늦게까지 잠을 잤다. 저울회사의 면접은 포기했다. 우리는 늦은 점심을 먹은 후 양복을 입고 인터넷 신문사로 향했다. 인터뷰를 한다는 게 두려웠지만 재미있는 경험을 하는 것이라고 마음먹었다. 숨을 크게 들이마시고 신문사로 들어갔다.

"아무래도 내가 예술에 대해서 아는 게 없어서 말야. 이분이 나 대신 인터뷰를 하실 거야. 예술전문기자시거든."

친구가 소개해준 예술전문기자는 우리에게 명함을 주었다. 명함에도 '예술전문기자'라고 적혀 있었다. 예술전문기자라는 직업이 있다는 게 신기했지만 우리도 예술가였기 때문에 애써 태연한 모습으로 인사를 했다. 우리는 예술전문기자와 사진기자와 함께 지하철로 향했다. 사진기자는 "오늘의 촬영 콘셉트는 자유로움입니다. 아시겠죠?"라고 얘기했지만 자유로운 사진이라는 게 어떤 것인지 알 수 없었다. 우리는 예술전문기자가 쥐여준 파란색 실을 들고 지하철 객실 안을 걸었다. 실이라기보다 밧줄에 가까운 굵기의 끈이었다. 사진에 제대로 나오려면 이 정도 굵기는 되어야 한다고 했다.

"하나도 자유롭지가 않잖아요. 밧줄에 묶여서 끌려가는 노예도 아니고⋯⋯"

M이 투덜거렸다. 나 역시 같은 생각이었다.

"그러면 아무렇게나 놀아보세요."

사진기자가 한숨을 쉬면서 말했다. M이 플라스틱 칼과 방패를 꺼내서 예술전문기자에게 보여주었다. M은 사진촬영에 필요할지도 모른다면서 온갖 잡동사니들을 가방에 쑤셔넣느라 한 시간을 허비했었다.

"이걸 들고 노는 걸 사진으로 찍으면 어때요? 재미있을 것 같은데⋯⋯"

"그걸로 뭘 하실 건데요?"

"칼싸움이요."

"유치할 거 같은데요. 그냥 끈을 들고 걷는 걸로 하죠?"

예술전문기자의 말을 무시하고 우리는 칼을 들고 일어섰다. 나는 방패와 칼을 들었고, M은 칼만 들었다. M이 나를 향해서 소리를 질렀다.

"멍청한 녀석, 그따위 방패로 내 칼을 막을 수 있을 것 같으냐."

"웃기는 소리 말아라. 그따위 플라스틱 칼로 내 유리방패를 깰 수 있을 것 같으냐? 유리방패 너머로 네놈이 움직이는 게 다 보인다."

우리는 칼을 부딪쳤다. 췌췌엥, 하는 소리가 객실에 울렸다. 생각했던 것보다 훨씬 소리가 컸다. 예술전문기자는 지하철 의자에 앉아서 입을 벌린 채 우리를 바라보았다. 재미있어서라기보다 너무 유치해서 못 봐주겠다는 듯한 표정이었다. 그래도 우리는 상대방을 정말 죽이기라도 할 것처럼 온 힘을 다해 칼싸움을 했다. 사진기자는 열심히 셔터를 누르긴 했지만 밝은 표정은 아니었다.

먼 곳에 앉아 있던 꼬마 두 명이 우리 가까이로 왔다. 양복을 입고 칼싸움을 하고 있으니 신기해 보였던 모양이다. 두 꼬마는 열심히 우리들의 칼싸움을 구경했다. 꼬마들의 엄마인 것 같은 어른 두 사람이 우리 쪽으로 왔고, 췌엥, 하는 소리가 궁금했던 할아버지 두 분, 그리고 연인처럼 보이는 남녀가 우리 곁으로 왔다. 시간이 지날수록 우리를 구경하는 사람들이 점점 늘어났다. 우리는 땀을 뻘뻘 흘리면서 상대의 빈틈을 공격했다고는 하지만 어처구니없을 정도로 느린 속도로 움직였기 때문에 실제로 싸움을 하는 것처럼 보이지는 않았다. 무용에 가까웠다. 제일 먼저 우리를 발견한 두 꼬마는 엄마들의 손을 붙들고 "나도 저 칼 사줘" 라면서 떼를 쓰고 있었다. 5분쯤 지났을 때 우리 주위에는 서른 명 가까운 사람들이 모여 있었다. 모두들 신기하다는 표정으로 우리를 구경하고 있었다. 예술전문기자의 얼굴이 밝아졌고 사진기자의 손놀림이 빨라졌다. 나는 M에게 고갯짓을 했다. 내 의도를 알아차린 M이 칼을 놓쳤다. 나는 지하철 의자에 놓아두었던 파란색 밧줄을 이용해 M을 묶었다. 아니, 묶었다기보다 밧줄을 M의 몸에다 걸쳤다. 때마침 지하철이 역에 멈춰 섰다. 우리는 칼과 방패를 지하철 객실에다 버린 다음 승강장으로 나왔다. 사진기자와 예술전문기자가 우리를 따라 밖으로 나왔다. 칼과 방패는 꼬마들에게 주는 선물이었다.

"재미있었죠?"

M이 자랑스럽게 말했고 예술전문기자가 웃었다. 우리는 인터뷰를 위해 커피숍으로 향했다. 자리에 앉자마자 예술전문기자가

질문을 퍼부었지만 우리가 대답할 수 있는 게 별로 없었다. 질문이 너무 어려웠다.

"브루스 나우만은 자신의 신체언어를 사진으로 기록하면서 예술에 대한 개념을 표출했는데요, 그런 장르에서 영향을 받지는 않으셨습니까?"

"누구요?"

"브루스 나우만은, 진정한 작가는 신비한 진실을 밝힘으로써 세상을 돕는다, 라고 했습니다. 작가로서 자신들의 행동에 어떤 의미가 있다고 생각하십니까?"

"저희는 평범한 진실을 밝혀 세상을 돕는다고 생각하는데요."

"평범한 진실이란 게 어떤 겁니까?"

"재미있게 노는 거요."

대충 이런 식의 인터뷰였다.

우리는 농담으로 모든 답변을 대신했다. "경제적인 문제는 어떻게 해결하십니까"라는 질문을 받은 M은 "경제적으로 해결한다"고 대답했고, "왜 하필 실을 이용한 퍼포먼스를 하십니까"라는 질문에는 "워낙 실패를 자주 하다보니 거기에서 실이 풀려나온 것 같다"고 내가 대답했다. 예술전문기자는 시간이 지날수록 힘겨워했다. 예술전문기자가 가장 관심을 보였던 이야기는 우리들의 면접 퍼포먼스였다. 할 얘기가 너무 없어서 우리는 면접 보았던 일들을 예술적으로 승화시켰다.

"저희가 가장 좋아하는 건 면접장에서 노는 겁니다. 취직할 생각은 없었지만 면접을 자주 봤죠. 면접관들을 앞에 두고 마술쇼도 하고 만담도 하고 실을 이용한 이벤트도 했어요. 그거 정말 재미있습니다."

"실을 이용한 이벤트라뇨?"

"면접관들을 앉혀두고 그 앞에서 헝클어진 실을 푸는 겁니다. 그 사람들이 얼마나 오래 기다릴 수 있는지 보는 거예요. 말하자면 회사원으로서의 인내력을 실험해보는 거죠."

"결과는 어땠어요?"

"그 사람들, 참을성이 없어서 5분도 못 기다리더라구요. 제대로 된 사람을 뽑을 생각이라면 5분은 기다릴 줄 알아야 되는데 말이죠. 면접장에서 딱 5분 보고 그 사람을 평가한다는 게 웃기지 않습니까?"

"그렇죠. 그러니까 딱딱하게 경직돼 있는 조직사회에 대한 야유를 예술적으로 표현하신 거군요. 면접 퍼포먼스는 얼마나 하셨어요?"

"한 서른 번 했죠. 매번 다른 걸로."

우리는 신이 나서 면접에 대한 이야기를 했다. 면접에 대해서라면 할 말이 많았다. 우리는 처음부터 회사에 들어갈 생각이 없었다, 라는 거짓말로 시작을 하고 보니 정말 우리가 예술을 한 것 같은 기분이 들기도 했다.

다음날 인터넷 신문에는 "상상력이 부족한 사회를 체포한 지하철의 장난꾸러기들"이라는 제목의 기사가 올랐다. 우리가 칼싸움하고 있던 사진, 내가 M을 파란 밧줄로 묶은 사진, 많은 사람들이 우리의 칼싸움을 구경하고 있는 사진도 기사와 함께 올라와 있었다. 기사에는 우리의 면접 이야기가 가장 많았다.

"그럴싸한데?"

"역시 예술전문기자는 다르시네. 이렇게 기사로 보니까 우리가 정말 예술가 같다."

인터넷 신문에 기사가 오른 다음날부터 우리는 유명인사가 됐다. '거리의 예술가들'이라는 다큐멘터리를 찍자는 제의도 왔고, '발상의 전환'이라는 과목을 맡아줄 수 있겠냐면서 대학에서 연락이 오기도 했다. 인터뷰 요청도 많았다. 하지만 우리는 모든 요청을 거절하고 딱 하나만 받아들였다. 광고회사의 신입사원 면접관을 맡아달라는 제안이었다. 어찌되었든 우리는 면접이라면 자신 있었으니까. 물론 우리에게 응모자들의 합격여부를 결정하는 전권을 준 것은 아니었다. 면접관은 모두 10명이었다. 하지만 우리가 누군가의 면접을 본다는 사실만으로도 흥분되는 일이었다.

우리는 면접 전날 저녁을 먹으면서 회의를 했다. 얼마 전까지만 해도 점수를 받는 사람이었던 우리가 이젠 점수를 주는 사람으로 바뀌었다. 하지만 달라진 것은 없었다. 어떻게 하면 면접을 재미있게 볼 수 있을까, 우린 그 생각만 했다.

"좀 전에 연락 왔는데 또 면접 맡아달라는 전화야."

"벌써 몇개째냐. 이러다가 우리 전문면접관 되는 거 아니냐?"

"야, 그거 괜찮은데? 전문면접관, 우리 그거 하자."

회사는 많고 회사들은 늘 신입사원을 뽑는다. 일거리는 충분할 것 같았다. 좀더 노력한다면 전문면접관이 될 수 있을 것 같았다. 우리는 광고회사의 면접준비회의 끝에 폭죽을 준비하기로 했다. 우리는 면접이 진행되는 중간에 갑자기 폭죽을 터뜨렸다. 펑, 하는 소리와 함께 색색의 실이 응모자들 앞으로 쏟아졌다. 같이 앉아 있던 면접관들에게도 미리 얘기를 하지 않았기 때문에 면접관들도 놀라긴 마찬가지였다. 응모자들은 다양한 반응을 보였다. 소리를 지르는 친구도 있었고, 깜짝 놀라면서 식은땀을 흘리는 친구도 있었고, 의자와 함께 뒤로 자빠진 친구도 있었다. 우리가 폭죽을 터뜨린 이유는 얼마나 긴장하고 있느냐를 보기 위한 것이었다. 폭죽을 터뜨렸을 때 소리내어 웃는 친구에게 제일 높은 점수를 주었다. 긴장해서는 아무것도 할 수 없는 법이다.

"다음 회사는 어디야?"

"증권회사야. 어떤 이벤트가 좋을까?"

"너 증권에 대해서 아는 거 있어?"

"없지."

"그러면 면접자들한테 질문을 해보라고 하면 어떨까. 그 사람들이 질문을 하고 우린 대답을 하는 거야. 우리가 면접 많이 해봐서 알지만 질문 잘하는 것도 능력이잖아."

"그렇지. 재미있겠다."

면접관 일이 재미있었고, 면접에 대한 회의를 하는 게 재미있었다. 우리는 예전과 마찬가지로 기발한 이벤트를 많이 했다. 광고회사에서처럼 폭죽을 터뜨리기도 했고, 상자에다 잡동사니를 넣어놓고 한 가지를 뽑게 한 다음 그 물건으로 우리를 웃겨보라는 주문을 하기도 했고, 자신만을 위한 응원가를 만들어보라는 요구도 했다―물론 M과 나의 응원가도 불러주었다. 많은 면접자들이 우리의 질문과 이벤트를 재미있어했다. 우리는 면접관이라기보다 면접장을 재미있게 만들어주는 사람이었다. 이렇게 면접을 봤더라면 우리도 진작에 회사원이 됐을 텐데, 라는 생각이 들 정도였다.

우리는 면접관 일을 하면서, 태어난 이후 처음으로 뭔가 의미 있는 일을 하고 있다는 생각이 들었다. 구체적으로 어떤 의미가 있는 일인가요? 라고 물어본다면 할 말은 없지만 후반전이 시작됐는데 혼자서만 로커룸에서 자고 있다는 생각은 더이상 들지 않왔다. 우리는 한때 실패에 중독된 인간들이었지만 이제는 실패중 독자들을 위로해주는 입장이 됐다. 누군가의 방패가 될 수 있다는 사실만으로도 우리는 기뻤다. 그것이 플라스틱이나 유리로 만들어진 방패이더라도 말이다.

스무번째였는지 스물한번째였는지의 면접관 일을 마치고 나올 때였다. 웹 기획을 하는 회사의 면접이었는데, 어찌나 지원자가 많았던지 면접을 다 보고 집으로 돌아올 때는 아무 말도 하고 싶지 않을 정도로 피곤했다. 지원자의 성격이나 대답에 따라 매번 다른 질문을 해야 했기 때문에, 또 우리가 준비한 이벤트를 모든 사람들에게 써먹을 수 있는 것도 아니어서, 우리는 점점 지쳐갔다. 아이디어도 고갈되는 것 같았고, 무엇보다 갈수록 재미가 없어졌다. 겨우 스무 번밖에 면접을 보지 않았는데 벌써 재미가 없다는 게 이상했다. 우리는 버스 맨 뒷좌석에 나란히 앉아서 창밖을 내다보고 있었다.

"에휴, 하여간 쉬운 일이 없어, 그치?"

여전히 창밖을 내다보면서 M이 말했다. 내게 묻는다기보다 스스로에게 묻는 질문 같았다.

"우리, 처음으로 돌아가야 할 것 같지 않냐? 우리에게 어울리는 일이 아닌 것 같아."

나 역시 창밖을 내다보면서 말했다. 우리는 같은 풍경을 바라보고 있었다.

"처음이라…… 매일 면접 보던 시절로 다시 돌아가자고? 그때도 재미있긴 했지만 그래도 지금이 더 나아."

"아니, 그보다 더 처음으로."

"대학교에 다시 입학하자고?"

"더 처음."

M이 고개를 돌려 나를 보며 빙긋댔다. 그리고 말했다.

"설마 같이 동반자살하고 다시 태어나서 만나자, 그런 건 아니지?"

"아니지."

"그러고 보니 처음이 어딘지 잘 모르겠네. 어딘가의 갈림길에서 여기로 온 걸 텐데 말야."

"넌 꿈이 뭐였지?"

"꿈? 새삼스럽게 꿈은 왜 물어본대? 유치하게스리……"

M은 창문 쪽으로 고개를 돌렸다. 그리고는 아무 말도 하지 않았다. 풍경을 바라보는 게 아니라 자신의 꿈이 무엇이었는지를 기억해내려 애쓰는 것 같았다. 언젠가 M은 내게 정원관리사가 되고 싶다고 말한 적이 있었다. 여행가가 되고 싶다고 했던 적도 있었고, 동물원의 사장이 되고 싶다고도 했다. 나는 어떤 것이 M의 꿈인지 모른다. 셋 모두 아닐 수도 있을 것이다.

M이 버스 유리창을 활짝 열었다. 바람이 M을 지나 내게로 왔다. M은 창밖으로 고개를 반쯤 내밀었다. 우리는 아무 말도 하지 않았다. M의 옆모습을 보는 순간, 어쩌면 M과 이렇게 버스를 타고 가는 것도 마지막일지 모르겠다는 생각이 들었다. 버스를 타고, 멍하니 앉아 있다가, 짧은 순간 얘기를 했지만 그사이 M과 나는 어딘가를 지나온 것 같았다. 어떤 갈림길을 지나온 것 같았다. 그는 왼쪽 길을, 나는 오른쪽 길을 선택했고, 발목에 묶여 있던 끈이 우리도 모르는 사이 스르르 풀어져버린 것 같은, 그런 기분이 들었다. 나는 고개를 돌려 버스 뒤창문을 내다보았다. 팽팽하게 당겨진 전깃줄이 우리가 온 곳을 알려주고 있었다. 정확히 이름붙일 수 없는, 언제부터 언제까지라고도 말할 수 없는, 내 삶의 어떤 한 시절이 지나가는 중이라고, 나는 생각했다.

나에게는 햇빛 알레르기가 있다. 30분 이상 햇빛 아래 노출돼 있으면 눈이 부셔서 차마 쳐다볼 수 없을 정도로 온몸이 하얗게 변하는 증상 정도면 멋질 텐데, 빨갛게 살이 익는다. 빨갛게 살이 익다가 발진 같은 게 생겨나고 온몸이 괴물처럼 부풀어오른다. 누구에게도 보여주고 싶지 않은 몰골이다. 차가운 백포도주와 샌드위치 같은 걸 싸들고 잔디밭으로 소풍가는 건 꿈도 꿔본 적이 없다. 괴물로 변신한 후에 잔디밭에 등장했을 때 사람들이 놀라는 모습을 보는 것도 재미있겠지만, 알레르기가 시작되면 고통이 뒤따르므로 그것도 불가능하다. 온몸이 부풀어오르기 시작하면 살갗이 곧 터질 것처럼 아프다.

태어날 때부터 햇빛 알레르기가 있었던 것은 아니다. 어린 시절 운동장에서 얼굴이 새까매질 정도로 놀아봤고, 군대에서는 뙤약볕 아래서 하루 종일 보초를 선 적도 많았다. 건강한 아이였고 건장한 청년이었다. 일조량이 부족한 적은 없었다. 햇빛 알레르기가 시작된 것은 4년 전 여름이었다.

그해 봄, 나는 음반매장에서 일을 하고 있었다. 인터넷으로 음반을 파는 게 나의 정식 업무였지만 음반매장에서 일을 하는 시간이 더 많았다. 손님이 오면 인사를 하고, 손님이 가도 인사를 하고, 가끔 음반을 추천해주고, 계산하고, 거스름돈을 내주고, 그런 일들이었다. 일을 열심히 하고 싶었지만 손님이 없었다. 그때는 음반산업이 브레이크 고장난 자동차처럼 언덕 아래로 내리달던 시절이었던데다 ― 지금은 바닥에 처박혀 있다 ― 주변에는 어찌 그리 음반매장이 많은지 손님 만나기가 하늘의 별 따기보다 힘들었다. 매장에는 언제나 손님보다 직원이 더 많았다. 가끔 손님이 들어올 때면 매장 안을 어슬렁거리던 직원 서너 명이 곧장 달려가 가방을 받아들고 어깨를 안마해준 후 시원한 음료수를 제공하는 서비스를 하지는 못했지만, 만약 시킨다면 기꺼이 응할 태세로 손님을 바라보곤 했다. 직원 서너 명이 그런 부담스러운 눈빛을 하고 있으니 장사가 잘될 턱이 없었다. 대부분의 손님은 매장 안을 가볍게 한 바퀴 획 돌고는, 밖으로 나가버린다. 음반매장이 무슨 마라톤 출발하는 운동장도 아니고……

가끔 음반을 추천해달라는 손님들이 있다. 지난번에 A라는 가수의 노래를 재미있게 들었는데, 비슷한 음악을 하는 아티스트가 있나요? 와 같은 질문을 하곤 한다. 그러면 직원이 모두 모여 상의를 한다. B나 C가 좀 비슷하지 않나? 아니지, B나 C보다는 D의 음악이 같은 뿌리에서 나온 거야. 무슨 소리야, 리듬으로만 따지자면 E가 가장 비슷해. 말도 안 돼, 그렇게 치면 F하고는 리듬이 아예 똑같은걸. 그럴 거면 차라리 G의 음악을 추천하는 게 낫겠다. 저 손님이 듣기에는 그래도 H가 가장 무난하지 않겠어?

그런 식으로 X, Y, Z까지 가다보면 옆에서 기다리던 손님은 음반을 살 수밖에 없다. 직원 서너 명이 자신을 위해 음악 대토론회를 벌이고 있으니 부담감을 느끼지 않을 수 없다. 토론을 끝낸 후에 음반 한 장을 추천해준다, 기보다 슬쩍 운을 뗀다.

"A를 좋아하시니까 이 아티스트의 음악은 들어보셨죠?"

"아뇨, 처음 듣는 아티스트인데요."

"그래요? 아, 어떻게 A를 좋아하시는데 이 앨범을 안 들어보셨을까? 그럼 곤란하죠. 이 음반으로 말씀드릴 것 같으면, 정말 대단한, 역사적이고도 혁신적인 앨범이죠. 이걸 안 들어보고 A의 음악을 논한다는 건 말도 안 되는 일입니다. 딱 한 장 남았네요."

1만7천원짜리 음반 하나 파는 데는 이렇게도 많은 사람의 노력과 대화와 인내와 으름장이 필요한 것이다. 물론 그런 식으로 음반을 파는 매장은 전국에서 그곳 하나뿐일 거라는 생각이 들기도 하지만 말이다.

B를 처음 만난 날 나는 혼자서 음반매장을 지키고 있었다. 저녁 7시를 넘긴 시각이었고 다른 직원들은 모두 퇴근을 한 후였다. 나는 계산대에 앉아 사이키델릭하기로 유명한 어떤 그룹의 신보를 듣고 있었다. 누군가 옆에 있었더라면 "이런 음악을 틀어대니까 손님이 점점 줄어드는 거예요"라고 핀잔을 줄 수밖에 없을, 대중적이지 않은 음악이었다. 나는 눈을 감고 음악에 빠져들었다. 매장에 있던 시디들이 모두 공중으로 날아올라 저희들끼리 즉흥연주를 하고 있는 것 같은 환상이 떠올랐다. 눈을 떴더니 매장에 손님이 한 명 들어와 있었다. 모자를 쓴 이십대의 젊은이였다. 그는 계산대에서 가장 먼 팝 음반 진열대 근처를 어슬렁거리고 있었다. 나는 음량을 줄였다.

음반매장에서 오랫동안 일하진 않았지만 뭔가 꿍꿍이가 있는 손님은 한눈에 알아볼 수 있다. 계산대 쪽을 자주 흘끔거린다거나, 음반 뒷면을 너무 오래 들여다본다거나, 한곳에 너무 오래 머문다면, 꿍꿍이가 있는 것이다. 그가 그랬다. 나는 계산대에 앉아 종이 위에 뭔가를 적는 척하면서 계속 그를 감시했다. 내가 볼 수 있는 부분은 머리와 어깨뿐이었지만 그 정도만 보여도 어떤 행동을 하는지 알 수 있다. 어깨를 잘 관찰하면 손이 어떤 방식으로 움직이는지 알 수 있고, 머리를 계속 보고 있으면 심리상태가 어떤지 알 수 있다. 그는 손으로 뭔가를 하고 있었다. 그게 어떤 일인지는 알 수 없었다. 시디의 비닐을 벗기고 있는지, 나 몰래 수음을 하고 있는지, 아무튼 뭔가를 하고 있었다. 10분이 지났을 때 그는 급히 문 쪽을 향해 걸어갔다. 그가 문을 나선 후 열 발자국쯤 걸어갔을 때 나는 그를 불렀다.

"손님, 잠깐만요."

그는 고개를 돌렸다.

"잠깐만 이쪽으로 와보시겠어요?"

"왜 그러시는데요?"

"가방 잠깐만 볼 수 있을까요?"

"가방은 왜요?"

"그냥 한 번만 보여주세요."

"제가 뭘 훔쳤다고 생각하시는 거예요?"

"아뇨, 그냥 가방만 잠깐 볼게요."

나는 그가 방심하고 있는 틈을 타서 가방을 낚아챘다. 그가 가방끈을 붙들었지만 가방은 이미 내 손에 넘어와 있었다. 가방 안에는 스무 장쯤의 시디가 들어 있었다.

"그건 전부 제 시디인데요? 제가 듣던 거예요."

그의 얼굴은 붉게 변해 있었다. 나는 그의 옷을 붙들고 매장 안으로 들어갔다. 그가 서 있던 음반진열대 사이에 아무렇게나 잘린 포장비닐이 구겨진 채 숨겨져 있었다.

"몇 장 훔친 거야?"

"안 훔쳤다니까요. 증거 있어요?"

물론 증거는 없었다. CCTV가 설치돼 있었던 것도 아니고 내가 직접 눈으로 목격한 것도 아니었다. 그렇다고 해서, 그렇군요, 증거가 없군요, 그럼 안녕히 가세요, 라고 할 수는 없는 일이었다. 그가 뜯어낸 비닐은 모두 세 장이었다. 비닐 위에 붙여둔 음반명과 그의 가방 속에 있는 음반 세 장이 일치했다. 하지만 그것도 증거가 될 수는 없었다.

나는 세 장의 음반에다 찢어진 포장비닐을 입혀보았다. 비닐을 재빠르게 벗겨내기 위해서는 칼을 이용했을 테고, 그렇다면 플라스틱 음반케이스에 칼자국이 나 있을 것이다.

"야, 희한한 일도 다 있네. 자, 잘 봐. 여기 플라스틱 케이스에 칼자국이 나 있지? 비닐이 잘려나간 위치하고 딱 맞아. 어떻게 생각해?"

"안 훔쳤는데요."

그의 목소리에는 풀이 꺾여 있었다.

"경찰 부를까? 똑바로 얘기하면 없었던 일로 해줄게."

그는 아무 말도 하지 않았다. 나는 그를 계산대 쪽으로 데리고 갔다.

"세 장 중에 한 장은 내가 선물로 사줄게. 한 장만 골라봐."

그는 고개를 숙이고 있었다. 자신의 행동을 깊이 반성하고 있는 것인지, 아니면 어떤 앨범을 골라야 할까 고민하고 있는 것인지, 알 수 없었다.

"죄송합니다."

한참 후에야 그가 입을 열었다. 나는 시디 한 장을 선물로 주어서 그를 보냈다. 세 장 중에 한 장을 내가 직접 골랐다. 다른 직원들이 없어서 어떤 앨범이 가장 좋을 것인가 상의할 수 없는 게 안타까웠지만 한 사람이 내린 결정은 또 나름대로의 매력이 있는 법이다. 나는 시디 두 장을 다시 포장해서 제자리에 꽂아두었다. 그에게 선물한 시디 값을 금고에 넣어둔 다음 집으로 돌아갔다.

B를 다시 만난 건 일주일쯤이 지났을 때였다. 5월이었고 햇살이 아주 따사로운 날이었다. 나는 점심을 먹은 후 공원 벤치에 앉아서 비둘기들을 관찰하고 있었다. 비둘기들은 걸으면서 연신 고개를 앞뒤로 흔들었다. 그래, 좋아, 옳지, 그렇지, 맞지, 그거야, 이런 말들을 내뱉으면서 걷고 있는 것 같았다. 원래 비둘기들의 성격이 긍정적이었던가? 그건 잘 모르겠다. 아무튼 비둘기들에게는 긍정적인 리듬이 있었다. 어디선가 음악소리가 들려왔다.

먼 거리였지만 그를 한눈에 알아볼 수 있었다. 오랫동안 그의 얼굴과 어깨를 관찰했으니 알아보는 게 당연한 일이었다. B는 10명 정도의 관객 앞에서 전기기타를 연주하며 노래를 부르고 있었다. 나는 벤치에 앉아 바람이 실어다주는 그의 음악을 들었다. 어떤 소리는 잘 들렸고 어떤 소리는 잘 들리지 않았다. 소리가 잘 들리지 않을 때는 기타를 연주하는 그를 바라보았다. 그러면 소리가 들리는 것 같았다. 그의 왼손은 연체동물의 다리처럼 자유자재로 기타의 지판을 헤집고 다녔다. 왼손의 움직임을 보는 것만으로도 심심하지 않았다. 공연이 끝나자 몇몇 사람들이 모자에 동전을 던져넣었다.

나는 벤치에서 일어나 기타와 앰프를 정리하는 그에게로 갔다. 그리고 그의 모자에다 지폐 한 장을 넣었다.

"연주 잘 들었어요."

"감사합니다."

그는 나를 알아보지 못했다.

"시디는 잘 듣고 있어요?"

그가 고개를 들어 나를 빤히 쳐다보았다. 몇 초 후 나를 기억해냈다. 그의 표정에는 부끄러움이 깃들어 있었다.

"그땐 정말 죄송했어요. 고맙다는 인사도 못 하고 그냥 왔어요."

"기타 잘 치네요."

나는 연주를 감상한 값으로 커피를 사주겠다며 그를 근처 카페로 데리고 갔다. B는 내가 생각한 것보다는 나이가 많았고, 나보다 다섯 살 아래였다. 우리는 한 시간 동안 음악 이야기를 했다. A부터 Z까지, 자신이 좋아하는 아티스트의 이름을 쉴새없이 내뱉었다. 때로는 완벽한 문장을 말하는 것보다 어떤 이름이나 어떤 단어나 어떤 고유명사를 얘기할 때 이야기가 더 잘 통하는 법이다. 그때가 그랬다. 그저 누군가의 이름을 대기만 했는데도 10년을 알아온 사람 같은 느낌이 들었다. 그건 마치 핵융합 같은 것이었다. 서로 다른 곳에서 살아온 두 사람이 한 시간 만에 하나로 합쳐진 것이다.

"공원에서 연주하는 걸로 먹고살 수 있어?"

"아뇨. 이건 그냥 재미삼아 하는 거죠. 낮에는 악기점에서 일하고 밤에는 주로 클럽에서 공연을 해요. 그걸로도 먹고살기 힘들긴 마찬가지지만……"

"기타 강습 같은 건 안 해? 아까 네가 기타 치는 거 보니까 배우고 싶더라. 나 어릴 적 꿈이 기타리스트였는데……"

"원랜 안 하지만 형한테는 특별히 해줄게요. 빚진 것도 있으니까. 기타는 있어요?"

기타는 있었다. 한때 혼자서 기타를 연습한 적이 있었다. 혼자서 기타를 고르고, 혼자서 코드를 익히고, 혼자서 스트로크를 연

습하고, 혼자서 노래를 배운 적이 있었다. 혼자서 뭔가를 배워나
간다는 게 얼마나 힘든지 그때 깨달았다. 혼자라는 건 무언가를
배우기에는 적당하지 않은 숫자였다. 생각을 하거나 무언가를 쓰
거나 쓸쓸해하기에는 적당하지만…… 한 3년쯤 기타를 연습했
지만 실력은 전혀 늘지 않았다. 내가 제대로 하고 있는 것인지 알
수 없었다. 어느새 기타는 창고에 처박혔고 그후로는 기타를 잊
고 지냈다. 강습은 그의 연습실 겸 숙소인 반지하의 원룸에서 하
기로 했다. 음반매장과도 가까운 거리였다.

"이런 기타로 무슨 연주를 하겠다는 거예요."

다음날 먼지 가득한 창고에서 기타를 찾아내 그의 연습실로 갔
지만 첫마디부터 면박을 당했다. 내가 보기에도 낡은 기타이긴
했지만 버려야 할 정도로 형편없는 기타는 아니었다. 수년이 흐
르긴 했지만 꽤 많은 돈을 주고 산 기타였다.

"낡기도 했지만, 이건 어쿠스틱 기타잖아요."

"어쿠스틱 기타가 어때서?"

"전 어쿠스틱 기타 싫어해요."

"어쿠스틱 기타하고 전기기타하고 무슨 차이가 있어? 똑같잖
아. 줄도 여섯 개고."

"로큰롤을 하겠다는 사람이 어떻게 어쿠스틱 기타를 들고 연
주를 해요."

"나는 로큰롤을 하겠다는 게 아니고 그냥 기타를 배우고 싶은 거야."

"어쿠스틱 기타를 연주하던 밥 딜런 선생님께서 1965년 뉴포트 포크 페스티벌에 왜 전기기타를 들고 나타난 줄 아세요?"

"어쿠스틱 기타에 싫증을 느낀 거겠지. 하지만 난 싫증날 정도로 쳐본 적도 없어."

"그게 아녜요. 어쿠스틱 기타는 사람의 목소리를 돋보이게 하기 위한 도구에 불과해요. 사람의 말을 전달하기 위해서 소리를 최대한 줄여놓은 거죠. 밥 딜런 선생님께서 전기기타를 들고 나타난 건 자신의 목소리와 말이 제대로 전달되지 않길 바랐기 때문이에요. 목소리가 하나의 악기가 되려면 전체 음악에 묻혀야 된다고 생각한 거예요. 그래서 전기기타가 필요했던 거예요. 실제로 관객들이 야유를 퍼부었죠. 목소리가 들리지 않는다는 이유로 말예요. 작전이 제대로 들어맞은 거죠. 의미보다는 음악이 중요해요. 밥 딜런 선생님께서는 무의미의 음악을 창조하셨어요. 음악에서 말이 필요하다고 생각해요? 가사 같은 건 들리든 말든 상관없어요."

"그만 해라. 전기기타 하나 살게."

"제 얘기가 이상해요?"

"몰라. 아무튼 전기기타를 사면 되는 거잖아?"

나는 B가 일하고 있는 악기점에서 전기기타를 샀다. 연습용으로 만들어졌지만 소리만큼은 끝내주는 기타, 라고 그가 설명했다. 그는 두 시간 동안 수십 개의 기타 소리를 들려주었다. 내 마음에 드는 기타 소리를 찾아주기 위한 노력이 가상했지만 나는 아무거나 추천해달라고 했다. 그러나 기타만 사면 되는 게 아니었다. '기타 등등'이라는 말이 전기기타를 구입하던 어떤 초보 연주자의 처지에서 비롯된 것이 아닐까 싶을 정도로 사야 할 게 많았다. 일단 앰프가 필요하고, 픽이 필요하고, 튼튼한 가방이 필요하고, 튜닝기가 필요하고, 이펙터가 필요하고, 멜빵이 필요하고, 기타를 세울 수 있는 스탠드가 필요하고…… 등등. 나는 한 달치 월급에 육박하는 돈으로 기타 등등을 샀다.

일주일에 두 번, 나는 그의 연습실에서 기타를 배웠다. 손가락이 보이지 않을 정도의 빠른 속주기법을 속성으로 배우고 싶었지만 그는 기초부터 가르쳤다. 그 정도는 나도 할 줄 아는데, 라고 해봤자 소용없는 일이었다. 형, 그럴수록 처음부터 다시 시작해야 해, 라고 그가 타일렀다. 어린 시절에 보았던 쿵후영화가 생각났다. 사부는 절대 무술을 가르치지 않는다. 물을 길어오게 하고, 밥을 짓게 하고, 산에서 나무를 해오게 하고, 안마하는 법을 가르친다. 투덜거리던 제자는 어느 날 문득 그 모든 것이 무술의 기본이었음을 깨닫는다. 그걸 깨닫는 순간 자신도 모르게 공중 육회

전을 할 수 있게 되고, 손바닥에서는 장풍이 발사된다. 쿵후에서
는 그렇다는 얘기다.

내가 지루해할 때마다 그는 내게 자신의 왼손을 보여주었다.
그의 손끝은 단단했다. 손가락 끝을 잘라낸 다음 그 위에다 돌조
각을 이식해놓은 것 같았다. 이 정도가 돼야 자유자재로 기타를
운전할 수 있다고요, 게으름 피우지 말아요, 라고 그가 말했다.
손가락 끝만으로 팔굽혀펴기를 시키지 않는 걸 다행으로 여겨야
할 분위기였다.

나는 그에게 강습료를 내는 대신 음반을 주었다. 그는 미안해
했지만 아무것도 주지 않으면 내가 미안했다. 기타수업이 끝나면
내가 가져온 음반을 들으며 술을 마셨다. 그것도 수업의 일부였
다. 그는 음반을 두 번 정도 듣고 난 다음엔 음반과 거의 똑같이
기타를 연주했는데, 나로서는 신기할 따름이었다. 평소보다 술을
많이 먹은 날, 그가 이런 말을 한 적이 있다.

"형, 나는요, 제일 겁나는 게 뭔지 알아요? 제가요, 유명해지기
도 전에, 세상이 멸망해버리면 어떻게 하나, 그런 걱정을 해요.
한심하죠?"

"세상이 왜 멸망하는데?"

"그냥 아무런 예고도 없이요, 번쩍 하는 순간에, 이 지구가 없
어지면 어쩌나, 그런 생각이 들어요."

"잘 있던 지구가 왜 없어져?"

"형도 우주는 모르잖아요. 우주에서 무슨 일이 벌어지는지 모르잖아요. 그냥 번쩍 하고 지구가 없어질 수도 있잖아요."

"그럼 얼른 유명해져."

"이렇게 남의 기타 연주나 따라 하는데 어떻게 유명해져요."

"네가 존경해 마지않는 밥 딜런 선생님께서도 처음엔 우디 거스리를 모방했잖아. 그러다가 자신의 목소리를 찾은 거 아냐. 그리고, 너도 직접 만든 곡 있잖아?"

"밥 딜런 선생님이야 천재잖아요. 내 노래는 쓰레기고."

"누군가 밥 딜런에게, 아니, 밥 딜런 선생님에게 이런 말을 한 적이 있어. 야, 밥, 기억해둬, 두려움이 없으면 열등감도 없어. 그게 지금 너한테 해주고 싶은 말이다."

취한 그가 잠든 걸 보고 연습실 건물을 나서면서 하늘을 올려다봤다. 그날따라 새벽하늘이 유난히 파랬던 기억이 난다. 우주에서는 무슨 일이 벌어지고 있을까, 그런 생각을 했다.

두 달 정도 기타연습을 했을 때 몸에 이상이 생기기 시작했다. 이상하게 기타만 잡으면 심장이 벌렁거렸다. 손을 갖다대면 RPM 130의 리듬으로 펄떡거리는 심장이 느껴졌다. 처음에는 "심장이 미쳐서 지가 메트로놈이라도 되는 줄 아나봐"라며 농담을 했는데, 그럴 일이 아니었다. 몸에 이상을 느끼고 사흘이 지났을 땐 심장의 움직임이 신경쓰여서 기타연습을 할 수 없을 지경에 이르렀다. 커피 수십 잔을 한꺼번에 들이켠 것 같았다.

"형은 아무래도 전기 먹는 하마인가보다. 앰프 꺼봐요."

앰프의 전기코드를 빼면 심장이 정상으로 돌아왔다. 전기기타를 치다가 감전되는 경우는 거의 없다. 기타 줄에 미세한 전기가 흐르긴 하지만 그건 정전기 정도에 불과한 것이다. 기타 몸체 역시 나무로 만들어졌기 때문에 전기가 통하지 않는다. 하지만 내 심장은 분명히 전기를 느끼고 있었다.

"한의원에 갔을 때 의사가 나보고 심장이 약하다 그랬는데, 그게 이런 뜻인가보다."

"형은 로큰롤 하긴 글렀다. 전기기타도 못 만져서 무슨 음악을 해요. 형 심장이 너무 수줍은가보다. 전기기타만 잡으면 혼자서 몰래 흥분하고 말야."

"앰프 없이 연습해볼까?"

"그러면 느낌이 안 살아."

"이 기타는 어떻게 하지?"

"내가 팔아줄게요. 쓴 지 얼마 안 됐으니까 한 80퍼센트는 받을 수 있을 거예요. 형, 어쿠스틱 기타 가지고 와요. 그걸로 배우는 수밖에 없겠네."

비참했다. 내 마음은 기타리스트를 꿈꾸고 있지만 내 몸이 그걸 거부한다는 사실을 확인하자 비참했다. B는 어쿠스틱 기타를 가지고 와서 다시 배우라고 했지만 나는 연습실에 갈 수 없었다. 전기기타를 만질 수 없어 어쿠스틱 기타를 연주하는 내 모습을 보고 싶지 않았다.

그리고 한 달쯤 후에 음반매장이 문을 닫았다. 예감은 하고 있었지만 그렇게 빨리 결정이 내려질 줄은 몰랐다. 손님보다 직원이 더 많은 매장이라면 당연히 문을 닫을 수밖에 없다. 당연한 일이었지만 섭섭했다. 우주에서 무슨 일이 벌어지고 있는지 알 수 없는 만큼이나 회사 사장의 머리 속이 어떻게 움직이는지도 알 수 없는 일이다.

매장의 문을 닫는 것도 쉬운 일은 아니었다. 매장의 음반들은 모두 다른 지점의 음반매장으로 옮겨가게 됐는데, 그 정리를 하는 데만도 며칠이 걸렸다. 정리를 하던 도중 직원들의 음반 구출 대작전이 시작됐다.

"야, 이걸 다른 매장으로 넘길 순 없어. 얼마나 구하기 힘든 앨범인데…… 내가 살 거야."

"이거 내가 찜해뒀던 박스세트잖아. 도저히 못 보내."

처음에는 음반을 넘겨주기 위한 정리작업이었지만 시간이 지날수록 자기가 살 음반을 고르는 작업으로 변하고 있었다. 나 역시 마찬가지였다. 한 장 두 장 골라내다보니 한 달치 월급을 모두 쏟아부어야 녀석들을 구출할 수 있을 정도가 됐다. 음반매장이 있던 자리는 카페로 바뀌었고 직원들은 뿔뿔이 흩어졌다.

매장 일을 그만두고 나서 햇빛 알레르기가 시작됐다. 처음에는 음반매장의 문을 닫는 과정에서 너무 열심히 일을 해서 생긴, 일시적인 현상이라고 생각했다. 어느 날 벤치에 앉아 있는데 몸이 가려웠다. 30분이 지났을 때부터였다. 곧이어 얼굴과 어깨와 팔이 화끈거렸다. 한 시간이 지나자 빨갛게 살이 익었다. 발진도 생겨났다. 1시간 30분이 지나자 온몸이 부풀어올랐다. 화가 나면 몸이 부풀어오르는 어느 외국 드라마의 주인공 같은 모습이었다. 옷이 찢어지지 않는 게 다행이었다. 빨갛게 살이 익은 곳에 손을 갖다댔더니 불에 덴 것처럼 뜨거웠다. 편의점에서 생수 한 통을 사서 얼굴과 머리에 붓고 그늘에 가만히 앉아 있었더니 부풀어오른 살이 가라앉았다.

병원에 가봤지만 원인을 알 수 없다고 했다. "스트레스 때문에 일시적으로 몸이 약해졌을 것"이라는 분석도 있었고 "운동이 부족해서"라는 의견도 있었고 "먼지가 많은 곳에서 오랫동안 일을 했기 때문일지도 모른다"는 추측도 있었다. 나는 전기기타 때문일 거라고 생각했다. 어떤 전기가 내 머리 속과 심장 속의 어떤 곳을 건드리면서 어떤 열이 발생했고, 그 열이 햇빛과 결합하면서 고열로 변했으며, 그 고열이 바깥으로 빠져나오는 과정에서 발진이 생긴 것이라고, 나는 추측했다. 근거는 없었다.

그후로 그늘이 나의 징검다리가 됐다. 햇빛 아래를 걸어가다가도 20분이 넘으면 그늘로 대피해야만 했다. 그늘이 나의 방공호였다. 그리고 늘 긴팔 옷을 입게 됐다. 햇빛에 직접 노출되지 않으면 더 오랜 시간을 견딜 수 있다는 사실을 알아냈기 때문이었다.

햇빛 알레르기는 2년 정도 그늘에서 요양을 하면 완쾌될 수 있다고 믿고 싶었지만, 먹고살아야 했기 때문에 나는 곧바로 다른 회사에 취직을 했다. 그리고 한동안 B를 잊고 지냈다.

몇 달 후 신문에서 B의 얼굴을 보았다. 그의 이름 앞에는 "주목받는 신인 기타리스트"라는 수식어가 붙어 있었다. 소규모 레이블에서 발매한 음반이 좋은 평가를 받고 있으며, 그의 독창적인 기타연주는 이제껏 볼 수 없었던 새로운 스타일이라는 내용이었다. 나도 모르게 웃음이 나왔다. B에게 전화를 걸었다.

"신문 봤어."

"봤어요?"

"사진 멋지게 나왔던데?"

"그럼 얼굴로 승부하는 가수가 돼볼까?"

"음반 냈다는 얘긴 왜 안 했어?"

"정신없었죠 뭐. 그런데 매장은 없어진 거예요?"

"시디 훔치는 분들이 너무 많으셔서 그분들한테 시디 한 장씩 선물하다보니 회사가 망해버렸지 뭐. 너 더 유명해지면 내가 다 폭로해버릴 거야. 이분이 이렇게 착해 보여도 예전엔 칼질 좀 하던 분이라고."

"합의 봐요. 얼마면 돼?"

"시디 한 장 보내주면 용서해줄게."

우리는 웃으며 전화를 끊었다. 그의 목소리는 예전보다 한결 가벼워진 것 같았다. 누군가에게 인정을 받는다는 것은 몸속에 저장해뒀던 돌덩이 하나를 내려놓는 것과 비슷한 일이다. 몇 그램이라도 마음의 몸무게를 줄일 수 있게 된다. B가 기타리스트로 성공할 수 있을지 없을지는 알 수 없지만, 마음의 무게를 줄일수록 성공과 가까워질 것이다.

몇 달 후 회사 일로 연습실 근처에 갔다가 B를 만난 적이 있다. 내가 전화를 걸었을 때 그는 연습실에서 잠을 자고 있었다. 오후 1시쯤이었는데 그의 얼굴 표정은 새벽 1시였다.

"형, 나 요즘 밤낮이 뒤바뀌었어요."

"유명한 아티스트들은 밤에 역사를 만들어내는 법이지."

"그게 아니고, 낮에는 돌아다닐 수가 없어요. 너무 더워서 그런지 자꾸 가렵고 몸에 뭐가 나."

"어떤 게 나는데?"

완벽하게 똑같다고 할 수는 없지만 B가 말한 증상은 나와 거의 비슷했다. 온몸이 부풀어오르는 증상만 다를 뿐이었다. 나는 B에게 내 얘기를 했다.

"말도 안 돼요. 어떻게 전기기타 때문에 햇빛 알레르기가 생겨?"

"그럼 넌 원인이 뭐라고 생각하는데?"

"지하실에 너무 오래 살아서 그런가? 아니면 음반 녹음할 때 너무 스트레스를 많이 받아서 그런 걸 수도 있고. 형은 나보다 더 심한데도 잘 다니네."

"이젠 나름대로 노하우가 생겼어. 언제쯤 몸이 부풀어오르는지 알거든."

"난 아예 밤에만 일하기로 했어요. 어차피 일하던 악기점도 망해버렸으니까."

"음반 녹음할 때 얼마나 스트레스를 받았다고 몸이 망가졌어?"

"나 미치는 줄 알았어요. 녹음만 시작하면 자꾸 실수를 하는 거야. 어깨에 힘이 들어가고 손목도 시큰거리고, 뒷골에 전기가 오르더라니까."

"거봐, 너도 전기 때문에 그런 거야. 전기 때문에 햇빛 알레르기가 생긴 거야, 확실해."

"그 전기랑 그 전기가 같아요? 말도 안 되는 소리 좀 하지 마요."

　B와 나는 중식당에서 배달시킨 음식으로 늦은 점심을 먹었다. 지하실에 앉아서 B와 함께 점심을 먹고 있으니 방공호에 피신해 있는 느낌이었다. 바깥에는 엄청난 위력의 햇빛 폭탄이 작렬하고 있고, 우리는 절대 나갈 수 없고, 할 수 있는 것이라곤 기타를 연주하는 것뿐이다, 라는 상상을 했다. 나는 그나마 전기기타를 연주할 수도 없다.

　"참, 기타는 팔았어?"

　내가 물었다. 여태껏 전기기타는 까맣게 잊고 있었다.

　"아니, 못 팔았지. 악기점 망하는 바람에 내가 가지고 있어요. 아는 애들한테 팔아봐야죠. 왜요, 다시 줘요?"

　"전기기타 때문에 햇빛 알레르기가 생겼으니까 한번 더 전기를 통하게 하면 병이 낫지 않을까?"

　"형이 무슨 기억상실증 환자야? 햇빛 알레르기가 문제가 아니라 머리가 좀 이상해진 거 아냐? 정말 온몸에다 전기를 확 통하게 해줄까보다."

　B는 나를 위해 기타를 연주해주었다. 음반을 내기 전에도 여러 번 연주해주었던 곡이지만 그날따라 더욱 완벽하게 들렸다. 음반 한 장을 냈을 뿐이지만 B는 어떤 강을 건넌 사람처럼 달라져 있었다.

"형 앞에서는 이렇게 잘되는데 녹음실만 들어가면 왜 그 모양일까 몰라. 사실, 음반에 실린 것도 마음에 안 들어요. 방금 했던 연주를 실어야 하는 건데."

"나 너한테 기타 배울 때 그런 생각이 들더라. 글을 쓰거나 그림을 그릴 땐 어떤 흔적이 남잖아. 하나를 완성하기 위해 뭔가 차곡차곡 쌓아가는 느낌 같은 거 말야. 그런데 기타를 치고 있으면 그런 생각이 전혀 안 들어. 녹음을 하면 그런 기분이 들까?"

"아녜요, 녹음을 하면 더 망가질 거야. 기타를 계속 치고 있으면 내 몸에다 기타 소리를 녹음하는 기분이 들 때가 있어요. 소리를 날려보내는 게 아니라 내 손가락에다 저장을 하는 거예요. 손가락 끝의 딱딱한 굳은살에다 음악을 저장하는 거예요."

"주목받는 신인 기타리스트라서 그런지 말도 잘하시네. 저는 절대 그런 경지를 이해하지 못하겠네요."

"음반 내고 나서 뭐가 제일 달라졌는지 알아요?"

"돈?"

"음반은 몇장 팔리지도 않았어요."

"사람들이 알아봐?"

"그런 거 없어요. 그리고, 한밤중에만 돌아다니는데 나를 아는 사람도 못 알아보겠다."

"뭐야 그럼?"

"형이 그랬잖아요. 두려움이 없으면 열등감도 없다고. 이제 좀 여유 같은 게 생긴 거 같아요. 어쩌면 이제부터 내 음악을 할 수 있을 거 같기도 하고 그래요. 유명해지고 아니고는 별로 중요한 게 아닐지도 모른다는 생각이 들어요."

"철들었네. 그럼 이제 지구가 사라져도 상관없어?"

"그건 좀 곤란하죠. 슬슬 내 음악을 시작해보려고 하는데."

"걱정 마. 너만의 음악을 완성할 때까지 내가 어떻게든 우주를 붙들고 있어볼 테니까."

나는 그늘과 그늘을 찾아다니며 회사로 돌아왔다. 징검다리를 밟으며 거대한 강을 건넌 듯했다. 몇 달 후에 또 회사가 망했다. 망해가는 회사를 보는 것만큼이나 처참한 일이 없고, 망해가는 회사에서 근무하는 것만큼이나 난처한 일이 없다. 다른 일자리를 알아봐야 할까? 아냐, 그래도 의리란 게 있지. 의리는 무슨, 불 꺼진 장작불 옆에 쭈그려앉아 있어봤자 감기만 들 뿐이야. 그래도 뭔가 완결되는 과정을 보고 싶어. 완결은 무슨, 파멸이지. 마음속의 두 사람은 하루 종일 다정하게 이야기를 주고받았다.

결국 회사가 문을 닫는 그 순간까지 나는 자리를 지켰다. 망한 회사 뒤처리 전문요원이 된 심정으로 이번엔 사무실 집기들을 정리했다. 책상과 책장과 컴퓨터를 중고시장에 싸게 팔고, 뭔가 쓸 만한 게 남아 있지 않나 사무실을 뒤지고, 개인물품을 박스에 포장했다. 그 전쟁터 속에서 하나 건진 게 있었다. 회사의 쓸 만한 물품들을 직원들에게 나눠주는 '폐장 기념 선물증정 행사'에서 디지털캠코더가 당첨됐다.

중고시장에 내다팔 생각을 했지만 중고 디지털캠코더는 말 그대로 똥값이었다. 캠코더를 모두 분해해 엿장수에게 파는 게 낫지 않을까 싶을 정도로 형편없는 가격이었다. 돈이 필요하긴 했지만 그런 가격에 팔 수는 없었다. 시간이 지날수록 가격이 더 떨어질 게 뻔했지만 팔지 않기로 했다. 나는 캠코더를 이용해 뭔가 할 만한 게 없을까 생각했다. 결혼식 촬영이나 돌잔치 촬영 같은 거라도 할 수 있으면 좋겠다 싶었지만 그런 촬영이야 이미 전문가들이 자리를 잡고 있을 게 뻔했다. 테러 현장이나 교통사고 현장 같은 특종을 운 좋게 촬영할 수도 있지 않을까 싶은 마음에 한동안 밖으로 나갈 때마다 캠코더를 챙겼다. 내 주위는 언제나 한가했고 평화로웠다. 그늘만 골라 다녀서 그런 것인지도 모르겠다.

나는 B를 찍기로 했다. B의 모든 생활을 생생하게 촬영한 다음 다큐멘터리로 만들고, 다큐멘터리를 영화제에 출품하여 큰 상을 받은 후……에는 뭘 할지 잘 모르겠지만 아무튼 찍어보기로 했다. 만약 B가 기타리스트로 큰 성공을 거둔다면 중요한 자료가 될 수도 있을 것이다. 그는 늘 밤에만 움직이니까 다큐멘터리는 언제나 검은빛이 감도는 음산한 느와르 풍이 될 것이다. 그의 음

206

악과도 잘 어울린다. 나는 당분간 취직을 하지 않고 프리랜서로 일을 하면서 B의 다큐멘터리를 만들기로 했다.

나는 일단 그의 연주를 녹화하기로 하고 가방을 개조했다. 캠코더를 가방 속에다 고정시키고 가방 앞쪽에다 동그랗고 작은 구멍을 뚫었다. 리모컨으로 캠코더를 조종할 수 있었다. 다른 장면은 몰라도 연주만큼은 B 몰래 녹화하는 게 좋을 것 같았다.

일주일 동안 매일같이 그의 연습실에 들락거렸다. B는 메이저 레코드회사와 음반계약을 맺고 한참 연습에 몰두해 있었기 때문에 녹화하기에는 더할 나위 없이 좋은 시기였다. 밤 10시쯤 출근하고 새벽 4시에 퇴근하는 규칙적인 생활이었다. 그가 화장실에 간 사이에 카메라를 설치했고, 물을 먹으러 갔을 때 앵글을 바꾸었다.

"형, 기타는 안 배울 거야? 어쿠스틱 기타라도 들고 오라니까. 만날 와서 내 연주만 듣고 있으니까 내가 되게 미안하네."

"내가 있으면 연주가 잘된다고 그랬잖아. 그래서 희생정신을 발휘하는 거야. 걱정 말고 연습이나 열심히 해."

"내가 곰곰이 생각해봤는데 말예요, 기타 치면 심장에 무리가 가는 게 혹시 싸구려 기타라서 그런 게 아니었을까? 내 걸로 한번 연습해볼래요? 가끔 싸구려 기타에서 전기가 흘러나온다는 얘길 들은 것 같기도 해."

나는 B가 준 기타로 연주를 해보았다. 내가 샀던 기타보다 소리가 부드럽고 깨끗했다. B의 기타로 사흘쯤을 연주하자 다시 심장이 아렸지만 전보다는 훨씬 덜했다. 커피 석 잔 정도를 마셨을 때 느낄 수 있는 두근거림 정도였다. 그 정도라면 전기기타 연주하는 게 너무 좋아서 자신도 모르게 심장이 빨리 뛰는 것으로 오해해도 좋을 수치였다. 좋은 기타일수록 심장에 무리가 적게 가는 모양이다.

B의 다큐멘터리는 끝내 완성하지 못했다. 기보다 제대로 시작해보지도 못했다. B의 연습실에 나가기 시작한 지 15일쯤 됐을 때 입사제의가 왔다. 일도 재미있을 것 같았고, 보수도 좋았다. 마다할 이유가 없었다. B의 다큐멘터리를 완성해야겠다는 절체절명의 사명감 같은 것도 없었기 때문에 나는 곧바로 이력서를 보냈다. 그후 회사를 다녔고 다시 그만두었고, 어떤 일을 시작했고 다시 그만두었다. 내 의지로 회사를 그만둔 경우보다 회사의 사정 때문에 어쩔 수 없이 그만둔 경우가 더 많았다. 자신의 운명은 스스로 만들어가는 것일까? 망한 회사를 걸어나올 때면 그렇지 않을지도 모른다는 생각이 든다. 삶은 선택하는 것이 아니라 사다리타기 놀이처럼 한번 시작되면 절대 항로를 바꿀 수 없는, 규칙을 따라서 정해진 목적지에 도착할 수밖에 없는 게임인지도 모른다. 그 목적지에 '꽝'이라는 글자가 씌어 있지 않기를 바라

는 것밖에는 할 수 있는 일이 아무것도 없을지 모른다. 그런 생각을 하다보면 내가 선택한 것이 무엇이었는지 되짚어보게 된다. 무엇을 선택했길래 햇빛 알레르기가 생겼을까. 어째서 내가 다니는 회사는 전부 망하는 걸까. 어째서 기타를 열심히 연주하지 않게 된 것일까. 어째서, 어째서, 어째서…… 하지만 기억이 나지 않는다. 기억이란 중력의 법칙을 받지 않기 때문에 대부분 어디론가 날아가버린다. 꼭 붙들고 있는 기억만 조금씩 남아 있을 뿐이다.

B는 그사이 유명한 기타리스트가 됐다. 음반산업이 바닥에 처박힌 관계로 앨범을 많이 팔지는 못했지만 사람들의 입에 자주 오르내리는 기타리스트가 됐다. 시디를 벗기던 빠른 손놀림으로 이제는 기타를 연주하며 사람들을 흥분시키고 있다. B는 새로 음반을 낼 때마다 내게 보내주었지만 잘 듣게 되지는 않는다. 몇 번 듣다보면 지겨워진다. 그럴 때면 녹화했던 동영상을 보곤 한다. 편집도 제대로 하지 않은 동영상을 볼 때마다 아주 오래 전 그의 모습이 떠오른다. 어쩌면 그 동영상을 볼 수 있는 사람은 전 우주를 통틀어 나밖에 없다는 자부심 때문에 더 재미있게 느껴지는 것인지도 모르겠다. 감추려고 했던 것은 아니지만 B에게도 동영상 얘기는 하지 못했다.

어느 날 나는 동영상을 보다가 내 습관 하나를 발견했다. 나는 화면 속에서 기타를 연주하는 그를 볼 때마다 왼쪽 엄지로 나머지 왼손가락들의 끝을 비비고 있었다. 어머니가 아이의 등을 어루만지듯 매끄러운 손가락 끝을 비비고 있었다. '내가 손가락 끝을 비비고 있었네?'라는 생각이 들고 난 다음에도 마찬가지였다. 어째서 그런 행동이 시작됐는지 모르겠다. 대리석처럼 딱딱하게 굳어 있는 그의 손가락 끝을 그리워했던 것일까. 아니면 굳은살 하나 박여 있지 않은 내 손가락 끝이 부끄러웠던 것일까. 동영상을 계속 보다가 내 기억 속에는 전혀 남아 있지 않은 그의 이야기를 발견한 적도 있었다.

"형, 좋아한다면 두세 번은 시도해봐야지. 계속 시도하다보면 어느 순간 정말 좋아지거든."

내가 어떤 질문을 했던 모양인데 내 목소리는 거의 들리지 않았다. 나는 연습실 반대쪽에 있었던 것 같다. B의 그 말이 끝나고 비디오테이프는 멈췄다. 정확히 그 부분까지만 녹화됐다. 그 다음에 그가 어떤 얘기를 했는지는 도무지 기억이 나질 않는다. 기타 얘기였던 것 같기도 하고, 어떤 컴퓨터게임의 공략법 얘기였던 것 같기도 하고, 여자친구에 대한 얘기였던 것 같기도 하다. 어느 것을 대입시켜도 말은 된다. 좋아진다는 건 나아진다는 뜻이었을까, 무언가를 좋아하게 된다는 뜻이었을까. 기억이 나지 않는다. 그에게 물어도 기억하지 못할 것이다.

한 달 전 전기기타를 한 대 샀다. 다시 기타를 배우고 싶어졌다. "좋아한다면 두세 번은 시도해봐야지"라는 그의 말이 기타에 대한 얘기였을 것이라고, 나 혼자 결정했다. 기타를 치다보면 어느 순간 정말 기타가 좋아지게 될 거라고, 나 혼자 추측했다. 그 때보다는 좀더 나은 기타를 샀고, 아직까지는 심장도 잘 버티고 있는 것 같다. 어쩌면 내 예상대로 햇빛 알레르기가 감쪽같이 사라져줄지도 모를 일이다. 아직 내 손가락 끝은 너무 무르다.

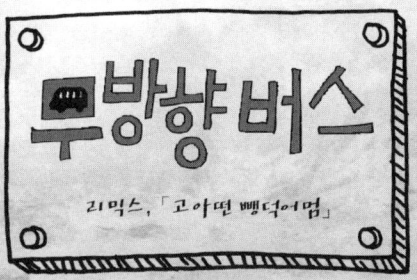

무방향 버스

리믹스, 「고아떤 뺑덕어멈」

집에는 예전부터 식구들이 '큰책'이라고 부르던 낡고 두툼한 장부가 있었다. 거죽에는 푸른 헝겊이 둘러쳐져 있고 팔절지보다 세로가 뼘가웃쯤 더 자란 크기였는데, 두께 역시 우람해서 여느 백과사전 부럽지 않을 정도의 모양새였다. 큰책은 처음에는 외상 장부로 쓰였다. 어머니는 내가 열세 살 때쯤 구멍가게를 시작했는데, 큰책을 외상장부로 쓰면 장사가 더 잘될 것이라는 믿음 때문에 거기에다 외상 내역을 적기 시작했다. 하지만 어머니는 내가 중학교에 입학했을 무렵 '외상장부로 쓰기에는 너무 크고 두꺼워서'라며 큰책을 내게 물려주었다. 그 이유가 정말 외상장부로 쓰기에 적당하지 않기 때문인지, 아니면 중학생이 된 내게 아무런 선물도 해주지 못하는 미안함 때문이었는지는 여전히 알 수 없지만, 나는 큰책을 받아들고 뛸 듯이 기뻐했다.

나는 오랫동안 큰책에 눈독을 들이고 있었다. 어머니가 가게를 비우고 없을 때면 오랫동안 큰책을 손으로 쓰다듬어보곤 했다. 푸른 헝겊이 둘러쳐진 모양새도 마음에 들었고, 오래 쓴 듯한 낡은 느낌도 좋았다. 하지만 무엇보다 내가 큰책을 갖고 싶어했던 이유는 종이의 질감 때문이었다. 큰책의 종이를 손으로 만지고 있노라면 우주 어딘가에 있는 우둘투둘한 행성의 표면을 쓰다듬는 듯한 기분이 들었다. 때로는 초록색의 보드라운 잔디 표면을 손으로 훑는 듯하기도 했고, 동물의 털을 매만지는 느낌이 들기도 했다. 사랑하는 여자의 얼굴을 어루만지듯 나는 큰책 속의 페이지를 쓰다듬었다.

큰책이 내 것이 된 후부터는 거기에다 일기를 썼다. 어머니가 써놓았던 외상 내역을 다 찢어버리고 나만의 일기장을 만들고 싶었지만 무려 30, 40쪽에 달하는 종이를 찢어버리고 나면 책 꼴이 형편없어질 게 뻔했기 때문에 큰책의 뒤쪽에서부터 일기를 써내려갔다. 종이를 묶어놓은 방식이 고서(古書)와 비슷했기 때문에 오히려 큰책의 뒤쪽 페이지에서부터 세로쓰기를 하는 게 큰책과 더 어울려 보이기도 했다. 방바닥에 큰책을 펼쳐놓고 일기를 써내려가고 있으면 옛 시대의 문장가가 된 듯한 우쭐한 기분에 마음이 들떴다.

큰책에 대한 사랑은 그리 오래가지 않았다. 한 달쯤은 하루도 빼놓지 않고 일기를 썼지만 조금씩 일기 쓰는 날의 간격이 넓어졌고, 1학년 여름방학 즈음에는 일기는커녕 큰책을 거들떠보는 일도 거의 없어졌다. 중학생 남자아이에겐 일기보다 중요한 일이 발에 차일 정도로 많았다. 큰책은 책상 위 책장에 가지런히 꽂혀 있었지만 그건 이제 외상장부나 일기장이 아닌 장식품에 불과했다.

고등학교를 졸업하기 전까지는 그래도 가끔 큰책을 들추곤 했다. 시험공부를 하다 머리를 식힐 때나, 멋진 시구(詩句)가 생각나 끼적거릴 종이가 필요할 때면 책장에서 큰책을 빼들었다. 여자친구에게 색다른 연애편지를 쓰기 위해 큰책의 한 페이지를 찢어낸 적도 여러 번 있었다. 큰책을 펼쳐들면 언제나 첫 장부터 적힌 외상 내역을 눈으로 한번 훑게 마련이었다. 외상 내역에 적힌 이름들은, 이름이라기보다 해독 불가능한 암호에 가까웠다. '깨소금네집, 홀아비 이씨, 감나뭇집 새아기, 샛골목 끝집 홍씨, 꼬불한 파마머리' 같은 암호가 몇 장에 걸쳐 펼쳐져 있었다. 이름 아래쪽에는 그들이 외상을 한 품목도 적혀 있었는데, 그것 역시 암호 같아 보이긴 마찬가지였다. '코올라 패트 2병, 하타이 2개, 코피 한 박스, 보름달 3봉다리' 같은 정체불명의 이름들이 물건의 가격과 함께 삐뚤삐뚤 적혀 있었다. 어떤 품목에는 빨간 줄이 그어져 있었다. 아마도 빨간 줄은 외상값을 갚았다는 표시일 것이다.

고등학교 때에는 그런 일이 많이 줄었지만 중학교 때만 해도 어머니 대신 가게를 보는 날이 많았는데, 그럴 때 가장 난감한 것이 외상장부 기입요령이었다. 어머니는 큰책을 내게 준 후로는 얇고 날렵한 노트를 외상장부로 쓰고 있었는데, 외상장부에 적힌 이름에는 아무런 순서 기준도 없었고 특별한 정렬 방식도 없었다. 가나다순도 아니었고 가까운 집에서 먼 집의 순으로 적어간 것도 아니었다. 어떤 이름 아래쪽에는 외상 항목이 전혀 없는 것으로 보아 물건을 사러 가게에 들른 순서도 아니었다. 어째서 외상을 한 번도 하지 않은 사람의 이름을 외상장부에 적어둔 것인지 알 길이 없었다.

물건을 사고 "애야, 장부에 그어놓아라"라고 얘기하는 손님이 있을 때면, 나는 장부에 무슨 이름으로 등록되어 있으세요, 라고 묻곤 했다. 하지만 손님 역시 장부에서 자신의 이름을 찾기가 쉽지 않았다. 장부를 몇 번 뒤적이다가는 "그럼 그냥 놔둬, 내가 나중에 어머니한테 말씀드릴게"라고 하는 사람도 있었고, 종이쪽지에다 자신의 이름과 외상 품목을 적어서 내게 건네는 사람도 있었다. 가게를 맡은 나는, 나름의 책임감이 발동해 손님의 인상착의를 꼼꼼하게 관찰한 후 어머니에게 보고했다. 가게로 돌아온 어머니와 나는 손님을 알아맞히는 의례를 치러야 했다.

"키는 좀 작고?"

"네, 얼굴이 좀 가느다랗고 벌렁코였어요."

"목소리가 째지지 않디?"

"그건 모르겠고 절더러 애기야, 라고 불렀어요."

"그러면 언덕배기가 맞네. 그 집 이름이 최옥분이었나부네."

정답을 맞혔는지는 확인할 길이 없었다. 나는 내 임무를 수행
했고, 뒷일은 어머니가 알아서 할 것이었다. 고등학교를 졸업한
나는 다른 도시의 대학에 진학하게 됐고 큰책을 뒤적일 일도 없
게 됐다. 대학의 자취방에 큰책을 가져갈까 싶은 생각이 잠깐 들
기도 했지만, 내 몸 하나 겨우 뉠 수 있는 작은 방에 큰책은 아무
래도 무리였다. 자취방에 엎드려 책을 읽거나 리포트를 쓸 때 큰
책의 모습이 가끔 눈앞에 어른거릴 때도 있었지만, 그럴 때마다
나는 나도 모르게 도리질을 치고 있었다. '큰책을 여기다 펼쳐놓
으면 아마 방바닥의 반은 차지할 거야.' 머릿속에서는 큰책이 내
자취방을 뒤덮는 장면이 그려졌다. 물론 팔절지의 두 배보다는
큰 방이었지만 내 머릿속의 큰책은 그 정도로 어마어마한 부피였
던 것이다.

어머니가 사라진 것은 대학 4학년 때였다. 자취방 바닥에 온갖
자료들을 흩뜨려놓고 졸업논문을 쓰고 있을 때 아버지에게서 전
화가 걸려왔다. 아버지의 말은 간단했다. 어머니가 사라졌으니
빨리 내려와봐야겠다는 얘기였다. 무언가 더 묻고 싶었지만 무언

가 묻고 있을 만큼 내 마음이 차분하지 않았고, 무언가 질문을 던져서 아버지와의 전화통화를 길게 하고 싶지도 않았다. 나는 방바닥에 어지럽혀진 종이들을 10분에 걸쳐 차곡차곡 정리한 다음 자취방을 나섰다.

나는 기차를 타고 집으로 향하면서 어머니가 사라진 것은 분명 아버지 때문일 것이라고 생각했다. 지금껏 어머니와 관련된 비극의 밑바닥에는 언제나 아버지가 있었다. 어머니가 구멍가게를 차릴 수밖에 없었던 것도, 사람들 눈에는 잘 띄지 않지만 왼쪽 다리를 절게 된 것도, 한글을 제대로 읽고 쓸 수 없게 된 것도 모두 아버지 때문이었듯 지금 어디론가 사라진 것도 아버지 때문일 것이라고 생각했다. 기차 안에 있던 두 시간 동안 아버지와 어머니를 줄곧 생각했더니, 기차에서 내릴 즈음에는 내 분노가 비등점까지 치밀어올라 있었다. 이대로라면 집에 도착하자마자 아버지의 얼굴을 주먹으로 한 대 후려갈길지도 모르겠다는 생각이 들었다.

닫혀 있는 가게 옆문을 통해 안채로 들어섰을 때의 그 적막한 공기는 아직까지 잊혀지지 않는다. 누군가가 거대한 철판으로 집 주위를 힘껏 내리누르는 게 아닐까 싶을 정도로 공기의 밀도가 높았다. 너무 비좁아서 숨쉴 틈이 없었다. 헤집고 들어갈 틈이 없었다. 나는 마당에서 담배를 한 대 피웠다.

"너 왔구나? 왜 안 들어오고?"

등뒤에서 누나의 목소리가 들렸다. 나는 담배를 비벼 껐다.

"많이 놀랐지?"

누나와 나는 언덕 아래의 버스 종점을 내려다보았다. 좁은 집의 구석구석을 끔찍하게 싫어했지만 언덕 아래로 내려다보이는 풍경만큼은 예외였다. 버스 종점의 풍경을 보고 있으면 시간이 느껴지질 않았다. 새로운 버스가 들어오고, 또다른 버스가 출발하는 모습은 내 마음에 최면을 걸었다. 그래, 아무 생각 하지 말고 버스들이 움직이는 모습을 자세히 내려다봐, 거기에 대답이 들어 있어, 그런 목소리가 들렸다. 낮은 담에 팔을 기대고 버스를 관찰하고 있으면 가끔 어떤 대답이 들리는 것처럼 느껴지기도 했다.

"어머닌 어디로 가버리신 걸까?"

버스 종점에서 눈을 떼지 않은 채 누나가 중얼거렸다.

"어떻게 된 거야? 언제 사라지신 건데?"

나 역시 버스 종점에서 눈을 떼지 않았다.

"아버지 얘기론 그저께 아침에 잠깐 어딜 다녀오겠다고 하셨대. 그러곤 연락이 없으서. 사고 같은 걸 당한 건 아니겠지? 불안해."

"경찰엔?"

"연락했지. 아직 사고 접수된 건 없대. 실종신고는 했고, 아까 경찰이 와서 이것저것 물어보고 갔어. 아무 일 없겠지? 그렇겠지?"

누나가 나를 돌아보았지만 나는 버스 종점에서 눈을 떼지 않았다. 해줄 말이 없었다. 버스 종점에 대답이 들어 있기라도 한 것처럼 나는 움직이는 버스들의 진행방향과 주차돼 있는 버스들의 간격을 유심히 바라보았다.

"넌 어때? 졸업이 얼마 안 남았지? 직장은 알아보고 있어?"

"졸업은 해서 뭐 해, 젠장. 누나는 어때?"

"난 뭐 그냥 똑같지. 가정주부가 별일 있고 말고 할 게 있나."

문이 열리고 아버지가 방에서 나왔다. 아버지를 만나면 주먹으로 한 대 후려갈겨주고 싶을 것 같았는데, 막상 얼굴을 보니 아무런 감정도 생기지 않았다.

"왔구나. 나는 경찰서에 좀 다녀오마."

목소리에 힘이 없었다. 어머니가 사라진 게 아버지 당신 때문이라고 생각하고 있는 듯한 눈치였다. 아버지의 힘없는 목소리가 기뻤다. 그렇게라도 고통을 받아야 한다고 생각했다. 혹시 어머니는 아버지에게 고통을 주기 위해 사라진 것은 아닐까. 그렇다면, 누나와 내게는 너무 잔인한 일이다. 누나가 방에 들어간 후 나는 다시 담배를 꺼내물었다.

그날 저녁에야 큰책이 사라졌다는 사실을 알았다. 그렇게 커다란 책이 사라졌는데 어떻게 모를 수 있었을까. 그렇게 생각하고

222

보니 방의 커다란 부분이 사라져버린 것 같은 기분이 들기도 했다. 내 방은 어딘지 모르게 허전해 보였고 생기가 없어 보였다. 내 방이라고 해봤자 자취방보다 조금 넓은 크기였지만 전에는 이처럼 휑한 느낌이 없었다. 큰책이 사라진 것을 알고 나니 세상이 조금 달라 보였다.

"누나, 혹시 여기 꽂혀 있던 큰책 치웠어?"

"큰책? 나 그거 본 지 10년은 넘은 거 같다."

"그럼 아버지가 치웠나?"

"나야 모르지."

내 방의 구석구석과 안방의 구석구석과 가게의 구석구석까지 뒤져보았지만 큰책은 보이지 않았다. 잊고 있었던 사진과 바닥에 떨어진 1천원짜리 한 장을 발견했지만 큰책은 없었다. 나는 사라진 어머니를 찾는 심정으로 큰책을 찾았다. 어쩌면 어머니를 찾는 것보다 더 절실한 마음으로 큰책을 찾았던 것 같기도 하다. 큰책을 찾기만 하면 모든 게 해결될 것처럼, 어머니가 큰책의 갈피에 꽂힌 채 사라지기라도 한 것처럼 내 마음은 절실했다.

아버지는 밤 10시가 되어서야 돌아왔다. 시간이 3배속으로 흐르는 비밀통로를 간신히 통과한 사람처럼, 아버지는 몇 시간 만에 부쩍 늙은 것 같았다. 그래도 나는 기뻤다. 그렇게 얼른 늙어서 어머니에게 빚진 걸 갚았으면 싶은 마음이 컸다.

"아직 아무런 성과가 없다더구나. 일단 기다려보자."

신발을 벗으며 아버지가 말했다.

"아버지, 혹시 큰책 봤어요?"

"큰책은 이제 네 거 아니냐."

"그러니까요. 혹시 큰책 안 가져갔어요?"

"나는 만진 적이 없는데……"

나도 모르는 사이, 내가 큰책을 자취방에 가져갔던가. 누굴 주었던가. 비밀스러운 장소에 숨겨두었던가. 하지만 내 기억 속의 큰책은 언제나 책장에 꽂혀 있었다. 그렇다면 어머니가 큰책을 가져갔다고 생각할 수밖에 없었다.

"아무래도 어머니가 큰책을 들고 간 것 같아."

방바닥에 누워 있던 누나가 몸을 일으켰다.

"엄마가 그걸 왜?"

"몰라. 아무리 찾아봐도 큰책이 없어."

"네가 어디 잘못 됐겠지. 엄마가 그걸 왜 들고 갔겠어. 그렇게 무거운 걸."

"하지만 어머니밖에는 큰책을 만질 사람이 없잖아."

누나에게 이야기를 하면서도 내 눈은 계속 큰책을 찾고 있었다. 큰책이 사라진 것과 어머니가 사라진 이유가 연결되어 있지 않기를, 나는 바라고 있었다. 만약 두 가지 일이 연결되어 있다면, 아무리 생각해봐도, 좋은 징조는 아니었다.

"큰책에 뭐가 있는데?"

"어머니가 적어두었던 외상 내역이랑 내 일기, 뭐 그런 거……"

"그럼 어머니가 어딘가 먼길을 떠나면서 네 일기가 너무너무 소중해서 들고 간 거란 말야? 아니면 외상값 받으러 나가셨다가 이틀째 들어오지 않는 거란 말야?"

"내가 그걸 어떻게 알아. 아무튼 어머니가 사라졌고, 큰책 역시 보이지 않는다는 얘길 하는 거잖아."

"그리고 큰책이 사라진 게 그저께라고 생각할 수도 없어. 네가 이 집에 붙어사는 것도 아니고…… 큰책이 사라진 건 한 달 전일 수도 있고 두 달 전일 수도 있잖아."

누나의 말이 맞았지만 내 머리 속에는 두 가지 사라짐이 세상의 그 어느 고리보다 단단하게 연결돼 있었다. 만약 큰책이 어머니보다 먼저 사라진 것이라면, 분명 어머니가 내게 연락을 해주었을 것이다. 나와 어떤 상의도 없이 큰책을 사라지게 한다는 것은, 아무리 생각해도 있을 수 없는 일이었다. 나는 어머니와 마지막으로 통화했던 일주일 전을 떠올렸다. 아무 일도 없었다. 고요할 정도로 아무 일도 없었다. 너무 고요한 통화여서 정확히 어떤 말을 주고받았는지도 기억나지 않았다. "별일 없죠?"로 시작해서 "안녕히 계세요"로 끝나는 무덤덤한 통화였다. 어머니와의 통화 속에서 어떤 단서를 찾아보려고 했지만 그 속은 막 정리를 끝낸 씨름판의 모래들처럼 가지런하고 빈틈이 없었다. 작은 돌맹이 하나 보이지 않았다.

다음날 첫번째 목격자가 나타났다. 목격자 아주머니의 설명에 따르면 어머니는 그날 오후 넋이 나간 사람처럼 동네 골목을 걸어가고 있었다고 한다. 경찰은 아주머니의 말을 꼼꼼하게 받아 적었다.

"혹시 큰책을 들고 있지 않았어요? 곁에는 파란색 헝겊이 둘러쳐져 있는데……"

나는 큰책의 크기를 양손으로 어림짐작해 보였다.

"큰책이라…… 아, 그러고 보니 왼쪽 옆구리에다 뭘 끼고 있긴 했지. 그게 책이었나? 너무 후닥닥 지나가는 바람에 인사도 못 했으니 그런 걸 자세히 기억할 수가 있나. 책이라면 책일 수도 있겠네. 크기도 비슷한 것 같고……"

경찰은 메모를 하지 않을 때면 볼펜으로 수첩을 톡톡 두드렸다. 위압적으로 보이기도 했고 안달을 부리는 것처럼 보이기도 했다. 경찰의 시선이 이번엔 아버지에게 향했다.

"뭘 들고 나가셨는지 기억하시겠어요? 그렇게 커다란 책을 들고 나갔으면 기억이 나실 텐데."

"과일상자를 정리하던 중이라서…… 죄송합니다."

죄송합니다, 라는 아버지의 대답은 모두를 향한 것처럼 들렸다. 목격자 아주머니와 나와 누나와 경찰 모두에게 죄송하다는 듯한 말투였다.

목격자 아주머니의 대답에서 알아낸 사실은 많지 않았다. 어머니가 골목 끝을 향해 어디론가 서둘러 갔다는 것. 큰책이라 짐작되는 무언가를 옆구리에 끼고 있었다는 것. 그뿐이었다. 어디로 갔는지는 여전히 알 길이 없었다. 골목 끝을 지나면 언덕길이 이어지고 언덕길을 지나면 비탈이 심한 내리막길이 나오고 그 길을 지나 아래로 내려서면 큰길이 펼쳐진다. 큰길을 통해서라면 어디로든 갈 수 있다. 지구 끝까지라도 갈 수 있다.

큰책에 대한 이야기를 늘어놓았지만 경찰은 그다지 관심을 보이지 않았다. 어머니가 들고 간 것이 큰책이라고 단정하기도 힘드니 어찌 보면 당연한 반응이었다. 하지만 내 확신은 굳어졌다. 어머니는 분명 큰책을 들고 간 것이다. 왜일까? 대답은 알 수 없었다. 경찰은 어머니가 사라진 골목 끝으로 가서는 몇 집에 들어가 소식을 탐문했지만 역시 성과는 없었다. "좀더 기다려볼 수밖에 없네요." 경찰은 그 말만 남기고 돌아갔다.

"큰책에 분명 뭔가가 있어."

텔레비전을 보던 누나가 고개를 돌렸다. 나는 화가 나 있었다. 어째서 아무도 큰책에 관심을 가지지 않는 것일까. 아무런 단서도 없는 상황에서 왜 큰책에 주목하지 않는 것일까. 하지만 누나의 한쪽 귀는 여전히 텔레비전을 향하고 있었다.

"뭔가가 있다니까!"

내가 고함을 지르자 누나의 두 귀가 온전히 내게로 향했다.

"도대체 뭐가 있다는 거야?"

"어머니는 큰책 때문에 집을 나가신 거야."

"말도 안 되는 소리 좀 그만 해."

"큰책 속에 뭔가 단서가 있을 거야. 젠장, 큰책이 없으니 확인할 길도 없고. 누나는 어머니가 사라졌는데 텔레비전이나 보고 있을 거야?"

"내가 뭔가 할 일이 있으면 알려줘. 나도 집구석 엉망으로 팽개쳐놓고 여기서 텔레비전이나 보고 있는 내가 너무 싫으니까."

나는 마당으로 나가 담배를 물었다. 헤드라이트를 환하게 밝힌 버스들이 종점의 어둠 사이로 부드럽게 들어오고 있었다. 버스가 아니라 동물 같았다. 두 눈에서 뿜어져나오는 빛들의 얽힘이 장관이었다. 불빛들이 겹치고 흩어지는 모습은 불규칙적이고 종잡을 수 없었지만, 그 모든 움직임을 장악하는 누군가가 있는 듯했다. 종점의 풍경을 수없이 내려다보았지만 전에는 느끼지 못했던 움직임이었다. 눈에 보이는 길 외에, 또다른 길이 있는 것은 아닐까. 나는 눈을 감고 큰책의 페이지를 떠올려보았다. 허공 속에다 사각형의 큰책을 그리고 첫 페이지를 넘겼다. 이름과 숫자들이 빼곡하게 적혀 있었다. 그 이름들을 기억해내기 위해 나는 눈을 더 깊게 감았다. 너무 멀어서 이름들이 보이지 않았다. 조금만 더 가까이 다가갈 수 있다면 그 이름들이 보일 것 같았다. 이름이 문제가 아니다. 이름과 이름, 숫자와 숫자 사이에 내가 몰랐던 무언가가 있을 것이다. 보지 못하고 지나친 무언가가 있을 것이다. 하지만 더 가까이 다가갈 수는 없었다. 어른거릴 뿐이었다. 빵, 하는 소리에 눈을 떴다. 버스의 경적이었다.

"잠깐만 들어와볼래?"

미닫이를 열고 고개만 내민 채 누나가 나를 불렀다. 텔레비전은 꺼져 있었고 누나의 손에는 작은 노트 하나가 들려 있었다.

"그게 뭐야?"

"외상장부."

"그건 왜?"

"큰책에 뭔가 있을 것 같다고 그랬지? 그럼 이게 도움이 될지도 모르겠다."

"그건 외상장부잖아?"

"엄마가 시켜서 내가 여기에다 큰책의 외상 내역을 옮겨적었거든. 사실 제대로 기억은 나지 않아. 뭘 어떻게 옮겨적었는지, 제대로 옮겨적었는지, 빼먹은 건 없는지 잘 모르겠지만 그래도 하루 종일 꼼꼼하게 옮겼던 기억이 나."

"그걸 왜 이제야 얘기해?"

"나도 까맣게 잊고 있었어. 고등학교 2학년 때였나? 엄마가 이걸 시키는데 내가 짜증을 좀 냈지. 공부도 해야 되는데 뭘 이런 걸 시켜, 그러면서 말야. 그런데 어디까지가 큰책에서 옮겨적은 건지 모르겠어."

"앞쪽만 보면 되지 않을까? 큰책을 오랫동안 쓴 건 아니니까."

누나와 나는 외상장부에 적힌 이름과 숫자를 살펴봤다. 대부분의 이름과 숫자에 빨간 줄이 그어져 있었다. 빨간 줄이 그어져 있지 않은 이름은 겨우 열 개 정도였다.

"이 사람들을 찾아가볼까?"

"설마 엄마가 외상값 받으러 갔다가 돌아오지 않은 거라고 생각하는 거야?"

"내 생각엔 그래. 그리고 지금은 우리가 할 수 있는 일이 없잖아."

"맘대로 해라."

누나와 나는 각자 다섯 명의 이름을 들고 골목길로 나섰다. 몇 년 만에 걸어보는 골목길이었다. 벽의 질감, 바닥의 흔적, 가로등의 높이, 나무의 그늘, 대문의 색깔, 바람의 흐름, 소리의 굴곡이 모두 다시 느껴졌다. 골목에 얽힌 추억 같은 건 전혀 없었는데,

그 모든 기억들이, 다시 생각해보니 추억이었다. 어머니와 함께 골목길을 걸어본 적이 있었던가. 기억나지 않았다. 이제 다 컸네, 혼자 골목길을 누비면서 어미가 받아내지 못한 외상값 받아낼 생각을 다 하고…… 어둠 속에서 어머니의 목소리가 들리는 것 같았다.

첫번째로 만난 사람은 '파란대문 새댁'이었다. 파란 대문은 전혀 변하지 않았지만 새댁은 이미 새댁이 아니었다. '파란대문 새댁'은 외상값을 전혀 기억하지 못하고 있었다.

"그래? 그런 건 예전에 갚았겠지. 그게 몇 년 전 일인데. 그래서 너 지금 외상값을 받으러 온 거니?"

"아뇨. 혹시 어머니가 오시지 않았나 여쭤보려구요."

"어머니 일은 안됐다. 여기 오셨다면 내가 벌써 얘길 해줬지."

두번째와 세번째 집 역시 마찬가지였다. 네번째와 다섯번째 집은 이사를 간 후였다. 어디로 이사를 갔는지 알아내볼까 싶기도 했지만 무모한 일이라는 생각이 들었다. 누나의 탐문수사 역시 성과가 없긴 마찬가지였다. 어머니를 본 사람은 아무도 없었다.

"아휴 창피해. 나만 바보 됐잖아, 이 바보야. 6, 7년 전 외상값 받으러 다니는 내 꼴이 이게 뭐니?"

"그래도 뭔가 해보긴 했잖아."

"그래, 뭔가 해보긴 했으니 참 다행이겠다."

그날 밤 어머니의 외상장부를 이리저리 뒤져보다가 이상한 숫자를 발견했다. 사람의 이름은 없고 숫자만 가득 적혀 있는 페이지가 있었다.

"잘 기억이 안 나는데…… 어머니가 외상값을 더해놓은 게 아닐까?"

"숫자가 이상하잖아. 163, 192, 913, 243, 1…… 더한 것도 아니고, 뺀 것도 아니고, 합산도 없어. 그리고 1은 뭐야. 163이 1630원이라고 치면 10원도 외상을 하나?"

"좀 이상하긴 하네. 난 왜 그런 걸 베껴쓰면서도 이상하다는 걸 몰랐을까?"

"생각이 없잖아."

"내가?"

"생각이 없어 보였어. 고등학교 땐 확실히."

"그러는 넌 깊기도 하다."

"누나보단 나았지."

"생각이 깊으셔서 어머니가 외상값 받으려고 집 나갔다는 생각을 다 해냈네."

"그런 생각이라도 하는 게 어디야?"

"그래, 난 생각이 없어서, 바보 같은 네 생각을 믿어줬지."

나는 담배를 물고 밖으로 나갔다.

"또 생각하시게? 뭐라도 제대로 된 생각을 좀 해봐라. 담뱃값 아깝지 않게……"

누나의 목소리가 나를 따라나섰지만 나는 소리나게 문을 닫아버렸다.

버스 종점은 어둠 속에 숨어 있었다. 거대한 동물들이 숨소리도 내지 않고 잠들어 있었다. 줄을 맞춰서, 흐트러짐 없이 가만히 엎드려 있었다. 나는 언덕 아래의 버스 종점을 향해 담배연기를 내뿜었다. 연기는 종점까지 닿지 못하고 언덕 곳곳으로 흩어졌다. 집과 버스 종점 사이의 언덕에는 아카시아가 듬성듬성 자라 있었다. 아무도 돌보지 않는 언덕이었다. 어렸을 때 그 언덕에다 무수히 많은 것들을 집어던졌다. 어머니 몰래 가게의 음료수를 마시고 빈 병을 언덕에다 버리기도 했고, 수많은 담배꽁초를 버렸고, 성적표를 버리기도 했으며, 헤어지자는 여자친구의 편지를 찢어서 버리기도 했다. 그 많은 것들이 아직도 그곳에 쌓여 있을지 모르겠다. 아무도 돌보지 않는 언덕이니, 어쩌면 그럴지도 모르겠다. 언덕 곳곳을 탐색해보면 내가 그토록 버리고 싶었던 것들을 다시 찾아올 수 있을지도 모른다.

그때 버스 한 대가 헤드라이트를 켜고 종점으로 들어왔다. 마지막 심야버스였다. 심야버스의 번호를 보는 순간 머릿속으로 수많은 숫자들이 지나갔다. 마지막 심야버스가 헤드라이트로 비추는 곳곳에 어머니가 큰책에 적어놓았던 숫자가 눈에 띄었다. 마지막 심야버스는 913을 비췄고, 163을 비췄고, 243을 비췄다. 그리고 1번도 보였다. 나는 담배를 끄고 방으로 들어갔다.

"누나, 버스 번호였어."

"뭐가?"

"아까 그 숫자 말야. 버스 번호라고. 913, 163, 243, 1."

"그런 거 같네. 그래서 그게 뭐?"

"어머니가 큰책에다 버스 번호를 적어놓은 게 이상하잖아."

나는 외상장부를 펼치고 우리가 보지 않았던 뒤쪽 페이지를 보았다. 숫자들의 순서는 달랐지만 비슷한 간격으로 버스 번호가 적힌 페이지가 나타났다. 숫자가 적힌 페이지 사이의 간격은 4쪽 정도, 일주일 간격이었다. 어머니는 왜 일주일에 한 번 외상장부에다 버스 번호를 적었을까. 버스 번호의 의미는 무엇일까. 어째서 일주일일까. 버스 번호의 순서에 어떤 의미가 있는 것일까. 그 번호를 왜 큰책에다 적은 것일까. 머릿속이 흔들렸다. 누구에게도 물어볼 수 없는 일이었다. 어머니 외에 그 비밀을 알 만한 사람이 없었다.

밤새 비밀의 의미를 생각했지만 아무것도 짐작할 수 없었다. 다음날 아침이 되었을 때는 온갖 물음표들이 저희들끼리 고리로 묶인 채 단단하게 머릿속을 지배하고 있었다. 아버지에게는 말을 걸고 싶지 않았지만 달리 물어볼 곳이 없었다. 아버지는 일찍 일어나 어딘가와 통화를 하고 있었다. 아마 어머니의 행방을 묻는 누군가의 전화이거나, 아버지가 누군가에게 전화를 걸어 어머니의 행방을 묻는 통화였을 것이다. 아버지가 수화기를 내려놓자마자 물었다.

"혹시 어머니가 일주일에 한 번씩 어딜 간 적이 있었어요?"

"어딜?"

"몰라요. 어디든요."

"글쎄다."

"잘 생각해보세요."

"무슨 일인데 그러냐?"

"저도 잘 모르겠어요. 어딜 간 적이 있어요?"

"일주일에 한 번인지, 두 번인지는 모르겠지만 도나스를 납품하러 나갔지. 밖으로 나간 건 그게 전부일 거다. 왜 그러냐?"

"어디로 납품하는데요?"

"요 아래 종점인데 무슨……"

나는 아버지의 말을 다 듣지도 않고 집을 나왔다. 내 오른손에는 외상장부가 들려 있었다. 언덕을 뛰어내려가면 간단히 종점에 도착할 수 있겠지만, 그쪽에는 굵직한 철사로 만든 울타리가 있기 때문에 다른 길로 돌아갈 수밖에 없었다. 나는 빠른 속도로 걸었다. 걷고 있는 내 심장이 필요 이상으로 빨리 뛰었다. 무언가 드러날 것 같은 불안함, 내가 모르는 게 숨어 있을 것 같은 두려움, 아무것도 아닐지 모른다는 떨림이 뒤죽박죽이 되어 심장을 빨리 움직이게 하고 있었다. 나는 숨을 고르고 버스 종점으로 향했다. 시간이 지날수록 발걸음이 느려졌다. 등뒤에 있는 커다란 힘이 나를 잡아당기고 있었다.

종점에 도착했을 때는 다리가 후들댔다. 다리의 힘이 약해서인지 너무 긴장해서인지 알 수 없었다. 나는 버스 종점의 사무실로 들어갔다. 사무실에서는 야릇한 냄새가 났다. 한 가지 냄새가 아니었다. 성격과 식성이 다른 10명 정도의 사람이 매일 점심마다 제각각 다른 메뉴를 먹고, 한 번도 환기를 하지 않은 채 일주일을 지내면 이런 냄새가 나지 않을까 싶었다. 아마 어머니가 납품했던 도나스의 냄새도 어딘가에 숨어 있을 것이다. 그리고 그 모든 냄새의 밑바닥에는 기름 냄새가 깔려 있었다.

"무슨 일로 왔어요?"

문 앞에 앉아 있던 여직원은 냄새 때문인지 목소리가 신경질적이었다. 그런 곳에서 근무해야 한다면 나라도 신경질을 낼 수밖에 없을 것 같았다. 내가 용건을 얘기하자 여직원은 자신의 담당이 아니라며 강과장에게 물어보라고 했다. 강과장은 자리에 없었다. 냄새를 참지 못하고 자리를 비운 것이라고 생각했다. 나는 소파에 앉아 강과장을 기다렸다. 냄새를 참는 게 힘들었지만 10분쯤 지나자 그럭저럭 견딜 만했다.

"저기 오시네요."

창밖으로 머리가 반쯤 벗어진 남자의 얼굴이 보였다. 나는 소파에서 일어났다. 사무실로 들어온 강과장은 여직원과 뭔가 얘기를 나누었다. 나에 대해서도 얘기를 하는 눈치였다.

"학생, 뭐 물어볼 게 있으면 따라와. 내가 나가봐야 하거든."

나는 강과장을 따라나섰다. 사방에서 들리는 엔진 소리 때문에 제대로 된 대화를 나눌 수 있을지 걱정이었다. 강과장은 버스와 버스 사이의 골목길을 헤집고 다녔다. 그는 걸으면서 오른발로 버스 바퀴를 툭툭 차댔다. 앞장서서 가던 그는 왼쪽으로 고개를 조금 돌리며 내게 물었다.

"뭘 물어보고 싶다고 했지?"

"저희 어머니요."

"어머니가 누군데?"

"여기 사무실에 도나스 납품하시는……"

"그래, 알지. 그런데 무슨 일이 있나?"

"어머니가 사라지셨어요."

강과장은 말없이 버스 사이로 걸어갔다. 그는 지나는 길에 누군가와 얘기를 나눴다. 그는 버스 안으로 올라갔다 내려왔다. 그는 바퀴를 계속 차댔다. 그는 야외에 있는 칠판에다 뭐라고 적었다. 그는 전화기로 누군가에게 얘기를 했다. 나는 그 옆에 바싹 붙어 있었다. 그가 혼자 중얼거리는 소리라도 놓치지 않으려 귓속의 안테나를 꺼내 그의 방향으로 돌려놓았다.

"지금이 제일 바쁜 시간이거든. 이제 좀 앉아서 얘기할 수 있겠다."

강과장은 유난히 한산한 버스정류장 앞 의자에 앉았다. 나도 그 옆에 앉았다. 다른 정류장에는 사람이 많았지만 그곳에는 단 한 명의 승객도 보이지 않았다.

"이 정류장 첫차는 오후에야 출발하거든. 어머니가 사라지셨다고?"

나는 설명했다. 어머니와 사라진 날의 목격자와 큰책과 외상장부와 버스 번호에 대해서 얘기했다. 강과장은 별 대꾸 없이 내 말을 묵묵히 들어주었다. 가끔 고개만 주억거릴 뿐이었다.

외상장부에 대해 얘기할 때는 직접 페이지를 열어 버스 번호를 보여주었다.

"여기 이 번호들은 확실히 우리 회사 버스들이군."

그가 인정을 해주자 마음이 한결 가벼워졌다.

"그러면 여기 나오는 버스 번호들의 순서에 무슨 의미가 있나요?"

그는 외상장부를 보았다. 버스 번호가 적힌 페이지들을 앞뒤로 비교하면서 오랫동안 장부를 들여다보았다.

"그냥 버스가 종점으로 들어온 순서이거나 나간 순서인 것 같은데, 그런 걸 뭐 하러 적어두셨을까?"

"혹시 최근에 어머니한테 이상한 점은 없었어요?"

"잠깐만 기다려봐라. 청소하는 정씨가 알지도 모르겠구나."

강과장은 누군가를 불렀다. 정씨라는 사람은, 강과장이 정씨라고 불러도 괜찮은 것인가 싶을 정도로 나이가 많은 할아버지였다. 아니면 어떤 일 때문에 갑자기 세 배 속도로 외모가 변질된 것인지도 몰랐다. 어머니를 분실한 아버지의 시간처럼 말이다. 강과장은 정씨에게 어머니에 대해 설명했고, 정씨는 고개를 끄덕였다.

"여기에 많이 앉아 있었습니다."

정씨가 들고 있던 빗자루로 의자를 가리키며 말했다.

"어머니가 여기에 앉아서 뭘 하셨어요?"

"버스를 봤습니다."

"그냥 버스만 보고 있었어요? 아니면 뭘 적었어요? 다른 행동은 안 했어요?"

"버스를 봤고, 도나스도 먹었습니다."

정씨는 약간 정신이 없는 사람이었다. 머리에 쓰고 있는 낡은 모자와 이마 사이로 땀방울이 맺힌 게 보였다. 강과장이 정씨의 손목을 붙들고 물었다.

"혹시 요 며칠 사이에 도나스 아줌마 본 적 있어요? 잘 한번 생각해봐요."

정씨는 손바닥으로 이마를 닦았다. 모자가 벗겨질 뻔했다. 모자를 다시 눌러썼다. 뭔가를 다짐하는 듯한 행동이었다.

"도나스 아줌마는 238번 버스를 타고 간 것 같습니다."

"그게 며칠 전이에요?"

내가 물었다.

"3일이나 4일 전인 것 같습니다."

정씨는 나에게도 꼬박꼬박 존댓말을 썼다. 반드시 존댓말을 써야 하는 곳에서 혹독한 고문을 받은 듯했다.

"그런데 타고 간 것 같은 건 뭐예요? 버스 번호를 잘 못 봤어요?"

강과장이 다그치듯 물었다. 정씨는 강과장을 두려워하는 듯한 눈치였다.

"버스 번호가 붙어 있지 않았습니다. 번호는 없었지만 238번 버스였습니다."

"번호가 없었는데 238번이라는 건 어떻게 아셨어요?"

나는 정씨의 말을 이해할 수 없었다. 정씨는 계속 이마의 땀을 닦아내고 있었다. 연신 땀을 흘리는 것으로 봐서 뭔가 거짓말을 하는 게 아닌가 싶은 생각이 들기도 했지만, 거짓말을 할 이유가 없었다.

"정씨, 틀림없어요?"

"확실합니다. 238번입니다."

강과장은 정씨를 돌려보냈다. 그리고 무언가 골똘하게 생각했다. 도대체 무슨 생각을 하고 있는지 궁금했지만 질문을 할 수가 없었다.

"아주 가끔 이런 일이 생긴단다."

강과장은 체념한 듯한 표정으로 내게 말했다.

"이런 일이라는 게 뭐죠?"

"믿지 못하겠지만 말이다. 너도 버스 회사에서 일을 해보면 알겠지만 가끔 '무방향 버스'라는 게 생겨날 때가 있어. 똑같은 노선을 계속 반복하던 버스가 어느 날 감쪽같이 사라지는 거야."

"무방향 버스요?"

"정식 이름은 아니고 이쪽 바닥에서 부르는 이름이지."

"누가 버스를 훔쳐가는 건가요?"

"글쎄, 도난이라고 보긴 어렵겠지. 이건 말야, 누가 그걸 사라지게 했냐가 중요한 것이 아니라 어떤 버스가 사라졌냐가 중요한 문제야."

"그게 238번이라서 문제가 되는 건가요?"

"저기 버스를 자세히 봐라. 158번이 보이지? 너는 저 번호를 보고 158번이란 걸 알겠지만 우리는 번호를 보지 않고도 알 수 있어. 버스의 모습만 멀리서 봐도 아 저건 158번, 저건 238번, 다 알 수 있지. 오랫동안 일을 하다보면 저절로 체득하게 되는 거야."

"번호를 보지 않고 어떻게 알 수 있죠?"

"한 대의 버스는 매일 똑같은 길을 지나게 되어 있어. 똑같은 건물을 지나고, 똑같은 다리를 지나고, 똑같은 비포장도로를 지나고, 똑같은 사람들을 만나지. 그렇게 매일 똑같은 일이 반복되면 버스에는 어떤 '정형'이 만들어지고, 버스의 생김새 역시 일정한 방식으로 변모하게 되는 거다. 사람이 환경에 의해 변해가듯 버스 역시 마찬가지란다. 먼지가 많은 도로를 지나는 버스는 먼지의 틀 같은 것이 곳곳에 스며들 수밖에 없지 않겠니. 그런 일들이 오랫동안 지속되면 버스 역시 나름대로 지치는 거다."

"그럼 238번은 어떤 버스인데요?"

"10년 동안 한 번도 길이 바뀌지 않은 버스야. 가끔씩이라도 노선이 바뀌는 버스들은 그나마 무방향 버스가 될 확률이 아주 낮지. 하지만 238번 같은 경우는 말야, 새로운 길도 생기지 않았고 별다른 변화가 없었기 때문에 많이 힘들었을 게다. 무방향 버스가 될 만하지."

　농담을 하고 있나 싶어 강과장의 옆얼굴을 자세히 들여다보았지만 그의 얼굴은 진지했다. 그는 셔츠 주머니에서 담배를 꺼내 물었다. 나에게도 담배를 권했다. 담배향이 진했다.

　"너희 어머니는 아마 무방향 버스의 존재를 알고 있었던 모양이다. 그렇게 무방향 버스를 타고 사라지는 사람들이 가끔 있어. 하지만 무방향 버스를 알아차리는 건 쉽지 않은 일이야. 오랫동안 지켜보지 않으면 안 되거든."

　"무방향 버스를 타고 어디로 사라지는 거죠?"

　"거참, 그걸 내가 어떻게 알겠니. 나도 타본 적이 없는데."

　나는 종점에 늘어서 있는 버스를 바라보았다. 아무런 표정이 없었다. 저 버스들 사이에서 어떻게 무방향 버스를 찾아낼 수 있다는 말일까.

　"내가 도울 수 있는 일이 없겠구나. 그냥 기다려봐라."

　"경찰에게 그 말을 해주시면 도움이 될 거예요."

　"도움이 될 거라고? 바보 같은 소리 마라. 누가 이런 말을 믿겠니? 네가 무방향 버스의 존재를 믿은 건 어머니를 찾고 싶은 마음이 간절하기 때문이야. 지나가는 사람에게 그런 말을 했다간 아마 미친놈으로 오해받을 거다."

　강과장의 말이 맞았다. 나는 집으로 돌아와서 누구에게도 그 말을 하지 못했다. 아버지에게도, 누나에게도 아무 말을 할 수 없었다. 무방향 버스라는 게 있대요, 라고 얘길 꺼냈다면 아버지와 누나는 아마도 나를 병원에 입원시켰을 것이다.

어머니는 끝내 돌아오지 않았다. 나는 대학을 졸업하고 잡지사에 취직을 했다. 누나는 여전히 가정주부로 잘 살고 있으며 아버지는 어머니 대신 구멍가게를 꾸려가고 있다. 어머니가 사라졌지만 아무것도 변하는 게 없었다. 아버지는 신문에 실종자 광고를 내면서 어머니를 찾으려는 노력을 계속했지만 나는 더이상 아무런 일도 하지 않았다. 무방향 버스를 타고 간 거니까, 라고 혼자 생각하면 그건 나름대로 잘된 일인지도 모르겠다는 생각이 들기도 했다. 회사에 출근하기 위해 버스를 기다리고 있을 때 가끔 어머니 생각이 나곤 한다. 그리고 혹시 이 버스는 무방향 버스가 아닐까 생각한다. 버스 번호가 제대로 달려 있으니 무방향 버스일 리 없지만 그런 생각이 들 때가 있다. 버스를 유심히 관찰하는 버릇도 생겼다. 강과장의 말처럼 버스에는 각각 다른 표정이 있었다. 그걸 표정이라고 말하기에는 뭔가 이상하지만 모든 버스는 조금씩 달랐다. 나 역시 오랫동안 버스를 관찰하고 있으면 무방향 버스를 감별해내는 능력이 생길지도 모른다.

버스에 타면 맨 뒷좌석에 혼자 앉아 큰책에다 뭔가를 적고 있는 어머니를 상상하곤 했다. 버스 안에는 어머니와 나뿐이다. 운전사도 보이지 않는다. 어디로도 향하지 않는 버스를 함께 타고, 어머니와 나는 아무런 말도 나누지 않고, 그저 묵묵히 앉아 있는 그런 풍경을 상상하곤 했다. 어머니는 왜 큰책에다 버스 번호를 적었을까. 그건 아직도 알 수 없다. 추측만 할 수 있을 뿐이다. 어머니는 아마도 도나스를 납품한 후 남겨진 도나스 하나를 들고 종점의 어느 정류장 의자에 앉았을 것이다. 거기 앉아서 버스를 바라보았을 것이다. 도나스를 먹으면서 버스를 유심히 지켜보았을 것이다. 버스에 타는 사람들을 부러워하면서, 버스의 뒤꽁무니를 지켜보았을 것이다. 버스가 출발하는 순서를 알게 되고, 버스와 인사를 하게 되고, 돌아오는 버스를 알게 되었을 것이다. 그리고 집에 돌아와서는 시간이 날 때마다 언덕 아래 종점의 버스들을 하염없이 바라보았을 것이다. 어머니는 저녁 무렵 큰책에다 버스의 번호들을 적어내려갔을 것이다. 외운 것이 아니라 자연스럽게, 자신의 이름을 쓰듯 버스의 번호들을 적었을 것이다. 큰책은 어머니의 일기장이었을 것이다. 버스 번호들에는 아무런 의미가 없어도 그 숫자들은 어머니의 일기였을 것이다.

퇴근버스의 뒷자리에 앉아 나도 모르게 어머니에게 질문을 던질 때가 있다.

"어머니, 왜 무방향 버스를 타신 거예요?"

그러면 어머니가 대답했다.

"너도 알게 될 거야."

"저도 곧 타게 될 거라고요?"

"아니, 알게 될 거라고."

"뭘 알게 되는 거예요?"

"그건 모르지."

"어디 불편한 데는 없으세요?"

"버스에서 내다보이는 풍경이 참 좋구나."

"큰책은 잘 간직하고 계시죠?"

"그럼, 잘 쓰고 있지. 열심히 쓰고 있단다."

"버스 번호 같은 거요?"

"응, 버스 번호 같은 거. 내가 그 동안 적어놓은 거 볼래?"

"뭘 적었는데요?"

"자, 봐라."

"큰책에는 아무것도 없네요, 어머니."

"그렇겠지."

화면 속으로 엇박자 D의 모습이 나타났다 사라졌다.

"잠깐 앞으로 돌려봐. 방금 관객들 점프하는 장면, 좀더, 좀더…… 그래 거기."

DVD 편집조감독이 화면을 정지시켰다. 정지해놓고 보니 기괴한 장면이었다. 엇박자 D는 수많은 관객들 사이에서 우뚝 솟아올라 있었다. 사람들 머리 위로 그의 얼굴이 선명하게 보였다. 무대를 향해 환호하는 관객들 사이에서 그는 무표정하게 하늘로 솟구쳐올라 있었다. 2미터가 넘는 꺽다리도 아니고, 발밑에 스프링이 달린 것도 아닌데 그는 어떻게 그렇게 높이 뛰어올랐을까. 편집조감독이 물었다.

"왜요? 아는 사람이에요?"

"응, 옛날 친구야."

"친구가 높이뛰기 선수였어요? 엄청 높이 뛰어올랐네."

"일종의 착시현상이지. 화면 돌려봐."

편집조감독은 조그셔틀을 왼쪽으로 오른쪽으로 돌렸다. 도무지 무슨 소린지 모르겠다는 듯 고개를 왼쪽으로 오른쪽으로 돌렸다.

"아, 난 또 무슨 소린가 했네. 이 사람 엇박으로 뛰고 있네. 그런 거죠? 다른 사람들이 뛰어올랐다가 떨어지는 순간에 혼자 위로 뛰네. 높이뛰기가 아니라 널뛰기 선수였어요?"

"박자를 못 맞추는 거야."

"에이, 설마. 저렇게 일정하게 박자를 놓치는 사람이 어딨어요? 아니, 저 정도로 맞추려면 남다른 박자감각이 필요하겠는데요?"

편집조감독과 나는 촬영된 화면을 뒤져 엇박자 D가 등장하는 장면을 서너 개 더 찾아냈다. 모든 장면에서 그는 눈에 띄었다. 아닌게 아니라 그는 수많은 관객들을 상대로 널을 뛰고 있는 것 같았다. 편집조감독은 엇박자 D의 진지한 표정이 담긴 화면을 보고 무릎을 치며 한참 웃었다. 불쑥불쑥 머리를 내미는 그의 모습도 이상했지만, 입을 꽉 다문 채 솟아오르는 그의 진지한 표정은 오래된 코미디 영화의 이상한 주인공 같았다. 엇박자 D는 고등학교 때부터 눈썹이 짙기로 유명했는데 그 모습도 변함이 없었다. 언뜻 보면 두 개의 작고 검은 막대기가 오르락내리락하는 것처럼 보였다.

"저 아저씨 너무 웃기네. 인트로에 넣으면 재미있겠어요. 아예이번 공연 DVD 표지에 써볼까요? 카피는 이거 어때요? 엇박자세상을 뒤집기 위해 우리의 음악도 엇박자."

우리는 엇박자 D가 등장하는 또다른 화면이 없나 살펴보았지만 공연 후반부에서는 그의 모습을 찾을 수 없었다. 엇박자 D뿐아니라 많은 관객들이 공연장을 빠져나갔다. 공연 후반부가 좀지루하긴 했다. 여러 가지 이유가 있었지만 무엇보다 날씨가 너무 맑았다. 몽환적인 전자음악을 하는 밴드의 공연과 맑은 날씨는 어울리질 않는다. 비가 스산하게 내리거나 무더운 날씨였다면좋았겠지만, 공기는 상쾌했고 하늘은 높았고 햇볕도 따스했다.이렇게 맑은 날씨에 '황홀한 전기기타의 몽환적인 소리여, 너의파동으로 나의 뇌를 녹이고 싶구나' 따위의 생각을 할 리가 없다. 모든 관객의 뇌가 지극히 건강하고 말랑말랑하고 뽀송뽀송한상태였던 것이다. 공연장소를 바닷가로 정할 때부터 이미 비극은예정돼 있었다.

"바닷가에서 공연을 하는 거예요. 관객들은 음악과 파도 소리를 함께 듣는 거죠. 초강력 서라운드 입체음향이 부럽지 않을 겁니다. 이번 무대를 통해 공연문화의 새로운 경지를 열어 보이겠습니다"라고 기획안을 얘기했던 두 달 전에는 모두들 박수를 쳤지만, 지금은 박수 쳤던 손을 뒤로 숨겨야 하는 상황이 돼버렸다. 내 잘못도 아니고, 밴드의 잘못도 아니고, 관객들의 잘못도 아니다. 어차피 공연이란, 심지어 몽환적인 록밴드의 공연이란 진한 화장을 한 늙은 창녀 같은 이미지가 돼버린 지 오래였다.

"감독님, 어때요? 저 아저씨 사진, 표지로 쓸까요, 말까요?"

"응, 좋을 대로 해."

모니터에는 엇박자 D의 모습이 커다랗게 확대돼 있었다. 얼굴 여기저기에 주름이 생겼지만 표정만큼은 변함이 없었다. 그는 20년 전에도 저렇게 진지한 얼굴로 립싱크를 했었다.

엇박자 D와 나는 같은 고등학교를 다녔고, 같은 합창단에 있었다. 합창단이라는 이름이 붙어 있긴 했지만 애당초 제대로 된 합창은 불가능한 집단이었다. 합창단은, 학생의 개성을 신장하고 건전한 취미와 특수기능 및 민주적 생활 활동을 육성하기 위한 학교의 '특별활동' 중 하나였지만, 특별한 일이 생기지 않고서는 전혀 활동을 하지 않았다. 특별한 일이라는 건 1년에 한 번 있는 학교 축제가 전부였고, 그마저도 관심을 갖는 사람이 없었다. 노래를 부르는 사람도, 노래를 듣는 사람도, 그저 그러려니, 실수를 하면 하는가보다, 듣지 않으면 그런가보다, 돌을 던지면 던지는 가보다, 돌에 안 맞으면 잘못 던졌나보다, 노래를 한 곡만 부르면 힘든가보다, 그렇게 생각했다. 무관심이야말로 합창단의 모토라 할 만했다. 내가 합창단을 선택한 이유 역시 마찬가지였다. 누구도 신경쓰지 않는 특별활동을 하고 싶었고, 특별히 어떤 활동을 하고 싶은 생각이 전혀 없었다. 부모님은 이혼을 한 직후였고, 동생은 가출을 마치고 돌아온 후 또다른 가출을 준비하던 시기였고, 나 역시 가출에 버금갈 만한 인생의 파격을 찾고 있던 시기였다. 그런 상황에 처해 있는 고등학생에게 '합창'이라는 단어는 이상적이지만 불가능한 유토피아의 느낌이었다.

합창단 활동에 가장 열성적이었던 사람은 엇박자 D였다. 대부분의 아이들은 마지못해, 될 대로 되라는 심정으로 특활반 중의 하나를 선택했지만 그는 달랐다. 첫 모임에서부터 남달랐다. 혹시, 정말 혹시, 단장을 맡고 싶은 사람이 있냐는 음악선생의 질문에 그는 번쩍 손을 들었다. 너무나 진지한 얼굴이었기 때문에 음악선생과 나머지 아이들은 당황할 수밖에 없었다. 그래, 그럼, 네가 단장을 맡으면 되겠네, 뭐, 딱히 할 일은 없고, 축제 때 부를 노래의 악보를 복사하는 거랑, 그리고, 음, 뭐, 딴 일은 거의 없긴 하겠지만, 아무튼 네가 단장이 됐으니까…… 그래, 축하한다, 라는 선생의 축하말씀이 끝나자 그가 곧 입을 열었다.

"축제 때는 어떤 곡을 부르게 되나요?"

"그거야 지금 정하긴 힘들고, 다섯 달이나 남았으니까 앞으로 생각해봐야겠지."

"오늘은 그럼 어떤 곡을 연습하나요?"

"연습? 아, 그래, 연습. 오늘은 첫날이니까 자습을 하도록 하자."

"개인 노래연습을 하는 건가요?"

"자, 그럼 각자 공부해라. 중간고사 얼마 안 남았지? 노래연습하고 싶으면 밖에 나가서 해도 되고."

특별한 일이 없었기 때문에 우리는 음악실에 앉아 각자의 공부를 했다. 실망한 엇박자 D가 밖으로 나가서 노래연습을 했는지는 잘 기억나지 않는다. 아무도 엇박자 D를 신경쓰지 않았다. 음악선생은 첫날이니까 자습을 한다고 했지만, 다음주에도 그 다음주에도, 그리고 그 다음주에도 자습은 계속 이어졌다. 우리는 커다란 음악실에 앉아 영어단어를 외우고, 수학공식을 외우고, 세계의 지리를 외웠다. 합창단에 들어가면 아무런 활동도 하지 않고 열심히 공부를 할 수 있다는 사실을 엇박자 D 빼고는 모두 알고 있었다. 나는 음악실 의자의 보조책상에 엎드려 밀린 잠을 보충했다. 합창단이 연습을 시작한 것은 그로부터 4개월 후, 그러니까 축제 한 달 전이었다.

축제 때 부를 노래를 정하는 데는 1분도 걸리지 않았다. 누군가 그즈음 가장 인기 있던 발라드 곡을 추천했(다기보다 그냥 제목을 댔)고, 모두들 찬성했다. 어떤 노래였는지는 기억나지 않지만 합창을 하기엔 적절하지 않은 노래였다. 단순한 멜로디였고, 뭐 이런 노래를 부르는 데 여러 명이 뛰어들어야 하나 싶을 정도로 부르기 쉬운 노래였다. 우리는 노래를 정한 후 다시 자습에 몰두했다. 연습이 시작된 건 그 다음주였다. 지금도 첫 연습을 하던 그 순간이 생생하게 기억난다.

"자, 자, 쉬운 노래니까 딱 한 번만 맞춰보고 자습하자."

음악선생이 피아노 반주를 시작한 후, 우리는 엇박자 D의 진면목을 처음 알게 됐다. 그는 놀라울 정도의 박치이자 음치였다. 음악이 시작되고, 아이들은 모두 열심히 노래를 불렀다. 그러나 시간이 지나면서 아이들의 표정이 일그러지기 시작했다. 노래와 목소리 사이에서 뭔가 불길한 기운이 꿈틀거리고 있었다. 그 불길한 기운은 순식간에 아이들의 목소리를 집어삼켰다. 다섯 소절쯤 지나자 노래는 엉망진창이 되었다.

"야, 아무리 편안한 맛에 들어왔다지만 그래도 명색이 합창단인데 노래를 이렇게 못할 수가 있냐?"

음악선생은 반주를 멈추고 화를 냈다. 처음부터 다시 불러보았지만 불길한 기운은 사라지지 않았다. 세번째에야 선생님은 그 불길한 기운을 감지했다.

"잠깐, 이 목소리 누구야? 계속 불러봐."

음악선생은 세 줄로 서 있던 22명의 아이들 앞을 천천히 걸었다. 모두들 긴장했다. 내 노래실력이 합창을 망칠 정도는 아니라는 생각과 그래도 혹시 나일지도 모른다는 불안감이 아이들의 노래에 배어났다. 불안한 마음이 부르는 노래는, 이미 노래가 아니었다.

"단장, 이거 네 목소리 아냐? 모두 멈추고 단장 혼자 불러봐."

엇박자 D의 노래는 들어줄 만했다. 부드러운 느낌도 잘 살아 있었고, 박자도 이상하지 않았다. 음악선생은 고개를 갸웃거렸다. 뭔가 이상하긴 한데 어느 부분이 어느 정도로 이상한지, 고치려면 어떻게 해야 하는 것인지, 답을 말해줄 수가 없었던 것이다.

다시 합창을 시도해봤지만 결과는 마찬가지였다. 엇박자 D의 목소리만 들리면 아이들은 갈피를 잡지 못했고, 음은 뒤죽박죽이 됐으며 박자는 제멋대로 변했다. 그의 목소리는 전파력이 강한 바이러스였다. 음악선생은 엇박자 D에게 자진사퇴를 권했지만 그는 받아들이지 않았다. 축제 때 합창단에서 노래를 부를 것이라는 광고를 여러 곳에 해두었다는 것이 이유였다.

"좋아, 대신 넌 절대 소리내지 마. 그냥 입만 벙긋벙긋하는 거야. 알았지?"

아무리 생각해도 엇박자 D의 이름은 기억나지 않았다. 음악선생이 했던 말과 엇박자 D의 반응과 친구들의 속삭임도 생생하게 기억나는데, 이름만은 도무지 기억나지 않았다. 가끔 고등학교 때 친구들을 만나 엇박자 D의 이야기를 한 적도 있지만 그의 이름이 혀끝에 오르내린 적은 한 번도 없었다. 하지만 D라는 문자는 그와 잘 어울린다고 생각해왔다. D라는 것이 그의 이름 이니셜인지, 아니면 그가 D음만을 고집했기 때문인지, 아니면 또다른 이유 때문이었는지는 기억나지 않지만, D라는 문자를 보고 있으면 곧 쓰러질 것 같은 위태로움이 감지되고, 언제나 아슬아슬한 느낌이 들었다. 어찌됐건 우리는 엇박자 D의 이야기를 자주 했다. 재미있는 추억거리였고, '엇박자 디'라고 발음할 때의 이상한 쾌감도 좋았다. 그의 이름이 거론되면 대개 첫 연습 때 그가 보여준 놀라운 엇박에 대한 감탄이 이야기의 반 이상을 차지했다.

엇박자 D에게서 연락이 온 것은 공연 DVD가 발매되고 2주일이 지나서였다. 처음에는 전화를 받지 않으려고 했다. "고등학교 때 친구인데, 엇박자 D라고 하면 아실 거라는데요?"라는 메시지를 들었을 때 가장 먼저 든 감정은 불편함이었다. 이유는 여러 가지였다. 첫째, 그와 내가 그렇게 친한 사이가 아니었고, 둘째, 그는 DVD 표지에 실린 자신의 사진 이야기와 공연에 대한 이야기를 할 게 분명하며, 셋째, 내게 무언가 부탁을 할지도 모른다는 강한 예감이 들었기 때문이다. 나이 마흔이 가까워지면, 뭔가 부탁할 일이 있을 때 말고는 전화를 걸지 않게 마련이다. 나이 마흔이 가까워지면 다른 사람에게 뭔가 부탁해야 할 일이 많아지는 것인지도 모르겠다. 전화를 받지 않을 수 있는 핑곗거리를 찾고 있는 사이 전화가 넘어와버렸다.

"나 기억나지? 고등학교 때 엇박자 D라고 불렸는데……"

기억난다고 하는 게 좋을지, 기억나지 않는다고 하는 게 유리할지 알 수 없었다. 기억난다고 하면 바로 본론으로 들어갈 것이고, 기억나지 않는다고 하면 얘기가 길어질 것이다. 짧은 게 낫다.

"어, 그럼, 기억나지. 진짜 오랜만이다. 20년 만인가? 어쩐 일이야, 전화를 다 주고?"

"얼마 전에 네가 기획한 공연 있잖아. 그 DVD 표지에 내 얼굴이 나왔잖아. 난 줄 알고 그 사진을 쓴 거 아냐? 넌 몰랐어?"

공연 이야기는 별로 하고 싶지 않았다. DVD 편집조감독이 엇박자 D를 표지로 쓸 것인지 물었을 때 그러지 말자고 말했어야 했다.

"아, 그게 너였어? 난 몰랐지. DVD 제작은 다른 팀에서 도맡아 하거든."

"그 공연이 너무 좋아서 DVD로 소장하려고 사러 갔는데 표지에 내 얼굴이 박혀 있는 거야. 내가 얼마나 놀랐는지 알아?"

그 공연이 너무 좋았다고? 그런데 왜, 공연 중간에 빠져나간 거야? 라는 말이 나올 뻔했지만, 얘기가 길어지는 건 싫었다.

"아, 그랬구나. 놀랐겠다. 잘은 모르겠지만 그런 사진을 쓰려면 당사자한테 허락받고 그래야 하는 거 아닌가?"

혹시, 네가 원하는 게 이런 거였어? 뭔가 대가를 원하는 거야? 왜 허락도 없이 내 사진을 함부로 쓴 거야? 이런 얘길 하고 싶은 거야?

"허락은 무슨…… 난 그냥 신기해서…… 그런 좋은 공연 DVD 표지에 내 사진이 실린 것만 해도 감사한 일이지."

얼굴을 보지 않고 말하는 건 이래서 싫다. 상대방의 진짜 마음을 알 수 없다. 눈빛의 흔들림이나 미묘한 입가의 흔들림을 보지 않고선 상대방이 어떤 속임수를 쓰는지 알 수 없다. 나는 그가 본론을 꺼내길 기다릴 수밖에 없었다.

"너한테 부탁을 하나 하고 싶은데, 어려운 건 아니야."

그럼 그렇지. 그럴 줄 알았다. 역시 나이는 허투루 먹는 게 아니다.

"무슨 부탁인데?"

"만나서 이야기하면 안 될까? 오랜만에 얼굴이나 보면서 이야기하자."

"내가 요즘 좀 정신이 없어. 새로운 공연 준비도 해야 되고, 이것저것 걸려 있는 일도 많고…… 전화로는 안 돼?"

"바쁘구나. 안 될 건 없는데 너한테 소개시켜주고 싶은 사람도 있고, 같이 얘기하면 좋을 것 같아서 그랬지."

"누굴 소개시켜줘?"

"공연기획 많이 했으니까 너도 알지 모르겠다. '더블더빙'(2*dubbing)이라는 그룹의 리더인데, 요즘 공연을 준비하고 있어. 그런데 나하고……"

그 뒤의 말은 잘 들리지 않았다. 더블더빙이라는 단어를 듣자마자 주변의 모든 영상과 소리가 일시정지됐다. 더블더빙은 음악계의 떠오르는 샛별이었다. 아직까지 단 한 차례의 공연도 하지 않았지만 음악적으로 완벽에 가깝다는 찬사를 받는 그룹이었다. 나 역시 더블더빙을 좋아했고, 특히 두번째 앨범은 '내 인생 최고의 앨범 베스트 10' 중 하나다.

"더블더빙이란 그룹 알아?"

"응, 노래 몇 곡은 들어봤지. 그럼 겸사겸사 오랜만에 얼굴이나 한번 볼까. 넌 언제가 괜찮아?"

엇박자 D는 아마 나의 진심을 눈치챘을 것이다. 더블더빙이라는 단어 때문에 내 마음이 바뀌었다는 사실을 알아차렸을 것이다. 그래도 상관없었다. 더블더빙을 볼 수 있다면 그쯤은 들켜도 괜찮다는 생각이 들었다.

다음날, 저녁약속에 입고 나갈 옷을 고르는 데 한 시간이나 걸렸다. 어떤 옷은 아무렇게나 입은 듯 가벼워 보였고, 어떤 옷은 너무 꾸민 티가 났다. 음악을 들어보긴 했지만 아주 잘 알거나 좋아하는 그룹은 아니라서 이 정도만 신경썼어요, 라는 느낌이 들 만한, 아무렇게나 입고 나왔지만 옷 입는 센스가 아주 없는 사람은 아니에요, 라는 느낌이 들 만한 옷을 고르기가 쉽지 않았다. 나는 약속장소에 10분 늦게 도착했다. 부러 그런 것이었다. 두 사람은 이미 도착해 이야기를 나누고 있었다. 엇박자 D는 나를 소개했다.

"이쪽은 내 고등학교 친구이자 능력 있는 공연기획자 K씨고, 이쪽은 그룹 더블더빙의 리더인, 이더빙씨. 그런데 이더빙이 뭐냐, 다른 이름으로 좀 바꿔라."

"아닙니다, 이더빙씨. 왜 그래, 부르기도 좋고 귀에 쏙쏙 박히는 이름인데. 이름 괜찮으니까 걱정 마세요. 하하."

만난 지 5분밖에 지나지 않았지만 두 사람이 친하다는 것을 알 수 있었다. 이더빙과 엇박자 D는 10년 정도의 나이차가 있었지만 이미 나이를 뛰어넘은 사이인 것 같았다. 눈빛으로 알 수 있었다. 두 사람의 눈빛은 보이지 않는 얇은 선으로 연결돼 있었고, 그 선은 나의 접근을 막는 철조망 같은 것이기도 했다. 조금 불쾌하기도 했지만 어쩔 수 없는 일이었다. 이더빙과는 처음 만나는 사이였고, 엇박자 D와는 20년 만에 만나는 것이니 어색하지 않

다면 그게 더 이상한 일이다. 나는 분위기를 주도하기로 마음먹
었다.

"이 친구 고등학교 때 별명이 뭔지 아시죠? 얘기 안 하던가요?
우린 다 엇박자 D라고 불렀어요. 그땐 참 대단했는데 말야. 네가
입만 열면 사람들이 모두 박자감각을 잃어버렸잖아. 신기했어.
박자의 블랙홀, 사라진 음정을 찾아서, 그런 농담들을 했잖아. 지
금도 그 박자감각은 여전하지? 난 가끔 너의 엇박자가 그립기도
하더라고."

"그랬어요? 야, 신기하네. 노래 되게 잘하시던데……"

"잘하죠. 잘하는데, 문제는 혼자 따로 논다는 거예요. 원, 음정
과 박자에 그렇게 사교성이 없어서야 어디 사회생활 하겠어요?
안 그래요? 하하하."

"저도 노래를 같이 한번 불러봐야겠는데요. 제 음정과 박자도
어디론가 사라지는지."

"이더빙씨, 조심하세요. 음악계의 샛별이 유성으로 변할지도
모릅니다. 가수생활 종치시려거든 한번 도전해보시고…… 하하
하."

엇박자 D는 말이 없었다. 조용히 우리의 이야기를 듣고 있었
다. 크게 웃지도 않았고 기분 나쁜 내색도 하지 않았다. 내가 주
도할 수 있는 분위기는 거기까지였다. 하루 종일 20년 전의 이야

기만 할 수는 없으니까.

엇박자 D의 눈치가 보이기도 했다. 그가 웃지 않으니 농담을 계속할 수 없었다. 20년이라는 시간은 사람을 완전히 뒤바꿔놓을 수 있는 기다란 선이다. 그가 어떻게 변했는지, 어떤 사람이 되었는지 알 수 없었다. 우리는 함께 밥을 먹었고, 엇박자 D와 이더빙이 주로 이야기를 했다. 공연에 대한 이야기, 새로 발매할 음반에 대한 이야기 등 주로 이더빙에 관한 것이었다. 나도 가끔 이야기에 끼어들었지만 두 사람이 쳐놓은 눈빛들의 선을 쉽게 뛰어넘을 수는 없었다.

"너한테 부탁하고 싶은 게 뭐냐 하면, 이번 공연 컨설팅을 좀 해줄 수 있겠어?"

디저트를 먹고 있을 때 엇박자 D가 이야기를 꺼냈다. 나의 예상과는 달랐다. 내가 예상했던 이야기는 두 가지였다. 첫째, 싼 값에 공연기획을 해줄 수 있겠느냐, 둘째, 아예 공짜로 공연기획을 해줄 수 있겠느냐. 두 가지 이야기에 대한 답변도 준비해두었다. '어려운 부탁이긴 하지만 마지못해, 너니까, 너는 나의 고등학교 친구니까, 오케이'였다. 더블더빙과의 공연은 B급 기획자에서 A급 기획자로 올라설 발판이 될 수 있었다. 공연기획을 시작한 지 10년이 됐지만 아직까지 큰 공연을 해본 적이 없었다. 나쁜 이력이었다고 생각하지는 않지만 그 어디에도 특별한 방점이 찍힐 만한 곳은 없었다. 더블더빙과의 공연을 성공적으로 끝 낸다면 나를 원하는 아티스트들이 줄을 설 것이며 그때부터는 정 말 멋진 공연을 만들 수 있을 것이다. 옷을 고르고 식당으로 오면 서 그런 생각에 빠져 있었다.

"컨설팅이라니? 공연기획은 누구한테 맡겼는데?"

"응, 그게, 내가 한번 해보려고⋯⋯"

엇박자 D의 말에는 나지막한 자신감이 있었다.

"네가? 네가 기획을 한다고? 너, 공연기획을 공부했어?"

"아니, 전혀. 공연 보는 걸 좋아하지만 아무것도 몰라. 근처에 도 가본 일이 없어. 그러니까 너한테 컨설팅을 부탁하는 거지."

"도전의식이 멋지긴 한데, 그게, 아무나 할 수 있는 일이 아니 란다. 내가 10년 동안 공연기획을 하면서 뭘 배웠는지 알아? 아, 이건 슈퍼맨만이 할 수 있는 일이구나, 어쭙잖게 흉내만 내다가 는 힘들게 음악을 만든 아티스트를 엿먹이는 거구나. 그냥 나 같 은 전문가한테 맡겨. 왜 그렇게 사회성이 없니. 친구를 써먹으란 말야. 내가 친구한테 장사하겠냐? 친구 부탁이면 돈 안 받고도 할 수 있어."

"왜 그래요, 이 형 감각 있어요."

"이더빙씨, 그게 감각으로 할 수 있는 일이었으면 전 이미 신 의 경지에 올라섰을 거예요. 감동을 이끌어내는 감성, 소리를 들을 줄 아는 귀, 스태프를 관리하는 카리스마, 마케팅 능력, 언제 있을지 모르는 사고에 대처하는 순발력, 등등등등등, 그 모든 걸 다 잘해야 합니다."

"네 얘길 들으니 겁나기도 하네. 알았어. 그럼, 좀더 생각해보고 다시 얘기하자."

엇박자 D가 대화에서 한발 빠지니 마음이 더욱 조급해졌다. 왜 나에게 공연기획을 맡기지 않는 것인지 알 길이 없었다. 공짜로 해주겠다는데도 그의 마음은 움직이지 않았다.

엇박자 D와의 만남은 아무런 성과 없이 끝났다. 집으로 돌아오는 길에 나는 화가 나 있었다. 무엇 때문에 화가 나는지 이유를 알 수 없었다. 엇박자 D는 나에게 아무런 잘못도 하지 않았지만 20년 만에 나타난 그가 싫어졌다. 나는 빈집에 들어가 혼자서 새벽 4시까지 술을 마셨다. 잠이 들 때에는 40이라는 나이가 조금 무겁게 느껴졌다.

엇박자 D를 다시 만난 것은 3일 후였다. 그가 사무실로 나를 찾아왔다. 만나자는 연락이 왔을 때 나는 내 사무실에서 보자고 했다. 내가 일하는 모습을 보여주면 그의 마음이 바뀔지도 모른다는 생각 때문이었다. 책상을 조금 지저분하게 만들었고 바닥에다 공연기획 보고서를 높게 쌓아놓았고 아이디어 회의 때 만들었던 회의록도 펼쳐두었다. 내 사무실은 엇박자 D를 설득하기 위한 무대가 되었다.

"사무실이 너무 지저분하지? 밖에서 보면 좋겠지만 내가 자리를 비울 수가 없어서 말야. 그리고 요즘은 조용히 얘기할 만한 카페가 없잖아. 엉터리 노래들이 카페를 장악해버렸어."

엇박자 D는 사무실을 둘러보았다. 내가 준비해둔 무대장치들이 그의 눈길을 사로잡았다. 나는 책상 위에 펼쳐두었던 책을 한쪽에다 쌓고 소파 쪽으로 그를 안내했다. 나는 어떻게 말해야 하고 어떻게 행동해야 하고 무대의 어디에서 어디로 움직여야 하는지를 모두 잘 아는, 뛰어난 배우였다.

"무성영화 전공했다고 했지? 지금은 강의 나가고 있어?"

나는 그의 이야기에서부터 시작했다. 네 전공이 뭐야? 공연기획은 아니잖아? 그런데 왜 공연기획을 하려고 하는 거야? 그런 이야기를 하고 싶었던 것이다. 지난번 저녁식사 때 그가 대학원에서 무성영화를 공부했다는 이야기를 듣고는 그와 잘 어울린다는 생각을 했다. 침묵의 영상에는 박자나 음정이 필요 없을 테니까.

"강의 몇 군데 나가고 여기저기 글 쓰고, 영화잡지 편집위원 같은 것도 해. 그래봤자 돈 되는 일은 별로 없지."

"공연기획도 마찬가지야. 한 3, 4개월 빡세게 준비해도 공연 끝나고 나면 남는 게 없어. 겨우 먹고사는 정도지. 나이 마흔이 됐는데 아직도 이 모양이다."

266

"그래도 너 정도면 자리는 잡은 거 아냐?"

"자리? 이 자리? 이 소파 크기가 딱 내 자리겠다. 이렇게 안락한 소파를 차지하는 것도 쉬운 일이 아니긴 하지만 이게 내 전부라고."

그렇게 말하고 보니 초라했다. 엇박자 D에게서 더블더빙의 공연을 빼앗아오겠다는 목적으로 꺼낸 말이 아니었다. 그 말은 진심이었다.

"고등학교 때 축제 기억나지? 우리 합창했던 때."

엇박자 D가 축제 얘기를 먼저 꺼낼 줄은 몰랐다. 축제 때의 공연 이후 친구들은 엇박자 D가 목을 매고 죽으면 어떡하나 걱정했다. 모르긴 몰라도 축제일은 그의 인생 중 가장 수치스러운 날 중 하루였을 것이다. 공연을 위해 영어단어와 수학공식과 세계사 연표만 열심히 외운 상태였으니 우리의 실력도 별달리 나을 게 없었지만, 엇박자 D는 대형사고를 치고 말았다. 1절까지는 무난한 공연이었다. 야외공연장에서 펼쳐진 우리의 공연을 보기 위해 무려 50명 정도의 학생과 몇몇 어른들이 운집했고, 우리는 열심히 노래를 불렀다. 열심히 불러서 빨리 해치우자는 심정이었다. 1절까지는 엇박자 D도 열심히 립싱크를 해주었다. 간주가 시작되고 2절이 시작되려고 할 때, 갑자기 엇박자 D의 목소리가 들렸다. 그가 노래를 부르기 시작한 것이다. 그것도 반박자 빨리. 그 순간부터 모든 게 헝클어졌다. 아이들은 우왕좌왕했고, 지휘를 하던 음악선생은 눈을 크게 뜨고 엇박자 D를 바라보면서 노래를 그만 부르라는 신호를 보냈다. 하지만 엇박자 D는 눈을 꼭 감은 채 열심히 노래를 불렀다. 합창에 관심 없던 주위 사람들이 공연장 앞으로 몰려들었고 엉망진창 노래를 들은 관객들은 우리의 노랫소리보다 더 크게 웃었다. 화가 난 음악선생은 반주를 멈추게 했다. 아이들도 노래를 멈췄다. 하지만 눈을 감은 엇박자 D는 멈추지 않았다. 음악선생이 그에게 다가가 뺨을 후려쳤다. "야 이 새끼야, 부르지 말란 말이야. 입 다물어, 입 다물어!" "입 다물어"에 리듬을 맞춰 뺨따귀를 두 대 더 올려붙인 음악선생은 화를 삭이지 못하고 무대 뒤로 사라졌고, 우리들도 무대를 내려왔다. 서 있을 이유가 없었다. 엇박자 D 혼자 무대에 서 있었다.

"기억나지. 그걸 어떻게 잊겠어."

"나 그때까지 시디를 한 300장쯤 모았는데 축제 다음날 다 갖다버렸어. 방에서 하루 종일 플라스틱 케이스에서 시디를 한 장 한 장 뽑아냈어. 그걸 쓰레기봉투에 담아서 버리고 나니까 속이 시원하더라. 나 이 얘기 처음 하는 거야."

"그런데 그때는 왜 노래를 불렀던 거야?"

"너무 창피했어. 사람들이 보는 데서 입만 벙긋벙긋하고 있으려니 도저히 참을 수가 없었어. 간주가 들릴 때쯤 갑자기 자신감이 생기더라. 아주 작은 소리로 부른다면 아무도 모를 거야. 내 귀에만 들리게, 아주 작은 소리로, 조그맣게 부르면 괜찮을 거야, 그런 생각이 들었어."

"너 자신의 정체를 파악하지 못했구나."

"내 정체? 그래, 내 정체를 몰랐지. 대학을 졸업할 때까지 음악을 전혀 듣지 않았어. 물론 노래도 부르지 않았고…… 의식적으로 귀를 닫으니까 그 어떤 음악도 들리지 않더라. 신기한 일이지."

"그런데 공연기획을 하겠다고?"

"무성영화 본 적 있어?"

"봤지. 찰리 채플린."

"초창기 무성영화를 보면 아주 재미있는 게 많아. 무성영화 포르노 본 적 없지? 남녀가 섹스를 하는데 소리는 전혀 들리지 않아. 보는 내내 어떤 신음소리가 들리는 것 같긴 한데, 그게 실제 나는 소리는 아닌 거지. 말하자면 환청 같은 게 들려. 당시 사람들은 도대체 무성영화 포르노를 보면서 어떤 생각을 했을까? 내가 제일 재미있게 봤던 무성영화는 〈소리의 전시회〉라는 작품이었어. 카메라가 계속 철길을 찍는 거야. 철길이 이어졌다 끊어졌다 휘어졌다 없어졌다 하는데 화면 자체가 일종의 소리인 거지."

"하하, 나한테 영화강의 하냐? 무성영화 포르노는 재미있긴 하겠다."

"그 작품이 내 인생의 다른 길을 열어줬다는 얘길 하고 싶었어."

"그래서 전국의 철길이라도 찍었다는 거야?"

"대학원에 다닐 때 나만의 프로젝트를 시작했지. 다른 친구들은 단편영화를 만들었지만 난 노래를 녹음했어. 사람들의 노래."

"공연장의 음악 같은 거 말야?"

"아니, 무반주 노래들이지. 그 영화를 여러 번 보고 나니까 갑자기 음치들에 대한 연구를 하고 싶더라. 음치들의 다큐멘터리 같은 걸 만들어보고 싶었어."

"나는 음치라네, 노래부르고 다니는 것도 아닌데 음치를 어떻게 찾아?"

"쉽진 않았지. 주위 사람들에게 물어보기도 했고 노래방 아르바이트를 하면서 방마다 귀를 들이대기도 했어. 그렇게 음치들을 찾아내면 무반주로 부르는 노래를 녹음했어. 웃기는 게 뭔지 알아? 나는 음악선생에게 맞기 전까지 단 한 번도 내가 음치라고 생각해본 적이 없었어. 그런데 대부분의 음치들은 자신이 음치라고 생각하더라. 자신이 알아낸 게 아니고 들어서 아는 거지. 평생 그렇게 세뇌를 당하는 거야. 나는 음치다, 나는 음치다."

엇박자 D의 이야기를 들을수록 마음이 불편했다. 너무 오래된 이야기이기 때문인지, 아니면 엇박자 D의 인생역정 출연진에 내가 포함돼 있기 때문인지 알 수 없었다. 듣고 싶지 않은 이야기였다. 많은 시간이 지났다. 그때 엇박자 D를 때렸던 음악선생은 대가를 톡톡히 치렀지만, 어쩌면 옆에 있던 우리들도 그의 뺨을 함께 때렸던 것인지도 모르겠다. 그랬다면 미안한 일이다. 기억이 잘 나지 않는다. 미안한 마음을 느끼기엔 시간이 너무 많이 지났다.

"공연기획을 하고 싶어하는 이유는 뭐야?"

"짧게 말하자면, 내가 음치가 아니란 걸 보여주고 싶은 거야."

"음치가 아니란 걸 보여주면 뭐가 달라지는데? 숙제가 해결되기라도 해?"

"글쎄, 그건 해봐야 알겠지."

나는 엇박자 D를 도와주기로 했다. 이유는 여러 가지였다. 첫째, 엇박자 D가 다른 기획사를 찾아가는 걸 막기 위해서였고, 둘째, 공연 스태프 선정이나 음향, 장비, 무대 세팅 같은 기술적인 부분을 나에게 일임했기 때문이고, 셋째, 실패에 대한 부담감이 전혀 없었기 때문이다. 공연이 성공한다면 내 몫의 이름값을 충분히 챙길 수 있었고, 실패했을 때는 아무런 책임도 질 필요가 없었다. 괜찮은 흥정이었다. 나로서는 좋은 기회였다. 엇박자 D에 대한 알 수 없는 미안함도 조금은 있었을까.

총괄 프로듀서는 엇박자 D였고, 나는 무대매니저 겸 보조프로듀서 역할을 했다. 예술적인 부분은 엇박자 D가, 기술적인 부분은 내가 책임지는 것이긴 하지만 기술적인 부분에 대해서는 책임질 필요가 전혀 없었다. 공연 실패의 가장 큰 원인은 기술적인 부분이 아니라 콘셉트나 공연 스토리일 경우가 대부분이다. 음향사고나 조명사고가 발생하긴 하지만 그건 그저 작은 에피소드에 불과하다. 커다란 이야기가 감동적이라면 사소한 에피소드의 결함은 드러나지 않는다.

엇박자 D는 생각보다 일을 잘했다. 내 도움이 컸지만 내가 예상했던 것보다 감각이 뛰어났고 순발력도 좋았다. 엇박자 D와 일을 하면서 공연기획 일에 처음 뛰어들었던 10년 전이 떠올랐다. 총감독 밑에서 욕을 먹어가며 일을 배웠던 시절이었다. 그때는 모든 게 전쟁이었다. 나는 실수를 하지 않기 위해, 총감독에게 인정받기 위해 하루 20시간씩 일을 했다. 공연을 준비할 때면 그 음악을 이해하기 위해 24시간 내내 같은 가수의 노래만 들었다. 그래도 질리지 않았다. 들으면 들을수록 새로운 아이디어가 떠올랐다. 꿈속에서도 공연 아이디어를 생각했다. 3년 만에 보조프로듀서가 됐을 때 모든 사람들이 놀랐다. 나는 놀라지 않았다. 그후 5년 만에 프로듀서가 됐을 때 사람들은 다시 놀랐다. 나는 놀라지 않았다. 당연한 결과였다. 엇박자 D와 일하면서 보조프로듀서 시절의 나로 돌아간 듯한 느낌이었다. 역할은 그때와 같았지만 이제는 긴장하지 않았다. 오히려 일을 즐기고 있었다. 보조프로듀서 역할이기 때문인지, 아니면 아무런 책임도 지지 않는다는 편안함 때문인지는 알 수 없었지만 일이 힘들지 않았다. 어쩌면 나란 인간은 리더보다는 잔소리꾼 같은 2인자 역할이 더 맞는 게 아닌가 싶은 생각이 들 정도였다.

공연의 큰 주제는 '더블더빙과 무성영화의 만남'이었다. 엇박자 D가 공연의 큰 줄거리를 만들어왔을 때 솔직히 조금 놀랐다. 완벽하지는 않았지만 새로웠다. 10년 동안 공연기획을 해왔지만 지금껏 보지 못한 새로운 공연이 될 것 같았다. 여러 가지 음악이 혼재돼 있는 더블더빙의 노래에다 무성영화의 여러 장면을 덧붙인다는 것도 새로웠고, 디제이가 무성영화의 배경음악을 리믹스해서 새로운 음악으로 만들어내는 아이디어도 좋았다. 연주자들이 무성영화에 등장하는 배우처럼 움직이고, 배경음악에 맞춰 무대 위를 돌아다니는 퍼포먼스도 재미있을 것 같았다. 짧은 무성영화를 틀어놓고 더블더빙이 영상에 맞는 새로운 음악을 만들자는 아이디어도 있었다. 무엇보다 더블더빙의 음악과 무성영화가 잘 어울렸다. 더블더빙의 음악이나 무성영화 중 한쪽이 강하다면 문제가 생기겠지만 두 요소의 균형이 좋았다. 엇박자 D가 무성영화와 더블더빙의 음악 모두를 잘 이해하고 있기 때문에 가능한 작업이었다.

"네가 없었다면 불가능한 일이었어."

엇박자 D의 칭찬이 기분 나쁘지는 않았다. 사실이기도 했다. 나 역시 일을 잘했다. 공연에 대한 것이라면 모든 것을 알고 있었으니 그 어떤 일이 닥쳐도 문제될 것이 없었다. 나는 그 어느 때보다 부드럽게 모든 일을 처리했다. 엇박자 D와 나는 잘 맞는 파트너였다. 공연 일주일 전 사운드디자인을 체크하던 엇박자 D가 얘기를 꺼냈다.

"하나만 더 부탁해도 될까?"

"겁나게 또 무슨 부탁이야."

"초대하고 싶은 사람이 있는데 네가 연락을 해줄 수 있을까?"

"누군데 내가 연락을 해?"

"고등학교 때 친구들. 합창단에서 함께 노래했던 그 친구들을 초대하고 싶어. 내가 연락하긴 좀 뭣해서 말야. 넌 지금도 연락하는 친구들이 있잖아."

그렇긴 했다. 나의 필요에 의해서이긴 했지만 고등학교 때 친구들 중 서너 명과는 연락을 하고 있었다. 엇박자 D와 있었던 일을 생각한다면 초대하지 않는 게 나을지도 몰랐다. 좋은 기억이 아니었고, 그들이 엇박자 D를 다시 만나고 싶어할지도 알 수 없는 일이었다. 하지만 나로서는 생색을 내기에 적당한 시점이었다. 친구들로부터 "공연기획 한다면서 어떻게 초대장 한 장을 안 보내냐'는 소리를 곧잘 듣곤 했었다.

"그래. 좋은 생각이다. 20년 만에 전설의 합창단이 재회하겠네. 내가 몇 명 연락처를 아니까 얼추 선이 다 닿을 거야. 다 모일지는 모르겠지만."

연락을 하면서 새로운 사실을 많이 알게 됐다. 고등학교 2학년 때의 합창단에 있던 20명 중 한 명은 2년 전에 죽었다. 교통사고라고 했다. 친한 친구가 아니었기 때문에 소식조차 몰랐다. 한 명은 현재 암 투병중이라고 했다. 간암이라고 했고, 6개월을 넘기지 못할지도 모른다고 했다. 이름이 잘 기억나지 않는 친구였다. 연락을 할까 말까 망설였다. 망설이다 연락을 했더니 눈물을 흘리면서 꼭 오겠다고 했다. 외국으로 출장간 친구가 1명 있었고, 이민간 친구가 2명, 연락이 닿지 않는 친구가 3명 있었다. 나머지는 모두 오겠다고 했다. 13명이 모이는 셈이다.

전화통화를 하면서 고등학교 때의 얼굴들을 떠올려보았지만 전혀 기억나지 않았다. 모든 사실이 가물가물했다. 기억날 리가 없었다. 같은 반이었던 친구는 많지 않았고, 함께 노래를 열심히 불렀던 것도 아니고, 함께 모여 각자의 공부만 열심히 했으니 기억나지 않는 게 당연하다. 나는 친구들에게 공연장 앞쪽의 좋은 좌석을 주었다.

공연은 반응이 좋았다. 공연 3일 전에 모든 표가 팔렸다. 이례적인 일이었기 때문에 방송국에서 취재를 오기도 했다. 공연 준비 모습을 카메라에 담는 짧은 취재였지만 취재기자를 꼬드겨 인터뷰도 했다.

"가수들은 투정을 부립니다. 이제 아무도 음반을 사지 않는다고, 음악은 죽었다고, 죽는소리를 합니다. 하지만 음악의 미래는 음반에 있는 것이 아닙니다. 사람들을 공연장으로 오게 해야 합니다. 음반은 공짜로 들을 수 있겠지만 공연은 공짜로 볼 수 없습니다. 이곳에서 새로운 음악이 시작돼야 합니다"라는 내 말이 전국방송을 탔다. 화면의 내 이름 앞에는 '더블더빙의 첫번째 공연을 기획한'이라는 수식어가 달려 있었다. 잘못된 표현이었지만 굳이 바로잡을 필요는 없었다. 공연이 성공적으로 끝나고 나면, 수많은 아티스트들이 나를 찾을 것이다. 나는 공연 전날까지 사운드 시스템과 조명 시스템을 꼼꼼하게 몇 번씩 확인했다. 내 인생의 중요한 순간이 지나가고 있었다. 기대와 긴장이 팽팽하게 몸을 잡아당겼다.

공연 당일, 공연을 두 시간 앞두고 엇박자 D와 나는 무대에 걸터앉아 커피를 마셨다. 모든 준비가 끝났다. 드라이 리허설도 끝났고, 카메라 리허설도 끝났다. 텅 빈 의자들이 우리를 바라보고 있었다.

"떨린다. 공연을 한다는 게 이런 느낌이구나. 이제 곧 시작되겠지."

"걱정 마. 오늘은 역사적인 밤이 될 거야. 누구도 상상하지 못했던 새로운 공연이 시작될 거야."

엇박자 D와 나는 파이팅을 외치고 마지막 점검을 했다. 무대 뒤쪽에서 바쁘게 움직이다보면 1시간이 1초처럼 지나간다. 똑, 그리고 딱, 하더니 공연장이 관객으로 가득 찼다. 무대 뒤쪽에서는 사람들의 웅성거리는 소리가 파도 소리처럼 들린다. 관객들은 이제 곧 커다란 해일이 되어 공연장을 삼켜버릴 것이다. 커튼 사이로 관객석을 보았더니 빈틈이 보이질 않았다. 연신 카메라 플래시가 터졌고, 몇몇 팬들은 소리를 질러댔다. 그들도 긴장하고 있었다. 공연장의 불이 꺼지자 관객들의 파도 소리가 잔잔해졌다. 시작은 짧은 무성영화였다. 한 남자가 기찻길에 누워 자살을 시도하고 있다. 남자는 양복을 입고 있었다. 기차는 오지 않았다. 남자는 일어났다. 그리고 다시 누웠다. 누워 있는 자세가 어쩐지 불편해 보인다. 남자는 자세를 바꾸고 다시 누웠다. 다음날 남자가 다시 나타났다. 이번엔 베개를 들고 나타났다. 베개를 기찻길에 놓고 누웠다. 다음날엔 담요를 들고 나타났다. 그리고 그 다음날엔 오두막집을 한 채 이고 나타났다. 남자는 오두막집을 기찻길 위에 올려두었다. 오두막집 속에서 불이 켜졌다. 불이 꺼지는 순간 멀리서 기차가 오는 게 보였다. 기차가 조금씩 다가오고 있었다. 기차가 거의 다가왔을 무렵 오두막집의 불이 켜졌다. 그리고, 충돌 직전, 빵, 기타 소리가 터졌다.

"와!"

공연장의 조명이 번쩍이며 더블더빙이 나타나자 한 차례 해일이 일었다. 내가 봐도 드라마틱한 시작이었다. 흑백 무성영화가 영사되던 스크린을 찢고 더블더빙의 멤버들이 나타난 것이다. 그들은 오두막집으로 돌진하던 기차가 되어 관객들 앞으로 뛰쳐나왔다. 더블더빙의 음악은 대단했다. 음반으로 듣던 것보다, 리허설 때 들었던 것보다 10배 정도는 강력한 음악이었다. 그들의 음악을 어떤 장르라고 규정하긴 힘들었지만 모든 사람들이 넋을 잃어가고 있었다. 록보다 강렬했고, 재즈보다 자유로웠으며, 클래식보다 품위 있었고, 훵크보다 리드미컬했다. 첫번째 공연이라는 것이 믿어지지 않을 정도로 더블더빙은 능수능란하게 공연을 진행했다. 엇박자 D의 스토리보드가 그만큼 꼼꼼했다는 이야기일 수도 있다.

관객들이 가장 즐거워했던 순간은 무성영화의 장면에 맞춰 더블더빙이 연주를 할 때였다. 〈재채기〉라는 아주 짧은 무성영화였다. 영화가 시작되면 한 여자의 커다란 얼굴이 나타난다. 여자는 코가 간지럽다. 재채기가 나오려고 한다. 참아보지만 쉽지가 않다. 내용은 그게 전부다. 재채기가 나올까 말까 하는 장면에 맞춰 더블더빙이 재미난 연주를 들려줬다. 관객들은 무성영화를 보며 한번 웃고, 더블더빙의 연주를 들으며 또 한번 웃었다. 여자의 찡그린 얼굴과 더블더빙이 들려주는 음악은 묘하게 리듬이 맞질 않았다. 정확하게 딱딱 들어맞는 게 아니라 조금씩 엇박자였다. 관객들은 그걸 더 재미있어 하는 것 같았다. 더블더빙이 엇박자 D를 위해 이런 음악을 만든 것은 아니겠지만 마치 그에게 바치는 노래 같다는 생각이 들었다. '엇박자 D를 위한 엇박자 연주곡.'

공연이 끝났지만 관객들은 돌아갈 생각을 하지 않았다. 모두 앙코르를 외치고 있었다. 물론 앙코르 곡을 준비해두었다. 더블더빙이 다시 나타났고, 모든 조명이 꺼졌다. 관객들의 소리도 어둠 속으로 가라앉았다. 여러 가지 소리들이 하나의 기다랗고 평평한 일직선으로 변했다. 어디선가 음악소리가 들렸다. 음악소리는 너무 작아서 거의 들리지 않았다. 시나리오대로라면 그들의 최고 히트곡을 연주할 차례였다. 뭔가 잘못된 게 틀림없었다.

"음향, 뭐가 잘못된 거야? 사운드 체크해봐."

무선 헤드셋으로 엇박자 D의 목소리가 들렸다.

"아니야, 잘못된 건 없어. 너 몰래 만들어둔 시나리오야. 20년 전 친구들에게 바치는 선물이야."

아주 작게 들리던 음악소리가 조금씩 커졌다. 스피커에서 흘러나온 음악은 관객들 사이로 서서히 스며들었다. 누군가의 노래였다. 아무런 반주도 없이 누군가 노래를 부르고 있었다. 어디선가 들어본 노래였다. 그제야 노래의 제목이 생각났다. 〈오늘 나는 고백을 하고〉라는 노래였다. 20년 전 축제 때 우리가 함께 불렀던 바로 그 노래였다. 노래를 부르는 사람이 누군지는 알 수 없었다. 나나 친구들의 목소리는 아니었다. 엇박자 D의 목소리도 아니었다. 한 사람의 목소리가 두 사람의 목소리로 바뀌었다. 두 사람의 목소리가 세 사람의 목소리로 바뀌었고, 네 사람, 다섯 사람의 목소리로 바뀌었다. 합창을 하고 있었다. 하지만 합창이라고 하기에는 서로의 음이 맞질 않았다. 박자도 일치하지 않았다.

"22명의 음치들이 부르는 20년 전 바로 그 노래야. 내가 제일 좋아하는 음치들의 목소리로만 믹싱한 거니까 즐겁게 감상해 줘."

무선 헤드셋에서 다시 엇박자 D의 목소리가 들렸다. 조명은 하나도 켜지질 않았다. 완전한 어둠 속에서 노래가 흘러나오고 있었다. 어둠 속이어서 그런 것일까. 노래는 아름다웠다. 서로의 음이 달랐지만 잘못 부르고 있다는 느낌은 들지 않았다. 마치 화음 같았다. 어둠 속이어서 그럴지도 모른다. 음치들의 노래는 어두운 방에서 전원 스위치를 찾는 왼손처럼 더듬더듬 어디론가 내려앉았다. 아무도 웃지 않았다. 몇몇 관객은 후렴을 따라 부르기까지 했다. 1절이 끝나자 피아노 소리가 들렸다. 그리고 조명이 켜졌다. 더블더빙이 〈오늘 나는 고백을 하고〉의 간주를 연주했고, 관객들의 박수가 터져나왔다. 몇몇은 휘파람을 불었고, 누군가 브라보를 외쳤다.

음치들의 노래 2절이 시작되자 더블더빙은 다시 연주를 멈췄다. 악기를 연주하면 그들의 노랫소리가 이상하게 들릴 것이 분명했다. 22명의 노래가 절묘하게 어우러지는 이유는, 아마도 엇박자 D의 리믹스 덕분일 것이다. 22명의 노랫소리를 절묘하게 배치했다. 목소리가 겹치지만 절대 서로의 소리를 해치지 않았다. 노래를 망치지 않았다.

앞자리에 앉은 친구들의 얼굴에는 아득하게 흐려진 어떤 것을 추억하는 듯한 표정이 서려 있었다. 그들은 모두 입을 벙긋거리며 노래를 따라 부르고 있었다. 나도 모르게 나 역시 노래를 따라 부르고 있었다. 오래된 노래였지만 가사가 모두 기억났다. 20년 전과 달리 이번에는 우리들이 립싱크를 하고 있었다. 음치들의 노랫소리에 맞춰 우리는 입을 벙긋거렸다. 노래를 따라 부르긴 했지만 입 밖으로 소리를 내지는 않았다. 그저 입만 벙긋거렸다. 다른 친구들도 모두 그러는 것 같았다. 우리는 그것이 엇박자 D에 대한 예의라고 생각하고 있었다.

리믹스, 원본도 아니고 키치도 아닌

—DJ 소설가의 탄생

신수정(문학평론가)

1. 사물에서 비트로

김중혁의 등단작이 「펭귄뉴스」(『문학과사회』 2000년 겨울호)였다는 사실을 기억하는 독자는 그리 많지 않을 것이다. 따분한 전쟁이 지속되는 근미래의 '상징계' 적 일상과 그것이 숨기고 있는 진실을 폭로하고자 하는 지하해방군의 '실재계' 적 면모를 '비트 적 상상력'에 의거하여 가볍게 풀어낸 「펭귄뉴스」는 김중혁 소설의 원형에 해당된다고 할 만하다. SF성장소설의 형식으로 드러나는 현실에 대한 알레고리라든가 상징계의 질서 바깥으로의 탈주욕망 등, 이 소설은 이후 다양하게 변주될 김중혁표 소설의 몇몇 모티프들을 선명하게 내보이고 있다. 그럼에도 불구하고 이 세계가 이후 그의 본령이 된 것 같지는 않다. 적어도 첫번째 소설집 『펭귄뉴스』에 한해서 이야기하자면 그가 가장 잘할 수 있는 영역은 역시 자전거, 라디오, 타자기, 지도 등으로 대표되는

'사물에 대한 마니아적 열정'이라고 할 만하다. 이제는 거의 그의 트레이드마크가 되어버린 이 '기계-사물'들의 '무용지물성'은 그의 소설들을 '문명의 우울'에 대한 고고학적 발굴의 결과로 이해하게 하는 데 결정적인 역할을 한 것이 사실이다. 그의 대표작 「무용지물 박물관」을 이 사물들에 바치는 김중혁의 애도로 읽을 수 있는 것은 바로 그 때문이다.

그렇다면 그의 등단작에서 싹을 보였던 '비트적 상상력'은 어떻게 된 것일까. 혹 그의 두번째 소설집 『악기들의 도서관』을 미처 만개되지 못했던 이 비트적 상상력의 새로운 변용으로 볼 수는 없을까. 무엇보다도 온갖 소리들의 향연으로 가득 찬 이 소설집의 면모가 이런 가정을 가능하게 한다. 피아노, 오르골, LP 음반, 600여 가지의 악기 소리가 채집된 음악파일, 전기기타, 합창 등 이 소설집을 구성하고 있는 온갖 소리들의 다양한 변주를 생각하면 우리는 이 소설집을 '청각의 제국'이라고 불러도 무방할 것이다. 김중혁은 일단 소리에서 출발한 뒤 그 소리들이 시각이미지에 침윤된 우리의 상징계를 어떻게 뒤집을 수 있는지 그 자세한 전략들을 각각의 단편들을 통해 재구성하기로 마음먹은 듯하다. 사물에서 비트로. 이는 그의 최초의 전략이기도 하다. 그에게 소설은 항상 비트적 상상력과 동의어였다. 그런 의미에서 『악기들의 도서관』은 소설이란 장르에 대한 김중혁의 태도가 확연하게 드러난 메타픽션의 장이라고 할 수 있지 않을까. 이제 우리가 할 일은 소설에 대한 그의 입장을 재구성, 재배치 하는 것이다. 드디어 비트여행이 시작되려고 한다.

2. 짝패들 : 취향의 프리메이슨

『악기들의 도서관』에는 찰떡궁합을 자랑하는 남성 짝패 (double)들이 꽤 여럿 등장한다. 「비닐광 시대」에 나오는 DJ 학원 동기생 '나와 코알라'의 관계가 그렇고 「유리방패」의 '나와 M', 그리고 마침내 표제로까지 등장하게 되는 「나와 B」의 '나와 B' 등도 마찬가지다. 서로를 가장 잘 알고 있다는 점에서 「자동피아노」의 '나와 비토 제네베제', 그리고 「엇박자 D」의 '나와 D' 까지 이 범주에 넣을 수 있다면 이 짝패들의 외연은 더욱 늘어날 것이다. 이른바 '나와 누구'로 요약되는 이 남성공동체는 이제까지 주로 사물들에게로 고정되어 있던 김중혁 소설의 리비도가 비로소 사람에게로 집중되는 징후라고 볼 수도 있을 것이다.

나는 연주를 감상한 값으로 커피를 사주겠다며 그를 근처 카페로 데리고 갔다. B는 내가 생각한 것보다는 나이가 많았고, 나보다 다섯 살 아래였다. 우리는 한 시간 동안 음악 이야기를 했다. A부터 Z까지, 자신이 좋아하는 아티스트의 이름을 쉴새없이 내뱉었다. 때로는 완벽한 문장을 말하는 것보다 어떤 이름이나 어떤 단어나 어떤 고유명사를 얘기할 때 이야기가 더 잘 통하는 법이다. 그때가 그랬다. 그저 누군가의 이름을 대기만 했는데도 10년을 알아온 사람 같은 느낌들이었다. 그건 마치 핵융합 같은 것이었다. 서로 다른 곳에서 살아온 두 사람이 한 시간 만에 하나로 합쳐진 것이다.(「나와 B」, 191쪽)

자전소설이라는 타이틀로 발표된 「나와 B」는 김중혁 소설의 짝패가 어떻게 형성되는지 그 기원을 보여준다는 점에서 흥미롭다. 음반매장에서 아르바이트를 하던 '나'와 그곳에서 음반을 훔치려던 거리의 기타 연주자 B는 만난 지 한 시간 만에 십 년을 알아온 사이 같은 느낌을 받는다. 일반적인 서사 관습에 따르자면 이들이 자신들의 유대를 확인하기까지는 보다 많은 '사건'들과 '행동'들에 노출될 필요가 있다. 그러나 김중혁은 다만 '좋아하는 아티스트'를 공유하고 있다는 이유만으로 이들에게 '핵융합 같은 유대'를 선사한다. 그에게 중요한 것은 다른 어떤 것도 아닌 '취향'이다. 취향은 개인을 규정하는 가장 결정적인 요소다. 동일한 취향을 지니고 있다는 것, 예컨대 같은 아티스트를 좋아한다는 것은 그들이 비슷한 사람이라는 사실을 입증하는 유력한 표징이다. "때로는 완벽한 문장을 말하는 것보다 어떤 이름이나 어떤 단어나 어떤 고유명사를 얘기할 때 이야기가 더 잘 통하는 법"이라는 것이다.

대개의 경우 일인칭 남성 화자를 주인공으로 하는 그의 소설은 독신 남성의 유대와 취향의 상관관계에 관한 미시적인 보고서라고 할 만하다. 『펭귄뉴스』는 일찍이 이 취향의 영역이 어디까지 미치고 있는지 그 폭과 넓이를 세밀하게 보여준 바 있다. 예의 아티스트부터 디자인, 스포츠는 물론이고 지도, 타자기, 자전거, 오디오 등과 같은 사물에 이르기까지 이들의 취향은 당연히 상상을 불허한다. 「무용지물 박물관」의 '나와 메이비'는 '미국 프로야구 월드시리즈'를 회고하다가 고객에서 친구 사이로 전환되고, 「회색 괴물」의 '나와 남자'는 '모델명 DLX1000이라는 타자기'를 고집한다는 점에서 일순간 서로에게 사로잡히며, 「사백 미터 마라톤」에 나오는 '나와 녀석'은 '400미터 달리기'를 준비하며 감히 서로에 대한 사랑을 느낄 정도가 된다. 재미있는 것은 이런 남자들의 취향에 대한 여자들의 태도다. 「무용지물 박물관」의 '그러게요아가씨'나 「회색 괴물」의 그녀, 그리고 「사백 미터 마라톤」의 민영 등 김중혁의 소설 속 여성들은 남자들의 "핵융합" 같은 취향 공동체에 별다른 관심을 표명하지 않는다. 그녀들은 그들이 그러거나 말거나 꿋꿋이 자신들의 길을 간다. 그러다가 그들의 무용한 '낭비'가 극에 달할 때, '결혼'이라는 마지막 '극약 처방'을 내놓는 것 이외 그녀들이 할 수 있는 일은 별로 없다.

그래서였을까. 김중혁은 『악기들의 도서관』에 이르면 동성의 취향 공동체를 가로막는 여성들의 서사적 비중을 과감히 축소해 버린다. 결과적으로 우리는 이 소설집 어디에서도 서사의 중심에 자리잡고 있는 여성을 만나볼 수 없다. 「비닐광 시대」나 「유리방패」, 「나와 B」 등엔 아예 여성 인물이 등장하지 않으며 「자동피아노」나 「엇박자 D」라고 해서 사정은 달라지지 않는다. 「무방향 버스」 역시 '여성' 대신 '어머니'를 등장시키고 있을 뿐이다. 이와 관련, 표제작 「악기들의 도서관」은 상징적인 측면이 없지 않다. 소설 초반 『악기들의 도서관』 가운데 유일하게 화자의 애인을 등장시키고 있던 이 소설은 그가 회사에 사표를 내고 악기점 아르바이트생으로 살아갈 결심을 하는 순간 이 여성을 서사에서 삭제해버린다. 그녀가 그를 떠나도록 만든 것이다. 그에게 "치료가 불가능한 편집증 환자"라는 냉혹한 진단만 남겨둔 채. 이제 여성-애인의 축이 제거된 서사는 오로지 남성-친구의 축만을 중심으로 전개된다. 이성과 동성이 중첩된 관계의 삼각형 모델이 동성 짝패 형상에게로 집중되었다고 할까. 김중혁의 짝패들은 '베아트리체'가 사라진 자리를 대체하는 '프리메이슨' 단원들에 비견될 만하다.

이 '프리메이슨'들은 영원한 소년으로 살아가기를 꿈꾼다. 그들의 이상은 '입사(initiation)'를 강요하는 회사/사회로부터 격리된 채 어린 시절의 꿈을 좇아 '재미나게' 노는 것이다. 「유리방패」의 '나와 M'의 '면접놀이'가 말해주는 것은 바로 이런 '유희로서의 삶'이다. "면접시험의 역사를 새롭게 쓰자"는 포부를 가슴에 안고 매번 새로운 형식의 면접을 시도하지만 면접관들로부터 냉담한 반응 이상의 것을 끌어내지 못한 채 결국은 서른 번이나 탈락하고 마는 이들은 표면적으로는 사회로부터 추방된 루저의 형상을 하고 있지만 심층적으로는 오히려 그들 스스로 회사/사회로의 입사를 거부하는 익살꾼-소년들에 다름아닙니다. 우여곡절 끝에 '면접시험관'으로 취직이 된 그들이 곧 그 생활에 대한 회의를 표명하는 마지막 대목을 보라. 조만간 그들은 '선택의 갈림길'에 서게 될 것이다. 성인이 될 것인가, 소년으로 남을 것인가. 그들이 어떤 선택을 하게 되는지 김중혁이 명확하게 밝혀 놓고 있는 것은 아니다. 그러나 우리는 그들이 '유리방패'를 포기하지 않는 한 성인식 역시 요원하다는 것을 잘 알고 있다. "떨어뜨리기만 해도 깨지는 방패, 앞은 환하게 볼 수 있지만 적의 공격을 막을 수는 없는 방패, 매일매일 깨끗하게 닦아줘야 하는 방패"(「유리방패」, 167쪽)에 열광하는 자들은 아직도 삶과 놀이를 구분하지 못하는 소년들뿐이다. 이런 방패에 의지해 '세상의 이치'와 대적하고 있는 비밀결사단체는 당연히 싸움에서 승리할 수 없다. 김중혁의 '놀이하는 소년들' 역시 이를 모르지 않는다. 그러나 짝패가 있는 한 그들에게 정작 두려움이란 없다.

다른 사람들은 절대 알아들을 수 없지만 우리들 나름으로는 뜻
이 통한다. 내가 어떤 부분의 소리를 비틀어서 들려주면 코알라는
거기에 맞는 대구로 화답을 한다. 우리에겐 그 소리가 언어나 다
름없다. 자신의 생각을 상대방에게 전달할 수 있으니 분명히 언어
다. 둘이서 디제잉을 하고 있으면 사실 별다른 말이 필요 없다. 두
시간 동안 둘이서 쉬지 않고 턴테이블을 연주한 적도 있다. 두 시
간 동안 말은 한마디도 하지 않았지만 기나긴 대화를 나눈 것 같
은 느낌이 들었다.(「비닐광 시대」, 84쪽)

오로지 그들만 알아볼 수 있는 신호로 서로의 정체를 확인하고
소통하는 이 비밀결사 단원들은 언어에 의존하지 않는다. 언어에
새겨진 세상의 상징적 질서는 이들과 아무 상관이 없다. 그들은
오히려 세상의 언어를 '비틀어' 훼손하는 방식을 통해 '말'보다
더 '기나긴 대화'를 나눈다. 그들에겐 "별다른 말이 필요 없다".
언어적 질서로 재편된 입장에서 볼 때 이들은 세상의 이치에 반
하는 미치광이(狂)로 보일 수도 있다. 그러나 그들에겐 그들만의
소통수단이 있기 마련이다. 그들은 '비틀어진 언어'로 언어가 담
아내지 못한 또다른 세계를 창조해낸다. 김중혁은 이 짝패들에게
소리의 재가공자라는 의미에서 '디제이'라는 명칭을 선사했다.
이 디제이들이 만들어내는 '리믹스된 소리'들은 세상의 언어에

익숙한 사람들에겐 단순한 소음에 불과할지 모르지만, 영원히 철들지 않는 소년을 꿈꾸는 우리들의 프리메이슨들에겐 새로운 세계의 도래를 예고하는 '신세계 교향곡'이 될 수도 있다. 그렇다면 도대체 리믹스의 세계란 무엇인가. DJ가 하는 일은 무엇인가. 혹 그것은 김중혁이 제안하는 우리 시대 소설쓰기 형식에 대한 하나의 메타포는 아닐까. 이제 그것을 알아볼 차례다.

3. 리믹스 소설, 디제이-소설가

리믹스(remix)란 말 그대로 '섞기'다. 기존 음악을 잘라내거나 덧붙여 샘플을 만들고 이것들에 인공적이고 반복적인 비트를 추가하여 전혀 다른 장르와 리듬의 음악을 창조해내는 작업은 이 '섞음'의 기본 형식이다. 리믹스를 기술복제시대의 음악적 부산물이라고 부를 수 있는 것은 바로 그 때문이다. 그러나 그렇다고 해서 컴퓨터와 신서사이즈를 포함한 각종 첨단 기기들의 지원에 의존하는 리믹스 음악을 단순한 복제품이라고만 볼 수는 없다. 여기에는 리메이크와는 달리 기존 음악에 대한 '뒤집기'가 있다. 그것은 무엇보다 직접 턴테이블을 돌려 새로운 비트를 만들어내는 DJ들의 기존 음악에 대한 창조적 해석 능력이라고 해도 과언이 아니다.

우리는 들었던 음악의 부분들을 머리 속에서 조립해보았다. 그건 서로 다른 유리조각들을 모아 새로운 유리창으로 만드는 일과 비슷하다. 혹은 퍼즐을 조립하는 과정과 비슷하다. 그 모든 조각을 하나의 커다란 틀로 완성시키는 순간 디제이만의 음악이 탄생하는 것이다. 턴테이블을 얼마나 빨리 움직이는지, 얼마나 스크래칭을 잘하는지는 사실 중요하지 않다. 디제이에게 가장 중요한 것은 음반을 고를 줄 아는 안목, 그리고 조립과 응용이다.(「비닐광 시대」, 85~86쪽)

「비닐광 시대」 역시 리믹스의 가장 중요한 요소는 기술적 숙련도가 아니라 음반을 고를 줄 아는 디제이들의 안목, 조립, 응용 능력이라고 명백하게 못박는다. '서로 다른 유리조각들을 모아 새로운 유리창을 만들기' 혹은 '퍼즐을 조립하는 과정' 등으로 정의되는 리믹스는 이 디제이들의 능력에 따라 때로는 기존 음악에 대한 단순한 표절로 혹평받기도 하고 또 때로는 자기 장르에 대한 고도의 이론적이고도 전문적인 비평적 해석으로 상찬되기도 한다. 요컨대 리믹스의 세계는 기본적으로 예술작품의 제작과 해석과 인식에 이르는 역동적 행위의 미학에 기반해 있다고 할 수 있다. 그것은 예술적 상호텍스트성의 한 형식인 패러디(parody)가 그러하듯이 예술적 관습 및 말과 사물의 관계 자체를 재구성하고자 하는 비평적 자의식, 즉 자기반영성(selfreflectivity)을 가장 중요한 요소로 받아들이고 있다. 우리가 리믹스를 우리 시대 소설의 존재방식에 관한 하나의 메타포로 받아들일 수 있다면, 그것은 바로 이 점 때문이다.

말과 사물의 관계에 대한 김중혁의 예민한 문제제기는 이 '자기반영성'을 전제로 했을 때 더욱 돋보인다. 「악기들의 도서관」에 나오는 악기들의 분류에 관한 문제와 「매뉴얼 제너레이션」의 매뉴얼 분류하기에 관련된 이야기는 그의 소설들이 소설 장르 자체에 대한 메타비평적 계기를 함축하고 있음을 알려주기에 충분하다. 이를테면, 다음과 같은 것들. 악기를 타악기, 현악기, 관악기로 분류하는 것이 말이 안 되는 발상이라는 악기점 사장의 문제제기에 화자 '나'가 자신의 생각을 덧붙이며 하는 말들. 즉, "그럼 '관'이라는 건 소리를 내기 위한 도구를 뜻하는 거네요. 그런데, 현악기는 줄을 진동시켜 소리를 내는 거죠? 그럼 현에서 직접 소리가 나는 거니까 분류상으로는 관악기와 약간 다른 차원의 문제인 것 같아요. 그리고 타악기의 '타'는 때린다는 뜻이니까 관악기나 현악기의 구분과는 또다른 범주인 것 같습니다."(「악기들의 도서관」, 120쪽) 이 부분은 보르헤스 소설에 나오는 중국 백과사전의 동물 분류방법을 소개하며 지식 혹은 말이라는 것이 실은 얼마나 자의적이고 일시적인 기준에 의해 유지되고 있는 것인지를 밝히고 있는 푸코식 유머를 상기시키는 측면이 없지 않다. 우리는 이를 통해 메타픽션적 경향이 그의 소설의 본질에 해당되는 것임을 알 수 있다.

그가 리믹스를 이야기할 때 거기에는 우리 소설이 처한 이러저러한 맥락들이 전제되어 있음에 유의할 필요가 있다. 그에게 있어 소설은 이미 리믹스 음악과 같은 것이 되어 버렸다. 그는 이 입장을 천명하는 것에 그치지 않고 이에 근거하여 실제로 리믹스 소설을 발표하기도 했다. 고 김소진의 「고아떤 뺑덕어멈」을 원재료로 한 리믹스 소설 「무방향 버스」가 바로 그것이다. 여기에는 원재료의 파편들, 예컨대 구멍가게를 하는 엄마, 가난, 일상 속에 파묻혀 있는 은밀하고도 비의에 가득 찬 삶의 이면 등 「고아떤 뺑덕어멈」의 몇몇 모티프들이 그 본래적 성격을 훼손하지 않은 채 각기 다른 맥락과 플롯 속으로 뒤섞여 들어가 완전히 다른 독특하고도 세련된 리믹스 소설로 재탄생되어 있다. 그렇게 보자면 LP 음반이 가득 찬 지하실에서 유일무이의 음반을 골라내기를 강요받았던 '나'가 그 강제적인 감금에서 풀려나 되뇌는 독백은 김중혁의 소설론이자 자기 선언에 가깝다. 반드시 원음 그대로 들어볼 것.

이건 정말 세상에서 하나뿐인 음악들일까. 이 사람들의 음악은 그저 하늘에서 뚝 떨어진 것일까. 나는 그렇게 생각하지 않는다. 새로운 것은 어디에도 없다. 누군가의 영향을 받은 누군가, 의 영향을 받은 또 누군가, 의 영향을 받은 누군가, 가 그 수많은 밑그림 위에다 자신의 그림을 그려나가는 것이다. 그 누군가의 그림은 또다른 사람의 밑그림이 된다. 우리는 모두 보이지 않는 여러 개의 끈으로 연결돼 있다. 그러므로 우리들은 모두 어느 정도는 디제이인 것이다.(「비닐광 시대」, 104쪽)

"나는 그렇게 생각하지 않는다"로 시작되는 화자의 고백은 거의 작가 김중혁의 목소리와 구별되지 않는다. 그것들은 서로 뒤섞이고 겹쳐지는 리믹스 과정 속에서 오늘날 기술복제시대를 살아가는 소설가의 운명을 끊임없이 환기시킨다. 그의 말대로 세상에 유일하게 하나뿐인 존재들이 더이상 가능하지 않다면 마치 자신만이 유일하게 하늘에서 뚝 떨어지듯이 독창적 개별성을 주장하는 낭만주의적 천재 관념은 억지에 가깝다. 이제 그 또는 그녀는 다만 누군가가 그 누군가의 영향으로 만들어놓은 밑그림에 덧칠을 하는 작업을 소설의 이름으로 행할 수 있을 뿐이다. 김중혁은 말한다. "우리들은 모두 어느 정도는 디제이인 것이다."

사정이 그렇다면 이 '디제이-소설가'는 '수집가' 혹은 '고고학자'와도 구별되지 않을 것이다. 디제이-소설가가 소설을 창작(리믹스)하기 위해서는 이전 소설가가 작업해놓은 소스를 샘플링하는 작업이 우선되어야 한다. 그런 의미에서 소설을 쓴다는 것은 먼저 수집하는 것이다. 일찍이 저잣거리를 떠돌며 이야기를 채집

하던 '패관'은 첨단 과학기술시대를 돌고 돌아 아이로니컬하게도 컴퓨터 앞에 앉아 있는 우리 시대 소설가와 조우한다. 우리 시대 소설가들은 수집된 이야기의 유물들을 펼쳐놓고 그 동안 미처 발굴되지 못한 몇몇 사물들을 골라내고 먼지를 턴다. 바로 이 순간 그 또는 그녀는 어느 매뉴얼 작성자가 느꼈던 바로 그 기분을 체감하지 않을 수 없을 것이다. "나는 아프리카 어느 원주민이 사냥을 할 때 불렀을 것 같은 노래를 들으면서 한 문장 한 문장을 써내려갔다. 첫 문장을 써놓자 나머지 문장들이 조금씩 모습을 드러냈다. 매뉴얼을 쓸 때마다 느끼는 것이지만, 내가 글을 쓰는 것이 아니라 어딘가에 숨어 있던 문장들이 눈치를 보면서 슬그머니 나타나는 것 같다. 매뉴얼을 쓴다는 것은 창작하는 것이 아니라 발굴하는 것은 아닐까, 라는 생각이 들 정도다. 나는 문장 위에 덮인 먼지를 조심스럽게 툭툭 털어내기만 하면 된다. 고고학자가 된 기분이다."(「매뉴얼 제너레이션」, 46쪽) 이제 소설가는 매뉴얼 작성자에 다름 아니다. 우리는 진정 '매뉴얼 제너레이션'이다.

4. 원본과 키치 사이

매뉴얼 세대의 리믹스 소설은 '원본'과 '키치' 사이에 존재한다. 굳이 벤야민을 들먹이지 않더라도 우리 시대가 원본의 아우라

(aura)로부터 멀리 떨어진 시기임은 다시 말할 것도 없다. 어느 누구가 "아직도 말이 끄는 차를 타고 학교에 다녔고, 또 구름 이외에는 변하는 것이라곤 하나도 없는 시골의 맑은 하늘 아래에 서 있었던 세대"(발터 벤야민, 「얘기꾼과 소설가」, 『발터 벤야민의 문예이론』, 민음사, 1983, 166쪽)를 부러워하지 않을 수 있으랴. 그러나 우리들의 공감의 이면에는 그 시대가 영원히 가버렸고 다시는 되돌릴 수 없다는 사실에 대한 안도가 묻어 있는 것도 사실이다. 그 시대는 역사상 단 한 번 존재함으로써 '참을 수 없는 존재의 무거움'을 간직한다. 쿤데라의 말대로 영원회귀의 사상만큼 끔찍한 것도 없다.

김중혁 역시 이런 종류의 원본주의자들을 가볍게 지나칠 수만은 없었던 듯하다. 사실 '사물들의 해방자'를 자처하는 그의 면모에는 조만간 용도폐기될 사물들의 본래적 가치를 복원하고자하는 원본주의자들의 열정이 깃들어 있는 것도 사실이다. 그가 「비닐광 시대」를 통해 LP 음반 애호가이자 불법음반 제작자인 사기꾼 남자에게 자신의 예술을 옹호할 기회를 주지 않을 수 없었던 맥락도 바로 거기에 있을 것이다. 이 미워할 수 없는 '미치광이'가 또다른 음악 '미치광이'인 디제이 지망생 화자에게 내뿜는 격렬한 증오는 엄청나다. 그는 디제이를 자신의 지하실에 불법적으로 감금하고, 굶기며, 마음껏 모욕한다. 그것은 그가 디제이들을 계몽하고 훈계함으로써 자신의 예술적 진정성을 드러내기 위한 한 방편이기도 하다. 재미있는 것은 원본 세대가 매뉴얼 세대에게 가하는 예술적 진정성이 지극하면 지극할수록 그의 희극성은 더욱 증폭된다는 점이다. 기사도를 맹신하는 돈 키호테의 모험처럼 그에게는 시대착오적 열정이 야기하는 도착적 코미디의 가능성이 항상 운명처럼 달라붙어 있다. 물론, 이 희극성은 본질적으로 멜랑콜리다. 한 세대의 열정이 거대한 사기극으로 마무리되는 것을 지켜보는 일은 언제나 '애도'를 동반한다.

"내가 아주 좋아하는 노래가 있어. 〈피버〉라는 곡인데, 모르나? 유명한 노래야. 술집에 가면 꼭 신청을 하지. 한번은 술집에 앉아서 그 곡을 신청했는데 말야, 무슨 일이 있었는지 알아? 술집 주인이 원곡 대신에 어떤 디제이 녀석이 리믹스한 걸 틀더라고. 원곡의 느낌을 완전히 망가뜨려놓고는 온갖 기교만 자랑하더란 말이지. 빌어먹을, 그런 걸 음악이라고 생각한단 말야. 그때 내 심정이 어땠는지 모를 거야. 가슴이 찢어지는 줄 알았어. 그 음악처럼 내 마음도 다 찢어졌다고. 너 같은 디제이 놈들이 내 음악을 전부 망쳐버렸단 말이야."

"새로운 음악이 필요한 시대가 온 겁니다."

"웃기고 있네. 새로운 음악? 그게 새롭다고 생각해? 디제이들 연주를 제대로 한번 들어보라고. 이 노래에서 조금 훔치고, 저 노래에서 조금 훔치고, 심심하면 스크래치 한번 해주고, 뒤섞고 섞고, 베껴서, 자신의 이름으로 음반을 낸단 말야. 얼굴을 갈겨버리고 싶어."(「비닐광 시대」, 94~95쪽)

원본주의자는 '매뉴얼 제너레이션'들의 '리믹스'가 원본에 대한 '표절'이라고 주장한다. 디제이-소설가들은 "이 노래에서 조금 훔치고, 저 노래에서 조금 훔치고, 심심하면 스크래치 한번 해주고, 뒤섞고, 섞고, 베껴서, 자신의 이름으로 음반을 내는" 도둑놈과 같다. 그들에겐 다만 '원곡의 느낌을 완전히 망가뜨리는 기교'만 살아있을 뿐 이 세상에서 유일무이한 그 곡을 만들어낸 "(천재) 아티스트들의 숨결(영혼)"에 대한 경배가 부족하다. 그들은 음악을 '알고 있는지'는 몰라도 결코 '느끼지'는 않는다. 다만 그것을 '써먹을' 궁리만 하고 있을 뿐이다.

LP음반 애호가이자 불법음반 제작자인 사기꾼 남자가 내뱉는 이 말들은 그러나 그 한 사람의 생각에만 국한되는 것은 아니다. 사실, 오늘날 '리믹스'를 주장하는 소설은 지금도 여전히 이 비판으로부터 완전히 자유롭지 못하다. '디제이-소설가'가 자신이 원료로 사용하는 기존 작품들에 대한 비평적 시선을 조금이라도 소홀하게 방치하는 순간 그 또는 그녀는 바로 쓰레기를 생산하는 불법복제의 함정에 빠져버리게 되는 것이다. 매뉴얼 제너레이션의 '리믹스 소설'이 '원본'의 또다른 극단적 형태인 '키치

(kitsch)'[1]와 구별되지 않는 것은 바로 이때다.

우리가 잘 알고 있다시피 키치는 원래 '긁어모으다, 아무렇게 주워 모으다'라는 의미로 사용되다가 '은밀히 불량품과 폐품을 속여 판다'라는 의미로 파생되어간 말이다. 따라서 키치라는 말 속에는 이미 '윤리적으로 부정'하다거나 '진품이 아님'이라는 의미가 포함되어 있는 편이다. 오늘날 키치가 주로 '일정한 양식에 구애받지 않는 양식'이자 '편안함을 충족시키는 기능'이라는 개념으로 이해되고 있음에도 불구하고, 그 핵심에는 여전히 그 말이 사용되기 시작하던 당시의 부정적인 가치평가의 뉘앙스, 즉 '조악한 물건'이라는 의미를 함축하고 있게 된 것은 여기에서 유래하는 바가 크다. 그러나 키치가 '조악하다'는 의미를 지니고 있다고 해서 그야말로 말 그대로 가공되지 않은 거친 예술, 이를테면 저급문화나 대중예술을 가리킨다고만 생각하면 곤란하다. 키치는 고정된 형식이 아니라 인간이 사물과 맺는 관계의 한 유형을 나타내는 개념이다. 특히, 부르주아 시민사회의 성숙과 함께 자리잡게 된 대중예술 현상은 그것과 절대적으로 밀접한 관련을 지니고 있다. 키치는 고급예술과 저급예술을 가리지 않는다. 그것은 삶에 대한 한 태도일 뿐이다.

----

1) 키치에 대해서는, 아브라함 몰르, 『키치란 무엇인가』(시각과 언어, 1994), 제1장 참조.

이 시점에서 우리는 김중혁의 「자동피아노」를 떠올리지 않을 수 없다. 유명한 피아노 연주자를 화자로 삼고 있는 이 소설은 그의 연주와 비토 제네베제의 연주를 대비시키며 모든 예술을 잠식하는 우리 시대 키치의 수렁을 확인시키고자 한다. "최신식 정밀 컴퓨터로 모든 것을 똑같게 만든" 동일한 파르티타 피아노를 사용하는 비토 제네베제와 '나'가 서로 다른 소리를 보여줄 수밖에 없게 된 데는 키치에 저항하느냐, 그렇지 않느냐가 중요한 잣대로 작용한다. '나'가 주로 "피아니스트의 동작, 손끝의 움직임, 발놀림, 표정, 관객들의 헛기침 소리, 박수 소리가 피아노 소리와 어우러지면서 생겨나는" 콘서트의 마법을 쉽게 거부하지 못한 채 거기에 편승하는 '키치 예술가'의 면모를 지니고 있다면 이를 거부하는 비토는 자신의 피아노 소리가 다른 요소들에 의해 방해받거나 오도되는 것을 극도로 경계하며 오로지 피아노 소리의 투명함 자체만을 극단적으로 추구하고자 한다. 피아노 소리 대신 다른 우연적인 요소들에 의존하는 순간 그 음악은 바로 '자동화'의 사막, 저 거대한 키치의 수렁 속에 빠져버리게 되고 만다는 것이다.

그의 악보 곳곳에 '아주 멀리서 들려오는 소리인 것처럼'이라는 지시어가 붙어 있는 것 같았다. 작고 가냘픈 소리들이 전화기를 통해 내게로 넘어왔다. 그것은 음악이라기보다 단절된 소리들의 연속이었다. 피아노의 한 음 한 음은 음악의 일부가 아니라 독립적인 개체로 자신을 드러내고 있었다.(「자동피아노」, 29~30쪽)

비토에 따르면 '자동피아노'에 저항하는 방법은 '음악'을 거부하는 것이다. 우리 시대의 음악은 이미 지나치게 관습화되고 표준화되어 콘서트홀을 장식하고 유물이 되어가고 있다. 이 진부한 키치의 시대에 다시 음악을 하기 위해서 우리는 기꺼이 음악을 버리는 역설에서부터 출발하지 않으면 안 된다. 이 아포리아를 비토는 '해석하지도 말고 분석하지도 않은 채 자신의 몸을 통째로 예술에게 빌려줘야 한다'라는 명제로 완성한다. 음악이 아니라 그것 이전의 '단절된 소리들의 연속'을 추구하라는 것, 말하자면 소통 대신 소멸을 희망하라는 것. 단 한 번도 콘서트홀에서 연주를 하지 않은 비토는 '나'에게 전화기를 통한 연주만 들려준 채 죽는 길을 선택하는 것은 자신의 바로 이런 신념 때문이다.

우리 시대의 리믹스 소설은 비토 제네베제처럼 키치로 변해버린 정전의 관습과 대중의 취향을 반영하는 베스트셀러의 유행으로부터 자신만의 고유한 자리를 지킬 수 있을 것인가. 어설픈 전망을 제시할 수는 없지만 다만 그 고유한 지위를 유지한다는 것이 얼마나 지난한 과업인 지만은 이야기할 수 있겠다. 김중혁은 자신의 소설을 바로 그 모호한 긴장 속에 두고 있는 듯하다. 그 역시 '자동피아노'의 세계를 완전히 거부할 수는 없을 것이다. 그의 소설들을 모방하고 학습하는 추종자들이 늘어감에 따라 그의 소설들 역시 하나의 소설적 관습으로 고정되고 소설이라는 화석으로 굳어갈 우려는 항존한다. 어느 누구도 이 '자동화된 키치'의 흐름에 명백하게 저항하지 못할 것이다. 그러나 그 위험을 직시하고 있다는 것은 그것에 무지한 것과는 다른 결과를 낳을 것이다. 원본과 키치 사이에 놓인 매뉴얼 제너레이션 세대의 리믹스 소설이 우리 소설의 역사에 기여한 몫이 있다면 바로 이 '사이의 긴장감'을 끝까지 유지해나가는 것이 소설 장르의 본질이라는 것을 확인시켜준 것이라고 할 수 있다. 김중혁의 『악기들의 도서관』이 특별한 이유가 거기에 있다.

5. 엇박자의 윤리

「엇박자 D」로 김중혁 소설들의 장르에 대한 자의식이 어떤 의미를 지니고 있는지 확인하고 마무리하기로 하자. 김중혁은 기본적으로 개인성의 절대치를 추구한다. 리믹스가 기본적으로 기존 곡에 대한 DJ의 비평적 해석력에 많이 의존하고 있는 것처럼, 그의 리믹스 소설 역시 소설가의 주관적 변형 의지가 소설의 성공 여부를 가늠하는 필수적인 요소로 작용하고 있다. 우리는 이 주관성을 이미 많은 사람들이 명명한 것처럼 '비트 개인주의'라고 부를 수 있을 것이다. '엇박자'는 이 개인주의에 대한 비트적 메타포라고 할 만하다. 그러나 이 개인주의가 극에 달하게 되면 화자의 고교시절 동창생 '엇박자 D'처럼 '합창'이라는 "이상적이지만 불가능한 유토피아"를 단 한 번만이라도 꿈꾸어볼 수 없게 된다. 이 불가능한 유토피아에 사로잡힌 독재자 합창 선생이 엇박자 D를 입만 벙긋거린 채 노래하지 못하게 억압한 것도 이 인류사적 꿈을 이루어보고자 하는 열망 때문이었을 것이다.

「엇박자 D」를 김중혁 소설의 다음 단계를 예고하는 징후라고 부르고 싶은 이유는 여기에 있다. 이 소설에 이르러 그는 리믹스를 디제이의 주관성이 최고도로 발휘되는 엇박자식의 변형놀이로 보는 데서 벗어나 이 엇박자식 비트 개인주의들을 '합창'이라는 '꿈'으로 묶어내는 가장 적절한 형식으로 차용한다. 소설의 마지막 '엇박자 D'가 리믹스한 "스물두명의 음치들이 부르는 20년전 바로 그 노래"의 절묘한 '합창'은 리믹스 형식이 단순히 소설의 기술에 그치는 것이 아니라 윤리의 차원에 육박하고 있음을 확인시켜주는 감동적인 장면이라고 할 만하다. "목소리가 겹치지만 절대 서로의 소리를 헤치지 않"도록 절묘하게 리믹스된 스물 두 개의 노래는 개인의 주관성을 포기하지 않으면서도 노래를 망치지 않게 만든 이 감동적인 장면의 일등 공신에 다름 아니다. 이것은 진정 이제까지의 모든 소설들이 꿈꾸던 유토피아가 아니었던가.

김중혁은 드디어 '비트 개인주의'로부터 '리믹스 공화주의'라고 할 만한 곳으로 이동해간 듯하다. 그의 공화국에서는 어느 누구도 자신의 개별성을 억압당하지 않은 채 집단의 조화라는 그 불가능한 인류의 꿈에 자연스럽게 동참할 수 있는 무대에 설 수 있을 것이다. 기술복제시대의 소설이 결국 그 영토를 확보할 수 있다면 이것은 소설의 미래와 관련 상당히 고무적인 일 아닐까. 이와 관련하여 일찍이 「나와 B」의 전자 기타리스트 B는 어쿠스틱 기타에서 전기 기타로 이동해간 밥 딜런의 행로를 두고 그의 선택을 전적으로 옹호하며 이미 다음과 같은 멋진 말을 남긴 바 있다. '음악에서 말이 필요하다고 생각해요? 가사 같은 것은 들리든 말든 상관없어요. 어쿠스틱 기타는 사람의 목소리를 돋보이게 하기 위한 도구에 불과해요. 의미보다는 음악이 중요해요 목소리가 하나의 악기가 되려면 전체 음악에 묻혀야 해요. 밥 딜런의 선택은 옳았어요'(「나와 B」, 193쪽 참조). 목소리의 우월성이 포기되고 다만 하나의 악기가 되어 전체 음악을 창조하는 세계. 어쨌든 우리 시대 소설은 당분간 이 윤리에 복무하지 않을 수 없을 듯하다. 김중혁은 그 세계를 우리 소설 속으로 한 발 성큼 앞당겨 가져왔다. 이 순간 그는 '닉 혼비'에서 '밥 딜런'이 되었다.

작가의 말

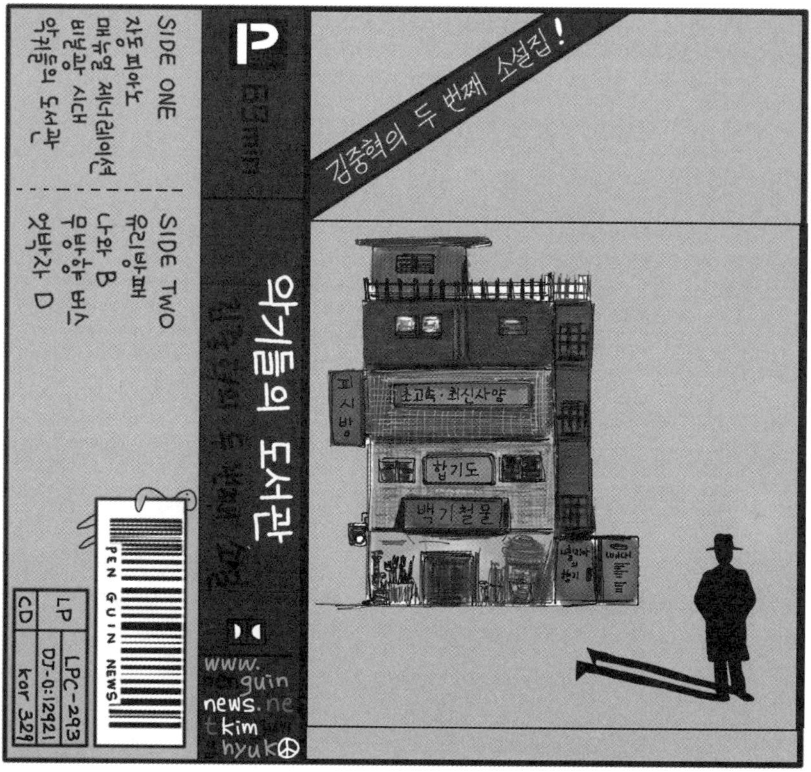

김중혁의 두 번째 소설집 !

P PENGUIN

SIDE ONE
자동 피아노
매뉴얼 제너레이션
바질과 시더
악기들의 도서관

SIDE TWO
유리방패
나와 B
무방향 버스
엇박자 D

악기들의 도서관

초고속·최신사양
합기도
백기철물
피시방

www.
guin
news.ne
t kim
hyuk ☮

PEN GUIN NEWS

LP	LPC-293
CD	DJ-0:12941
	kor 329

PENG® NORMAL POSITION JH

PENG® 악기들의 도서관 JH

A DATE/TIME 2008. 4.
NOISE REDUCTION ☑ON ☐OFF

DATE/TIME 2008. 4
NOISE REDUCTION ☑ON ☐OFF **B**

이 소설집은 제가 여러분께 드리는 녹음테이프입니다. 테이프 속에는 모두 여덟 곡의 노래가 녹음되어 있습니다. 저에겐 특별한 노래들입니다. 오래전 친구의 생일선물로 만들던 녹음테이프가 기억납니다. 나만의 특별한 노래들을 모아 만들었던 녹음테이프도 생각납니다. LP나 CD를 재생시킨 후 카세트 데크의 빨간색 녹음버튼을 누르면 '실시간'으로 소리를 이동시킬 수 있었습니다. 저는 그때 소리를 붙잡았다고 생각했습니다. 지금은 잘 모르겠습니다. 소리란, 그리고 음악이란 어디에서 만들어지고 어디로 사라지는 것일까요? 사라진 소리들은 모두 어디로 가는 것일까요?
이 녹음테이프 속에는 제가 오년동안 세상 여러 곳에서 붙잡아 둔 소리가 담겨 있습니다. 그리고 여기에는 저의 취향과 마음과 선택이 담겨 있습니다.
이제 여러분의 카세트 데크에 있는 파란색 플레이버튼을 눌러 제가 녹음한 소리를 들어봐 주십시오.

김중혁

"악기들의 도서관"   by 김중혁

90
TYPE II(Cr

A

| 수록작품 발표지면 |

자동피아노 ······ 『문학과사회』, 2005년 겨울

매뉴얼 제너레이션 ······ 문장 웹진, 2006년 6월

비닐광 시대(vinyl狂 時代) ······ 『세계의문학』, 2005년 겨울

악기들의 도서관 ······ 『문학동네』, 2006년 봄

유리방패 ······ 『창작과비평』, 2006년 여름

나와 B ······ 『문학동네』, 2006년 가을

무방향 버스 — 리믹스, 「고아떤 뺑덕어멈」 ······ 『소진의 기억』, 문학동네, 2007

엇박자 D ······ 『한국문학』, 2007년 겨울

문학동네 소설집

악기들의 도서관
ⓒ 김중혁 2008

1판 1쇄 │ 2008년 4월 23일
1판 18쇄 │ 2025년 3월 20일

지은이 김중혁
책임편집 조연주 서현아
디자인 윤종윤 유현아 │ 저작권 박지영 형소진 오서영
마케팅 정민호 서지화 한민아 이민경 왕지경 정유진 정경주 김수인 김혜원 김예진 나현후
      이서진
브랜딩 함유지 박민재 이송이 김희숙 박다솔 조다현 김하연 이준희
제작 강신은 김동욱 이순호 │ 제작처 한영문화사

펴낸곳 (주)문학동네 │ 펴낸이 김소영
출판등록 1993년 10월 22일 제2003-000045호
주소 10881 경기도 파주시 회동길 210
전자우편 editor@munhak.com │ 대표전화 031)955-8888 │ 팩스 031)955-8855
문학동네카페 http://cafe.naver.com/mhdn
인스타그램 @munhakdongne │ 트위터 @munhakdongne
북클럽문학동네 http://bookclubmunhak.com

ISBN 978-89-546-0567-0 03810

www.munhak.com